SU FANTASÍA CURVILÍNEA

UNA NOVELA ROMÁNTICA DE UNA CHICA
CURVILÍNEA EN UN PUEBLO PEQUEÑO

EN BUSCA DEL GALÁN DE PAPEL
LIBRO ONCE

MARY E THOMPSON

EN BUSCA DEL GALÁN DE PAPEL

El aroma a calabaza está en el aire, y también el amor. El otoño se convierte en invierno y los enemigos se convierten en amantes. Esta historia lleva años gestándose, y por fin está aquí. No te pierdas nada cuando te suscribas al boletín de Mary.

LIBRO 11

Su Fantasía Curvilínea

Hudson

Anna Charlotte tenía una maldita cara dura. ¿Paseándose por mi bar y actuando como si tuviera algo que decir sobre cómo gestionaba las cosas? Podía sentar su lindo y curvilíneo trasero en un taburete y enfurruñarse, pero no podía soltar ni un solo comentario.

Como si fuera capaz de guardarse sus pensamientos.

Tenía una opinión sobre todo. Y todas decían que yo estaba equivocado.

Estaba perdiendo la paciencia con esa mujer. Si no tenía cuidado, iba a tener que hacerla callar. Solo había una manera de conseguirlo. Y era tremendamente eficaz.

Anna

Confianza era una palabrota. Me habían quemado demasiadas veces de demasiadas maneras. Hudson era solo otro hombre irresistible que pensaba que sabía lo que era mejor para todos. Pero él no sabía qué era lo mejor para mí y mis chicos. Hudson no era su padre.

Solo porque le hubiera dado trabajo a mi hijo mayor... y ayudara a mi pequeño a estudiar después del colegio... y me cuidara cuando bebía unas copas de más...

Hudson acabaría mostrando su verdadera cara, como todos. Me daría la razón, como todos.

A menos que estuviera equivocada sobre él, y ya hubiera demostrado quién era realmente.

ISBN de versión impresa: 978-1-967463-97-8

ISBN de versión impresa discreta: 978-1-967463-98-5

 Formateado con Vellum

Para ti... Tú hiciste posible este libro. Pidiéndolo, esperándolo y emocionándote por él. Me haces seguir adelante en los días difíciles y me haces sonreír en los buenos días. Gracias.

HUDSON

—No. Ni de coña. No va a pasar. Simplemente deja de preguntar. Miré con furia a mi supuesto amigo y resistí la tentación de darle una paliza.

—Venga, Hud. Sabes que es la mejor opción. No puedes ligar con mujeres en tu propio bar. Y no vas a hablar con ellas fuera de aquí porque nunca sales. James Rucker era uno de mis amigos más antiguos y debería haber estado de mi parte. En vez de eso, estaba liderando el maldito ataque.

—Ya te he dicho que no me interesa las citas por internet. Esa mierda es rara.

—Esa mierda me consiguió a mi mujer.

—Trinity te odiaba.

—Exactamente. Nunca me habría dado la hora si hubiera sabido que estaba hablando conmigo. Karissa es una genio por la forma en que diseñó la aplicación. Creó algo que nos permite conocer gente y tratarla sin que resulte extraño.

—¿Y si me encuentro con algún perturbado? Había oído las historias. No solo los hombres eran raros. También había mujeres que se volvían locas y hacían cosas de dementes. No quería que alguna chiflada me siguiera a casa y me acosara.

—Puede que sí, pero ve despacio. No tienes por qué quedar con alguien en persona después de hablar solo una vez. Simplemente regístrate en la cuenta, y si no sabes cómo hablar con alguien, yo te ayudaré.

Resoplé y sacudí la cabeza. —Sé hablar con mujeres.

—¿Ah sí? ¿Y qué hay de esa? Ve y coquetea con ella.

Miré en la dirección que señalaba James y vi a una preciosa mujer al final de la barra. Llevaba una camiseta blanca sencilla y vaqueros. Me había fijado en ella cuando entró. Pidió un whisky solo. Definitivamente era mi tipo de mujer, pero una década más o menos demasiado joven para mí.

—Tiene la mitad de mi edad.

—¿Y qué? ¿No puedes hablar con una mujer que no tenga tu misma edad? Sabes que no hay muchas mujeres solteras de tu edad.

Volví a mirar a la mujer. —No necesito demostrarte nada. ¿Por qué estoy siquiera pensando en esto?

James levantó su bebida de la barra y se encogió de hombros. —Vale. No hables con ella. Pero no me culpes cuando tengas una cita que se vaya al traste porque no has hablado con una mujer en más de una década sobre nada que no sea su elección de bebida.

Gruñí mientras se alejaba. No se equivocaba, pero eso no significaba que tuviera que gustarme.

Miré de nuevo a la mujer. Estaba girando la pajita en su bebida y mirando a su alrededor. Transmitía claramente una vibra de no-interesada. Lo que estaba bien, ya que yo tampoco estaba interesado. Era un experimento.

No. Una mujer no era un experimento. Era una persona. Alguien con quien mi amigo gilipollas pensaba que no podía mantener una conversación.

Me acerqué, comprobando el estado de los pocos clientes en la barra antes que ella.

Levantó la mirada cuando me aproximé y esbozó una sonrisa de tolerancia.

—¿Necesitas otra bebida? —le pregunté. Gemí internamente. Estaba demostrando que James tenía razón.

—Estoy bien.

—¿Estás esperando a alguien?

Me evaluó con indiferencia. Su mirada se deslizó por mi cuerpo, desechándome por completo antes de volver con frialdad a mi rostro. —Sí. A una amiga.

—Quizás sea alguien que conozco. Conozco a mucha gente. Prácticamente a todo el mundo. Excepto a ti, por supuesto.

Asintió y se bajó con suavidad del taburete. —Creo que mejor esperaré en una mesa.

Abrí la boca para explicar que no intentaba ser un acosador, pero era inútil. Se había ido, y yo definitivamente estaba comportándome como un acosador.

Maldita sea.

Odiaba cuando Rucker tenía razón. Nunca me dejaría olvidarlo. Por supuesto, eso suponiendo que lo supiera.

Volví al trabajo, ignorando el nudo en mi estómago. No me gustaba que la mujer pensara que podría no estar segura en mi bar. Solo estaba disfrutando de su bebida, y yo tuve que hacerlo raro. Por culpa de James. Si me hubiera dejado en paz, no habría hablado con ella. No necesitaba practicar cómo hablar con mujeres. Estaría bien cuando conociera a alguien.

Gruñendo por mi estupidez, me serví otro whisky y le añadí un poco de hielo. La mujer estaba sentada sola en una mesa. Observaba la puerta, dándome la espalda.

Le dije a Jonathan, el otro camarero que trabajaba conmigo esa noche, que volvería en un minuto y llevé la bebida a la mesa de la mujer. La dejé junto a la que ya tenía.

—Pensé que te vendría bien otra copa. Me junté las manos y le sonreí.

—Estoy bien. Gracias. Evitó mi mirada, la suya clavada en la puerta.

—Solo quería disculparme. No pretendía hacerte sentir incómoda.

—¿Y tu disculpa consiste en emborracharme para aprovecharte de mí? ¿O has puesto algo en esta copa para luego hacerte el héroe y ofrecerte a llevarme a casa? ¿Qué te pasa? Me fulminó con la mirada, echándose hacia atrás como si pensara que iba a atacarla.

—¿Qué? No. No he hecho nada de eso. Solo intentaba ser amable.

—¡Los tipos amables no hacen que las mujeres sientan que van a ser agredidas! Se puso de pie de un salto y cogió la bebida. Me la tiró a la cara antes de que pudiera reaccionar. —¡Déjame en paz!

Corrió hacia la puerta, agarrando del brazo a otra mujer en cuanto esta entró. Me señaló, y ambas se marcharon.

Me quedé allí mirándolas, con el whisky goteando por mi cara y empapando mi camisa.

—¿Qué ha pasado? preguntó Neve. Era la camarera de esa sección y me ofreció una toalla.

—Solo intentaba ser amable.

—¿Cómo de amable intentabas ser?

Gruñí y le arrebaté la toalla de la mano. Pasé de largo por la barra y fui directamente a mi despacho. Me limpié la cara y me sequé la camisa, sabiendo que nada borraría la vergüenza que sentía.

¿Qué demonios había hecho?

Me quité la camisa de un tirón y entré dando un portazo al baño. Metí una toalla de papel bajo el grifo, limpiándome el pegajoso licor del pecho. Maldita sea.

Cuando estuve limpio, o al menos menos pegajoso, cogí

una camisa nueva y me la puse. Jonathan podía encargarse de todo durante un rato. Necesitaba un descanso.

Cinco minutos después, un golpe en la puerta indicó que mi tiempo se había acabado.

—¿Qué?

—¿Ya estás listo para esa aplicación? —preguntó James mientras abría la puerta.

—Que te jodan, gilipollas.

—¿Es eso lo que le dijiste a esa pobre mujer antes de que te tirara la bebida a la cara?

—¿Por qué será que mi dedo corazón se pone tieso cada vez que te veo? —le enseñé el dedo.

James soltó una risita. —Tío, te estás buscando una buena esta noche. ¿Qué le dijiste a esa mujer?

—¡Nada! No dije nada. Le pregunté qué tal estaba su bebida y si esperaba a alguien. Pensé que podría decirle si la persona que esperaba había estado allí o algo así. Creyó que le estaba tirando los tejos. Le traje la bebida para disculparme y me preguntó si le había echado burundanga.

James se dobló, sujetándose la tripa.

Iba a tener que sujetarse la tripa por un motivo diferente si no levantaba su trasero del maldito suelo muy pronto.

—Esto es incluso mejor de lo que pensaba. Tío, necesitas ayuda. ¿Cómo demonios conseguiste a Hillary?

Me encogí de hombros. Hillary era mi mundo. Nos conocimos en la universidad y nos enamoramos. Todo era fácil con ella. La asignaron como mi tutora, y después de superar mi orgullo por necesitar ayuda, todo con ella fue sencillo. Empezamos a hablar y conectamos. Se suponía que sería mi para siempre, pero una carretera helada acabó con ese sueño.

—Estás aún peor de lo que pensaba. Necesito llamar refuerzos. —James ya tenía su móvil fuera antes de terminar de hablar.

—No, por favor, no lo hagas —dije mientras mi teléfono vibraba en mi bolsillo. Luego volvió a vibrar. Y otra vez.

Mensaje de grupo. Matadme ahora mismo.

—La mayoría de los chicos están ocupados —dijo James un minuto y docenas de mensajes después—. —Ian viene para acá.

¿Qué he hecho para merecer esto? Ah, sí, dejar que estos capullos sean mis amigos.

James me dejó solo para que me enfurruñara y me consumiera mientras volvía al bar. Su esposa, Trinity, estaba con él, así que esperaba que ella'lo arrastrara de vuelta a casa, pero cuando ambos entraron en mi oficina unos minutos después, supe que estaba en problemas.

—Tengo entendido que vamos a apuntarte a citas en línea —dijo Trinity, frotándose las manos—. No puedo creer que por fin te haya convencido.

—Yo nunca he dicho eso—protesté.

Trinity se volvió hacia James con los ojos entrecerrados. —Me dijiste que estaba de acuerdo.

—Dije que necesita estar de acuerdo. Podría haber perdido O'Kelley's. Esa mujer le acusó de intentar drogarla para violarla. Soy un agente de la ley. Podría arrestarlo.

—No te atreverías—dijo Trinity, acercándose a la cara de James—. —Sabes que Hudson nunca haría algo así.

—Claro que lo sé, pero evidentemente la mujer con la que estaba fracasando en coquetear no lo sabía.

—¿Estabas intentando ligar con ella?—preguntó Trinity con una voz que la mayoría de la gente reserva para cachorros y bebés. Una que no me gustaba nada que estuviera dirigida a mí.

—Oh, Dios, no. No lo hagáis. No puedo soportar esto—les dije, levantándome de detrás de mi escritorio con toda la intención de echarlos de mi oficina.

—¿No puedes soportar qué?—preguntó Ian, entrando

mientras yo intentaba escoltar a los demás fuera—. —Vaya, ¿qué está pasando?

—Hudson intentó ligar con una clienta, y ella pensó que le había echado burundanga, así que vamos a apuntarle a la aplicación de Karissa y enseñarle cómo hablar con mujeres, ya que por fin está listo para volver a salir con alguien— explicó James.

—He cambiado de opinión. No estoy listo para salir con nadie. No más citas. He terminado. Estoy bien solo—dije.

—Tío, tranquilo. Está bien. Lo'configuraremos todo y podrás practicar el coqueteo con Blake. ¿Trinity?—Ian miró a Trinity, y ella asintió—. —Todas las mujeres te dejarán coquetear con ellas.

—Voy a suicidarme—murmuré.

—No es para tanto, Hudson —dijo Trinity—. Ligar no es fácil, pero eres un hombre guapísimo, amable y dulce. Ya tienes a la mitad de las mujeres ahí fuera suspirando por ti.

—¡Eh! —gritó James.

Trinity se encogió de hombros mientras yo esbozaba una sonrisa de suficiencia.

—Es verdad, cariño. Pero tú eres con quien me voy a casa. No puedes estar celoso. —Trinity le lanzó un beso.

—Claro que puedo. No deberías llamar guapísimo a mi amigo —hizo pucheros James.

Trinity puso los ojos en blanco. Se echó sus rizos castaños detrás del hombro y se centró en mí.

—Nunca tienes problemas para hablar conmigo. Ligar no es tan distinto de cualquier otra conversación. ¿Por qué hablaste con esa mujer?

Señalé a su rata de marido. —James me obligó.

Trinity se volvió hacia él con una mirada de reproche en la cara. —¿Por qué le hiciste ligar con alguien? ¿Y por qué le dijiste que fuera todo raro y espeluznante?

—¡Yo no voy a cargar con la culpa! Le dije que hablara con

una mujer sobre algo que no fuera lo que quería beber. Lo de ser raro y espeluznante fue cosa suya.

Puse los ojos en blanco. —Creo que es hora de que os vayáis. Todos vosotros. Ya decidiré lo que quiero hacer. Ahora mismo, necesito trabajar.

Protestaron, pero igualmente los eché de mi despacho. Para mantener las apariencias, los acompañé fuera y me instalé detrás de la barra.

—¿Está bien, jefe? —preguntó Jonathan.

Asentí y me moví hacia el otro extremo de la barra para tomar pedidos. Al menos sabía que podía manejar eso.

O'KELLEY'S ESTABA CERRADO. Las luces apagadas y el local vacío. Debería haberme ido a casa, pero por alguna razón, estaba en mi despacho buscando la aplicación de Karissa.

Lo había descargado antes, pero nunca creé una cuenta. Nunca quise hacerlo. No estaba preparado para salir con nadie. Seguía sin estar seguro de estarlo, pero ver a mis amigos enamorarse me daba bastante envidia. Quería eso de nuevo. Alguien a quien volver a casa. Alguien que estuviera pendiente de mí. Alguien que entrara y sonriera solo porque yo estaba allí.

Antes de poder convencerme a mí mismo de no registrarme, pulsé para crear una cuenta. Lo primero que pedía era un nombre de usuario.

Nombre de usuario. ¿Qué demonios? ¿Cómo iba a saber qué elegir? No quería apuntarme a citas online. Quería conocer a una mujer como conocí a Hillary. De forma casual, cómoda, normal. Me estaban obligando a hacerlo de esta manera.

Golpeé el lateral de mi móvil durante un minuto, luego puse los ojos en blanco y escribí *AquíPorObligación*.

Siguiente.

Joder. Página uno de siete. Iba a tardar toda la maldita noche en rellenar la estúpida encuesta.

Gemí y me lancé. Era mejor que no hacerlo en absoluto. Y luego, cuando las citas online no funcionaran, podría decirles a todos que lo había intentado. Que las únicas personas que se conocían en línea eran bichos raros y que no era para mí.

Una hora después, por fin había terminado. Sentía los ojos como papel de lija y la garganta llena de algodón. Necesitaba agua y una cama.

Mi casa no estaba lejos. La casita que compré hace unos años era más que suficiente para mí. Tres dormitorios, dos baños con una cocina comedor y un salón. Estaba vacía y solitaria, pero era mi hogar.

ME QUEDÉ dormido a la mañana siguiente. Nunca me quedaba dormido. Siempre me levantaba al amanecer, pero me quedé dormido. Y peor aún, tuve otro sueño sobre Anna.

No estaba contento.

Me duché y me puse ropa limpia, luego corrí las tres manzanas hasta O'Kelley's. Todo estaba cerrado porque era el único que trabajaba el turno del almuerzo. Solo llegaba diez minutos tarde para abrir, pero eso significaba que estaría intentando ponerme al día durante el resto de la jornada porque debería haber llegado hace una hora.

No había nadie esperando fuera, así que giré el cartel a ABIERTO y fui directamente a la parte trasera. Encendí la parrilla y el horno e hice un inventario rápido de lo que teníamos disponible y lo que se estaba agotando. Charlie, el cocinero a tiempo completo y encargado no oficial de la cocina, me daría una lista al final de la semana, pero ya que estaba en la cocina, quería saber con qué contaba.

Apenas había terminado de empezar cuando oí que se abría la puerta. Miré mi reloj y vi que ya eran casi las doce, lo que significaba que el pequeño ajetreo del almuerzo comenzaría pronto.

Me até un delantal a la cintura, me puse la gorra y atravesé la puerta de la cocina para ver quién estaba en el bar.

Y me quedé helado.

Anna Charlotte.

—¿Tiene lista nuestra comida? —preguntó. Sin hola, sin cómo está, sin nada. Solo ladrando como un perro rabioso.

—¿Qué comida? —No tenía ni idea de lo que estaba hablando.

Anna se cruzó de brazos y puso los ojos en blanco. Me di cuenta de lo segundo mucho más tarde que de lo primero porque al cruzarse de brazos resaltó aún más esos pechos que aparecían en mis sueños.

Hijo de puta.

Me acomodé la polla que empezaba a endurecerse y me incliné más cerca del mostrador para que no hubiera ninguna posibilidad de que viera la erección matutina que tenía. Sí, esa era mi excusa.

—Finley dijo que te había enviado un mensaje con un pedido para la comida. Me dijo que viniera a recogerlo porque siempre lo tienes listo. Sus palabras, no mías. Claramente, estaba equivocada.

Mi cerebro tardó unos segundos en procesar lo que estaba diciendo con esos pechos redondos y llenos exhibiéndose ante mí. Joder, ¿tenía que llevar una camiseta que mostrara tanto escote? Juro por Dios que podía ver la mitad de sus tetas. No es que me quejara, pero mierda.

—No tengo el móvil conmigo —solté por fin. —¿De qué era el pedido?

—¿Cómo diriges un negocio?

—Me va bastante bien, gracias —ladré.

Frunció sus carnosos labios rosados y volvió a poner los ojos en blanco con desdén. —Sí, ya lo veo. —Hizo un gesto señalando mi bar vacío.

—Lo que sea. ¿Quieres comer o no?

—Sí, pero estoy perdiendo todo mi descanso para comer hablando contigo. No puedo esperar a que prepares algo. Ya buscaré otra cosa. Y me aseguraré de que Finley sepa que no podemos confiar en ti para tener la comida lista.

Anna salió pisando fuerte con un bufido y un contoneo de sus caderas demasiado tentadoras.

La puerta se cerró de golpe tras ella, y por fin pude respirar. Anna Charlotte estaba tan fuera de mi alcance como una mujer podía estarlo. Realmente necesitaba que mi polla y yo nos pusiéramos de acuerdo en ese tema porque jamás iba a suceder. Nunca.

2

ANNA

Volví pisando fuerte a Novios Literarios Ilimitados, con la furia y la frustración pisándome los talones. Empujé la puerta con brusquedad, haciendo una mueca cuando se estrelló contra la pared. —Perdón.

Finley, mi jefa y amiga, corrió desde el final de una estantería de libros. Su melena corta oscura y sus piercings le daban un aspecto un poco áspero, pero el bebé en su cadera suavizaba a la mujer que yo sabía que era más dulzura que dureza. —¿Todo bien?

Puse los ojos en blanco. —Hudson no tenía nuestra comida lista. Ni siquiera cerca. Ni siquiera había empezado. No sabía de qué le estaba hablando. Me acerqué corriendo a Cracked. Blake hizo que Earl nos preparara algo. Siento haber tardado tanto.

Finley se encogió de hombros como si no fuera gran cosa, pero ella era la dueña. Y estaba casada con el hombre que había dado nombre a todo el pueblo. El dinero no era un problema para ella. No como lo era para mí. Si me tomaba un descanso más largo, no ganaba tanto. Si uno de mis hijos estaba enfermo, no ganaba tanto. Era lo que había aceptado cuando empecé a trabajar para Finley, así que no me molestaba, pero era mi realidad. Una que ella no podía entender.

—Estás bien. Gracias por salir a recogerla. Este pequeño tiene ganas de moverse, así que cada vez es más difícil sacarlo.

Sonreí a Finley y a su hijo, George. Era una preciosa mezcla de ella y su nuevo marido, Trent. Su sonrisa era idéntica a la de Finley, pero sus ojos brillaban como los de su padre. Mis hijos eran iguales, una mezcla de mi ex y yo. Solo esperaba que un día Finley no mirara a su hijo y sintiera lo mismo que yo sentía por mi ex.

—Comeré rápido para estar disponible para los clientes.

—Anna, estamos bien. Debería haber llamado a Hudson cuando no recibí respuesta a mi mensaje. Lo siento.

Me encogí de hombros e intenté quitarle importancia. Aunque, en realidad, estaba molesta. No solo porque Hudson fuera el mismo hombre poco fiable que yo pensaba que era, sino porque mi jefa seguía empujándome a su órbita. No tenía ningún interés en pasar más tiempo cerca de Hudson Grant del estrictamente necesario. E incluso eso era demasiado para mí.

Finley le hizo carantoñas a George y me indicó que fuera a la sala de descanso en la parte trasera. Comí lo más rápido posible y luego la relevé en la tranquila tienda. El otoño se había instalado oficialmente en Cala MacKellar. Nuestro pequeño pueblo a orillas del río San Lorenzo era un destino popular en verano, pero con la llegada del otoño y el invierno pisándole los talones, toda la zona se volvía silenciosa. Especialmente sitios como Novios Literarios Ilimitados. Por eso estaba buscando otros trabajos cuando Finley volvió tras comer y alimentar a George.

—¿Qué estás mirando? —me preguntó antes de que pudiera cerrar la pestaña en el ordenador.

—Nada.

—¿Estás buscando un nuevo trabajo? —Sonaba dolida y un poco preocupada.

—Solo estoy siendo realista. Sé que me contrataste para trabajar aquí la primavera pasada porque estabas embarazada y necesitabas a alguien que te ayudara durante la baja por maternidad. Las cosas se tranquilizan en invierno, así que supuse que solo era cuestión de tiempo antes de que tuvieras que despedirme.

—No te estoy despidiendo —declaró Finley. —Siento haberte hecho pensar que podría hacerlo. Las cosas estarán tranquilas aquí hasta la primavera, pero has sido invaluable para mí. Tienes muchas ideas geniales y realmente has ayudado a aumentar los ingresos en el tiempo que llevas aquí.

Mis mejillas se sonrojaron con su elogio. No estaba acostumbrada a que la gente hablara de las cosas buenas que hacía. Normalmente escuchaba todas las cosas que estaba haciendo mal.

—Trent y yo hemos estado hablando sobre incorporar la librería bajo el paraguas de MacKellar Investments. Le gusta la idea que tuviste sobre abrir librerías en algunos de los hoteles y presentar autores locales en cada una. Ambos pensamos que es una idea fantástica.

—Bien —dije, forzando una sonrisa. Sí, era buena proponiendo ideas que hacían que otros ganaran mucho dinero, nunca yo misma. Y eventualmente, comenzaban a presentar las ideas como propias y ya no me necesitaban más. Pasaba todo el tiempo.

—No voy a despedirte, Anna. Te lo prometo. Realmente aprecio todo lo que has hecho por mí, y quiero seguir trabajando juntas. A menos que no estés contenta aquí. Entonces estoy totalmente sobrepasando límites y siendo una idiota. ¿Hay algo que pueda hacer para hacerte feliz y que te quedes?

Solté una risa y negué con la cabeza. —Estoy muy contenta aquí. También soy muy realista sobre lo que significa trabajar en cualquier tipo de trabajo turístico aquí durante el invierno. No quiero ser una carga o hacerte sentir que no tienes más remedio que mantenerme y luego cerrar la tienda porque perdiste tanto dinero.

—Ninguna de esas cosas va a suceder. Estamos bien.

Forcé otra sonrisa para ella y asentí. Realmente me caía bien Finley, pero solo llevaba trabajando con ella poco más de seis meses. No la conocía bien. No dejaba de invitarme a su club de lectura, pero hasta ahora había esquivado sus intentos. Estaba tratando de ser amable. A la gente no le gustaba realmente socializar con el servicio. Esa era otra lección que había aprendido por las malas.

Entró un cliente y distrajo a Finley cuando se deshizo en halagos sobre el bebé George. Las dejé hablar y me ocupé del inventario y los pedidos online.

No pasó mucho tiempo antes de que Finley se marchara por el día. Sus horarios eran esporádicos la mayor parte del tiempo, lo que no me importaba en absoluto. Yo tenía un horario por mis chicos, y Finley era genial dándome tiempo libre para pasar con ellos. No es que lo aprovechara. Necesitaba más el dinero. Pero era un buen detalle.

EL MIÉRCOLES se había convertido en mi día menos favorito de la semana. Era el día en que trabajaba hasta el cierre en Novios Literarios Ilimitados, y mi hijo mayor trabajaba en O'Kelley's. Joey consiguió un trabajo allí hace un año, cuando vio una factura vencida sobre el mostrador. No pretendía que la encontrara, pero lo hizo. Y tomó el asunto en sus propias manos.

Mis hijos eran increíbles. Los dos. No era la primera vez

que Joey decidía ayudar en casa, pero sí la primera vez que lo hacía de una manera que no le llevaría a la cárcel. Afortunadamente, eso no ocurrió, pero tuvo suerte y lo sabía.

Cerré la librería y me ajusté el abrigo. Me quedaba unas cuantas tallas pequeño y estaba pasado de moda desde hacía años, pero no podía permitirme comprar uno nuevo. No cuando tenía dos chicos en crecimiento que necesitaban cosas constantemente.

El paseo hasta O'Kelley's era corto, pero me resistía a cada paso. Sabía que Hudson estaría allí. Y sabía que tendría algo que decir sobre cómo le hablé el día anterior respecto a la comida. No es que le debiera una disculpa. Si acaso, él me debía una a mí.

El calor y los olores me golpearon en cuanto abrí la puerta. Me entraron ganas de entrar y quedarme un rato. O'Kelley's era el tipo de lugar que probablemente me habría encantado frecuentar, de no ser por el dueño tan insoportable y el hecho de que yo no era ni sería nunca parte de su círculo.

Recorrí el bar con la mirada buscando a Joey, y lo vi en el extremo más alejado, limpiando una mesa. El trabajo le venía bien, aunque no me hizo ninguna gracia cuando descubrí que había ido a buscar trabajo sin consultármelo primero. Durante el último año, sus notas habían mejorado y ayudaba más en casa. Estaba madurando.

Una vez que supe dónde estaba Joey, me dirigí hacia la barra para encontrar a Matty. Siempre se sentaba en el mismo taburete al final de la barra, el más cercano a la cocina. Me contó que hacía los deberes en el despacho de Hudson cuando llegaba del colegio, y luego Hudson le dejaba ayudar en el bar. Matty pensaba que era divertido hacer cosas como rellenar los saleros y pimenteros y apilar servilletas en los dispensadores.

Mientras me acercaba a Matty, vi que Hudson se aproximaba a él con una sonrisa, el tipo de sonrisa que nunca me mostraba a mí. Hudson le dijo algo a mi hijo que hizo que este lo mirara como si fuera su héroe. Matty asintió, y Hudson levantó la mano para chocar los cinco. Matty accedió encantado. Los dos se rieron, y luego Hudson empezó a alejarse.

Miró hacia mí, y la sonrisa en su rostro se transformó en un ceño fruncido. Eso estaba más acorde.

Me sentía cómoda así. Con él odiándome. Me alegraba ver que era amable con mi hijo, pero no necesitaba que fuera amable conmigo.

—Hola, Matty —dije, ignorando al hombre al otro lado de la barra.

—¡Mamá! Hudson ha dicho que puedo dibujarle un nuevo logo para el bar. ¿No es genial?

Mis cejas se dispararon hacia arriba. —Eso es genial. Te lo pasarás bien haciéndolo.

—Ya lo sé. Es súper guay. Y entonces todo el mundo verá mi arte. La señorita Trinity siempre me dice que es bueno, pero sé que solo lo dice porque es mi profesora.

—Estoy segura de que... —empecé a decir, solo para ser interrumpida inmediatamente.

—No, no es por eso —dijo Hudson con firmeza—. A Trinity le encanta lo que haces. Me enseñó algunos de tus dibujos. Por eso te pedí que me diseñaras algo. Estuvo aquí comiendo hoy y no paraba de presumir de lo mucho que te esfuerzas y lo creativo que eres.

Las mejillas de Matty enrojecieron, y sonrió tímidamente a Hudson. —¿De verdad?

Hudson asintió. —Absolutamente. Eres increíble, tío. Nunca lo dudes. Nunca dejes que nadie te haga dudarlo.

—¿Estás insinuando que yo le hago dudar de sus talentos? —solté bruscamente. No podía hablar en serio.

Hudson levantó su fría mirada hacia mí lentamente,

incorporándose aún más despacio. Centímetro a centímetro, aquel hombre se alzaba sobre mí, cruzando esos brazos que hacían babear a todas las mujeres en un radio de un kilómetro, y haciendo una pausa lo suficientemente larga como para resultar incómoda. —No he dicho nada sobre ti. Si crees que podría estar refiriéndome a ti, es algo que debes resolver tú misma. No me eches la culpa a mí.

Entrecerré los ojos mirándole. Dios, ese hombre me volvía loca. Y no de buena manera. Bueno, no solo de buena manera. No era tonta. Hudson Grant era el mejor partido del pueblo, quizás de todo el condado. Era fuerte, estable y espectacular. Pero no era el hombre para mí. Nadie lo era. Ya había pasado por eso, lo había intentado y tenía dos hijos que lo demostraban. No estaba interesada en repetir nada de aquello. Por eso mi vagina estaba tan reseca como una fábrica textil abandonada. Pero no me quejaba. Prefería tener la vagina reseca y el corazón intacto que arriesgarme a que me lo destrozaran otra vez solo por unos meses o años de buen sexo. Ningún sexo valía tanto.

—¿Ha terminado Joey su turno? —pregunté, en lugar de responder a su comentario insultante.

—Sí, ya he terminado, mamá. Acabo de fichar la salida, Hudson. Le he pasado todo a Danielle.

—Gracias, Joey. Buen trabajo hoy. Te veré el sábado para preparar la fiesta. Puedes quedarte si quieres, pero no puedes trabajar después de las nueve.

—¿Podemos quedarnos, mamá? —suplicó Matty.

—No creo que sea buena idea —dije inmediatamente.

—Eso no es justo. ¿Por qué Joey puede hacer de todo?

—Joey no va a ir a una fiesta en un bar —dije, mirando a mis hijos.

Joey palideció. —¿Qué? ¿Por qué no, mamá? Todos mis amigos van a estar aquí. Es un evento comunitario. Todo el pueblo va a estar engalanado para ello, y este es solo una parada en el camino. Tierney y yo... ¿Por qué no puedo venir?

—Ooooh, Tierney —se burló Matty.

—Cállate, mocoso —replicó Joey.

—Basta —ladré—. Los dos. Matty, deja en paz a tu hermano con su novia. Joey, no llames a tu hermano con apodos despectivos.

—Pero él está... —comenzó Joey.

—No. Ya basta. Hablaremos de esta fiesta más tarde. Si tienes que trabajar, no tengo elección, pero eso no significa que tenga que dejarte deambular por todo el pueblo un sábado por la noche.

—Pero, mamá —se quejó Joey.

—Idos. Ahora. Hemos terminado. —Señalé hacia la puerta, ignorando a Hudson, que seguía observando nuestra discusión.

Joey hundió los hombros. Saludó a Hudson con la mano y luego arrastró los pies hacia la salida. Matty chocó los cinco con Hudson y después siguió a su hermano.

Capté la mirada de Hudson antes de darme la vuelta. No fue mi intención. No quería hacerlo. El imbécil me sonreía con suficiencia, como si hubiera sacado el tema de la fiesta a propósito porque sabía que convertiría mi noche en un infierno. Capullo.

El viaje a casa fue tenso. Ambos chicos defendieron su postura. Al final, les dije que lo pensaría, lo que provocó más quejas y un *bueno, eso significa que no* por parte de Matty. Quería decir simplemente que no, pero había accedido a pensarlo, y eso iba a hacer.

—¿Sabes algo sobre esta fiesta de Halloween del sábado? —le pregunté a Finley al día siguiente en el trabajo.

—Sí, es increíble. Viene todo el pueblo. ¿Cómo es que no sabes de esto?

Me encogí de hombros, avergonzada de admitir que nunca participaba en nada de lo que hacía el pueblo. Entre no tener dinero y no sentir que realmente formaba parte del pueblo, evitaba la mayoría de los eventos.

—Sí, es genial. Hay un laberinto de pacas de heno por todo el parque Catherine, y muchas de las tiendas montan decoraciones de Halloween y tienen eventos especiales. He participado de vez en cuando, pero como mi tienda no es para familias, normalmente cierro por la noche y voy a la fiesta. Hudson decora el bar. Le encanta Halloween. Cracked participa. Y Cove Bakery. Muchísimos sitios. ¿Vas a ir?

—No estoy segura. Hudson lo mencionó ayer. Joey está trabajando para ayudar con la preparación, y quiere ir con Tierney. Pero Hudson dijo algo delante de Matty, así que ahora él también quiere ir.

—Es súper divertido. Y tranquilo y genial para niños. Vamos a llevar a George. Quiero decir, él no lo recordará, pero nos vamos a disfrazar como familia e ir.

—¿De qué os vais a disfrazar?

—Los Picapiedra. Era la serie favorita de Trent cuando era niño.

—Eso es muy mono.

Finley se rio. —Yo creo que sí. ¿Qué hacéis normalmente en Halloween?

Me encogí de hombros y negué con la cabeza. —Nada, realmente. En nuestro barrio no se hace lo de pedir caramelos, y nunca tenía sentido ir a otro sitio. Si Hudson no hubiera dicho nada delante de Matty, no habría tenido que preocuparme por esto en absoluto. Lo hizo a propósito.

Finley resopló. —Quizás. Pero es divertido. De todas las cosas que Hudson podría hacer, esta no es mala.

—Supongo —argumenté.

—¿Te has apuntado alguna vez a En Busca del Galán de Papel?

El repentino cambio de tema fue como sufrir un latigazo cervical. —Em, no. ¿Por qué?

Finley se encogió de hombros. —Solo tenía curiosidad. Creo que deberías hacerlo.

—No estoy segura de que salir con alguien esté en mi futuro. No tengo ganas de involucrarme con nadie otra vez. Después de Nick, no tengo ningún interés en los hombres.

—¿En absoluto?

—No.

—¿Ni siquiera por una noche?

—Pensaba que era una aplicación de citas.

Finley se encogió de hombros. —Así es como conocí a Trent. Nos emparejaron allí y quedamos en O'Kelley's y nos fuimos juntos. Los dos sabíamos que era para una noche. Ni siquiera sabía su nombre.

—Estás de broma, ¿verdad?

Finley se rio. —Para nada. No nos conocíamos en absoluto. Pero me quedé embarazada y tuve que rastrearle. Si no hubiera sido por George, probablemente nunca habría vuelto a ver a Trent.

Me forcé a sonreír porque sabía que ella lo esperaba. Su historia era un poco como la mía, excepto que mi historia no tenía el final feliz que la suya esperaba tener. Mi historia involucraba a un cabrón mentiroso e infiel que hizo promesas que nunca cumplió y me convenció para casarme con él. Mis niños tendrían para siempre un padre que era un inútil imbécil, y yo estaría para siempre divorciada y soltera, sin esperanza de conseguir el final feliz en el que una vez creí.

—De todas formas, deberías apuntarte. Todas mis amigas que están emparejadas encontraron a su chico en la aplicación. Es como magia.

—Eso definitivamente suena como algo que no debería hacer.

Finley se rio. —Venga ya. Está tranquilo aquí. Hagámoslo ahora.

—Um...

Finley movió los dedos hacia mí hasta que me rendí y le entregué mi móvil. —Desbloquéalo.

Maldita sea. Era lista. Lo desbloqueé y se lo devolví.

Unos toques después, ya estaba descargando la aplicación. —¿Qué nombre de usuario quieres tener?

—¿Qué tal *No quiero estar aquí*?

Finley resopló. —Mis amigos me obligaron a hacer esto. Perfecto. Venga, vamos a buscarte un hombre.

Se me revolvió el estómago. Preferiría ir a la fiesta de Halloween desnuda. Pero Finley Jameson-MacKellar no era el tipo de mujer con la que se podía discutir. Especialmente cuando era tu jefa.

3

HUDSON

Coloqué la última de las bombillas rojas y salté de la silla. Tenía bastante buena pinta, si se me permitía decirlo.

Halloween siempre ha sido una época divertida para mí. Hillary lo odiaba, pero a mí me encantaba. Era una festividad que trataba exclusivamente sobre la diversión. No me gustaba la parte terrorífica, ya que es una festividad apta para niños, pero me gustaba. No estaba seguro de lo que iba a hacer en el bar este año, pero Joey sugirió un cementerio y me apunté sin dudarlo.

La iluminación roja y naranja era la primera parte. Proyectaba un resplandor inquietante sobre todo, haciendo que el bar pareciera estar en el crepúsculo. Cambié algunas de las bombillas naranjas por unas azul marino y me gustó más. Un poco más oscuro, lo cual siempre es bueno en Halloween.

Con la iluminación decidida, tenía que colocar las lápidas. Encontré un montón en internet con nombres hilarantes como "Elmo Rido" y "Tomás Muertes". La gente era tremendamente ingeniosa.

Danielle silbó cuando entró.—Hola, jefe. El local tiene una pinta genial. ¿Necesitas ayuda?

Asentí.—Sí. Estoy intentando averiguar dónde poner las lápidas.

—Bueno... —Danielle dejó sus cosas en una mesa y miró alrededor—. ¿Tienes algún plan para lo que va a hacer la gente? ¿Esta noche será como siempre o intentas que la gente entre y salga?

Me encogí de hombros.—No sé.

Danielle se rio. Llevaba trabajando para mí casi un año. Era inteligente y amable, y no se dejaba pisotear por nadie. Me recordaba mucho a Piper.

—Yo diría que deberíamos funcionar como siempre, pero quizás tener cosas aptas para familias en un lado. Así, las familias que vengan no tendrán que preocuparse de que les salpique cerveza ni nada parecido.

—Buena idea. ¿Cómo lo hacemos?

Danielle clasificó las lápidas y separó las que eran un poco menos apropiadas para todas las edades. Colocamos esas hacia el lado del bar donde estaban las mesas de billar. Había planeado alinearlas en las paredes, como decoración, pero Danielle, junto con Joey, Jonathan y Sam, trabajaron juntos para crear caminos y estaciones para los clientes.

—Vaya, nunca se me habría ocurrido todo esto. Gracias a todos —dije.

Aceptaron los elogios y se pusieron a preparar todo lo demás para la noche.

Todo para el pueblo comenzaba a las cinco. Lo suficientemente temprano para que los niños pudieran disfrutarlo antes de que los adolescentes y adultos se pusieran demasiado tenebrosos. La hora de la cena estuvo ajetreada, y estaba ayudando a Charlie en la cocina cuando escuché un estrépito.

—¿Quieres ir a ver qué ha sido? —me preguntó Charlie.

Negué con la cabeza. —La verdad es que no.

Se rio. —¿Pero vas a ir de todas formas?

—¿Intentas deshacerte de mí?

—No. Solo sé que eres un maniático del control y necesitas que las cosas se hagan a tu manera.

Abrí la boca para protestar cuando la puerta se abrió de golpe. Joey me miró con expresión de asombro.

—¿Qué ha pasado?

—Alguien se cruzó delante de mí cuando llevaba una bandeja. La dejé caer.

—Vale. Límpialo. Ya has hecho eso antes.

Asintió.

—¿Hay algo más que eso?

Negó con la cabeza.

—¿Qué está pasando? ¿Por qué pareces tener miedo de salir ahí fuera? ¿Ha ocurrido algo más?

Negó con la cabeza. —Lleva un bikini minúsculo y su... ya sabes... se le salió cuando chocó conmigo.

Charlie soltó una carcajada.

Le lancé una mirada fulminante y me acerqué a Joey. —¿La tocaste?

—¡No! ¡Claro que no!

—¿Le dijiste algo a ella?

—No.

—¿Hiciste algo inapropiado?

—No. Simplemente estaba ahí. Me agaché para recoger las cosas, y ella hizo lo mismo, y me lo encontré justo en la cara. Simplemente me fui.

Asentí, preguntándome qué infierno me iba a caer de parte de su madre por aquello. Era después de la hora punta de la cena, y casi la hora de que Joey fichara para salir, cuando se encontró cara a teta con alguna mujer que probablemente ya había bebido demasiado.

—¿Necesitas que me ocupe de esto? —pregunté.

—No, yo me encargo. Es mi trabajo. Lo siento.

—No tienes nada por lo que disculparte. Parece que fue un accidente, y la mujer intentaba ayudar, pero claramente no era consciente de su estado de desnudez. Si dice o hace algo, házmelo saber y me ocuparé de ello.

Joey asintió y cogió el recogedor y la escoba.

En cuanto la puerta se cerró tras él, Charlie soltó una carcajada. —¡Ay, pobre chaval! ¡Nariz contra pezón y sin tener ni idea de qué demonios hacer! Iré a limpiar por él. Te has ofrecido rápido para este caso.

Le lancé un paño y me reí. —No es por eso, y lo sabes. Ya he tenido muchas mujeres que se me han echado encima. No es mi estilo.

Charlie seguía riéndose. —Sí, tío, pero joder. A veces una mujer lo pone demasiado fácil. A mí me gusta un poco de desafío.

—¿Eso es lo que le dices a tu mujer?

Resopló. —Créeme, ella tiene más que suficiente desafío para mí.

Sonreí. —Te mantiene alerta.

—Por supuesto. Y me hace volver a por más. No quiero a nadie más que a ella. Yo... ¿Qué ha pasado? —El tono de Charlie cambió demasiado rápido.

Se me erizó el vello de la nuca. Me giré y vi a Joey sujetándose la muñeca, con un paño alrededor de la mano.

—Me he cortado. Estaba recogiendo el cristal y alguien me empujó. Joey se acercó a mí, con el rojo empapando la toalla.

Fue uno de esos momentos en los que quería reírme porque pensaba que estaba bromeando, pero su expresión era demasiado seria. Si me estaba gastando una broma, lo hacía condenadamente bien.

—Primero lavémonos esa mano. Si necesitas puntos, llamaremos a tu madre y nos ocuparemos de ello.

—No me gustan las agujas —dijo Joey, palideciendo.

—A nadie le gustan, chaval. Veamos primero si las necesitas. Lávate. Le guié hasta el fregadero y puse mi mano en su hombro.

Desenvolví lentamente la toalla, revelando un pequeño corte en la palma de su mano izquierda, cerca del dedo índice. La sangre manaba de la herida, deslizándose por su mano. No me parecía grave, pero eso no significaba mucho ya que mi formación médica era inexistente.

Joey se estremeció cuando el agua tocó su piel, y de nuevo cuando eché jabón sobre la herida.

—Oye, jefe, ¿quieres que busque a alguien para terminar de limpiar? —preguntó Charlie.

—Sí. Gracias —dije.

Me concentré en Joey mientras él salía de la cocina para buscar a alguien que limpiara el resto del cristal roto.

Joey se lavó la mano tres veces, después la secamos con una toalla limpia. Le llevé a la oficina donde tenía un botiquín de primeros auxilios. El corte era pequeño, un cuarto de pulgada como mucho. El sangrado casi se había detenido. Lo mantenía fuertemente cerrado con los dedos, pero sabía que volvería a sangrar si dejaba de hacerlo.

Saqué mi móvil y toqué el nombre de Nico para una videollamada. El teléfono sonó hasta que contestó, casi invisible en el oscuro espacio en el que se encontraba.

—Hola, Hud. ¿Qué pasa?

—Joey se ha cortado la mano con un cristal roto en O'Kelley's. Lo hemos limpiado y estamos haciendo presión, pero no estoy seguro de si necesita puntos.

—¿Dónde estáis? Laura y yo estamos en una mesa.

—Estamos en la oficina.

—Vamos para allá.

Nico colgó, y guardé el móvil en mi bolsillo.

—¿Estás bien? —le pregunté a Joey.

Asintió, pero noté que estaba intentando hacerse el fuerte.

—Está bien no estar bien —le dije—. La primera vez que me lesioné jugando al baloncesto, quería llorar porque me dolía horrores. Fingí que estaba bien, y eso significó una recuperación más larga porque mis entrenadores pensaron que no era tan grave como realmente era.

—Esto no es lo mismo.

—Claro que sí. Trabajas para mí. No voy a obligarte a salir ahí fuera y cargar cosas si te molesta la mano.

—Mi madre me va a matar —murmuró Joey.

Su madre me va a matar a mí.

No tenía ninguna gana de tener esa conversación. Anna era una madre protectora en sus mejores días. Y este no era uno de ellos.

Un golpe en la puerta vino seguido de Nico y Laura, y justo detrás de ellos estaba Anna.

—Joey, ¿qué ha pasado? ¿Estás bien?

—Estoy bien, mamá. Solo fue un accidente. Estaba limpiando unos cristales rotos, y...

—¿Por qué estabas limpiando cristales rotos? —chilló Anna.

—Es mi trabajo, mamá. Alguien me empujó sin querer. Fue un accidente.

—Por esto no quería que trabajaras aquí. Nunca debería haberlo permitido. No sé en qué estaba pensando.

Laura se acercó a ellos y calmó a Anna mientras Nico se aproximaba a mí. —Lo siento. Estaba hablando con Laura y escuchó nuestra conversación. Nos siguió hasta aquí.

—No pasa nada. Se iba a enterar tarde o temprano. Solo quiero asegurarme de que está bien y no necesita ir al hospital o algo así.

Nico asintió. —Laura revisará la situación, y le curará la herida.—

—¿No lo harás tú?—

Nico negó con la cabeza. —Ella es quien hace este tipo de cosas con más frecuencia. Yo puedo suturar una herida quirúrgica, pero para pequeñas heridas como esta, ella es la experta.—

Asentí y observé a Laura hablar con Joey y Anna. Anna tenía los hombros tensos, casi a la altura de las orejas. Joey parecía un poco pálido, pero suspiró y sonrió cuando Laura dijo que no necesitaba puntos.

—Voy a vendártelo, si te parece bien —dijo Laura.

Joey asintió y se reclinó en la silla.

—¿Estás segura de que no necesita ir al hospital o a urgencias o algo así?— preguntó Anna. Su voz sonaba aguda y tensa.

Lo entendía. Él era su hijo. Una de las personas más importantes de su mundo. Y estaba herido.

Era realmente difícil de presenciar, y como ya no hacía falta que estuviera allí, le dije a Nico que usaran el despacho todo el tiempo que necesitaran y volví a la cocina para ayudar a Charlie.

Cuando llegué, él estaba a pleno rendimiento, con los pedidos preparados y listos para ser servidos. Jonathan hacía lo mismo tras la barra. Entre los dos, sentía que realmente no me necesitaban en absoluto. Era una sensación bastante agradable.

Deambulé entre la multitud, charlando y riendo con los clientes. Nico y Laura volvieron y se unieron a nuestro grupo de amigos. Nico me hizo un gesto con el pulgar hacia arriba, así que lo tomé como buena señal.

Regresé a la barra y estaba a punto de dirigirme a la cocina cuando Anna me detuvo.

—¿No creyó que merecía la pena llamarme?—

—¿Disculpe?—

—Llamarme. Cuando se dio cuenta de que mi hijo estaba herido. ¿Por qué no me llamó?—

—Estaba intentando controlar la situación. Él me contó lo que había pasado, e hice lo mejor que pude. Pensé que hacer que un médico y una enfermera le examinaran era una buena idea.—

—Por supuesto que lo fue, pero es menor de edad. Como su única tutora, deberían haberme informado. También debería haber estado presente. No le di permiso para que le proporcionara atención médica.

—En realidad, sí lo hizo. Está en los documentos que firmó cuando aceptó este trabajo. Legalmente, tengo permiso para conseguirle atención médica cuando sea necesario en lo relacionado con su empleo.

Resopló, y yo aproveché el momento para dirigirme a la cocina.

—¿Todo bien? —le pregunté a Charlie.

—Todo listo, jefe. ¿Cómo está el chico?

—Bien. Laura le ha curado. Sin puntos.

—Seguro que se alegra de saberlo.

—Sí.

—Puedes salir y disfrutar de la fiesta un rato. Te avisaré si necesito ayuda.

Resoplé. —No, no lo harás. Simplemente te ocuparás de todo como siempre haces.

Se rio. —Entonces significa que no necesitaba ayuda.

Me reí y negué con la cabeza, entendiendo que me estaba despachando.

Sin pensarlo, salí de la cocina y me encontré cara a cara con una Anna Charlotte muy disgustada.

—¿Todavía está usted aquí?

—No habíamos terminado de hablar. Debería haberme llamado. Debería haberme informado de que mi hijo estaba herido. Yo debería haber sido su primera llamada, no la que ni siquiera llegó a hacer.

—No necesitaba llamarla. Usted ya estaba aquí y se metió en mi despacho por su cuenta.

Se acercó a mi cara. Sus ojos marrones se agrandaron aún más. Sus fosas nasales se dilataron con su temperamento. Sus pechos desproporcionados subían y bajaban con cada respiración entrecortada y furiosa.

Joder, era impresionante.

Lo que significaba que tenía que alejarme de ella antes de que hiciera algo de lo que no pudiera arrepentirme.

—¿Qué crees que estás haciendo? —gritó, agarrándome del brazo cuando intenté pasar junto a ella.

Ese fuego en sus ojos me hizo reír. Definitivamente no era el momento adecuado para eso, pero no pude evitarlo. Era graciosa. Me llegaba a la altura de la axila y pensaba que podía intimidarme.

—Voy a mi despacho —dije por encima del hombro, liberándome de su agarre.

Necesitaba un minuto. Un minuto lejos de ella. La situación se estaba poniendo fea. Ella se estaba poniendo insoportable. La había tolerado durante un tiempo, pero estaba perdiendo el último ápice de paciencia con ella. Sabía que era amiga de Finley, pero no iba a aguantar sus tonterías por nadie, ni siquiera por Finley.

Empujé la puerta para cerrarla y me dirigí hacia mi escritorio. Cinco minutos. Solo cinco minutos y podría respirar de nuevo.

Pero la puerta no se cerró de golpe, y no llegué a mi escritorio.

—Se ha cortado la mano. Le dijiste que recogiera los cristales del suelo y se ha cortado la mano. ¿Cómo has podido hacer eso? ¿Cómo has podido...

—¡Cállate!

El resto de su frase se le quedó atascada en la garganta, con la boca abierta y lista para escupírmela. Nunca le había levantado la voz. Joder, raramente le levantaba la voz a nadie. Pero esta mujer. Maldita sea, tenía algo. Podría hacer que una monja blasfemara. Yo no era una monja, pero mi vida sexual durante la última década más o menos había sido igual de emocionante.

—Yo...

—No. No puedes irrumpir aquí y hacer esto. Este es mi despacho. Si tienes algún problema con la forma en que dirijo mi negocio, puedes marcharte.

Abrió la boca para interrumpirme, y levanté una mano para detenerla.

—Si no estás contenta con que Joey trabaje aquí, puede dejarlo. No le estoy obligando a quedarse.

Torció los labios como si estuviera chupando un limón.

Ya le daré yo algo que chupar.

Ese pensamiento me hizo retroceder tambaleándome. Ella estaba prohibida. Tan prohibida que bien podría estar en otro país. Yo no podía... nada con ella. No podía besarla, tocarla, hacerla mía. No importaba cuántas fantasías tuviera sobre ella, no era ni nunca sería mía.

—Joey necesita el trabajo —suspiró—. Necesitamos el dinero. Y antes de que empieces con lo horrible madre que soy...

—No sé de dónde demonios has sacado esa idea, pero jamás he dicho que seas una madre horrible. No todo el mundo nace con una cuchara de plata. La mayoría tenemos que dejarnos la piel para conseguir lo que tenemos.

Ella asintió, aquel pelo con reflejos ámbar cayendo sobre sus hombros y descendiendo en suaves ondas sobre sus pechos. Pechos que no debía notar. Pechos que no debería estar notando. Pechos que no podía evitar notar.

—No me gusta ver a mi hijo herido, y tú...

Di dos pasos hacia ella. Sus ojos se abrieron cuando me acerqué a su espacio. No le di tiempo a reaccionar. Simplemente me incliné y sellé mis labios con los suyos.

Al instante, supe que la había cagado. Definitivamente iba a hacer que Joey dejara el trabajo. Y probablemente presentaría una denuncia por agresión contra mí. Y me lo merecía. La había tocado sin permiso. Sin siquiera pensar en pedir permiso. Yo...

Joder, me devolvió el beso. Sus labios se abrieron bajo los míos como una invitación. Una que no iba a rechazar. La empujé hacia atrás hasta que topó con la pared, y cerré la puerta que teníamos al lado. Lo último que necesitaba era que alguien entrara y nos viera. No ahora que por fin la tenía entre mis brazos.

Ni hablar.

4

*S*us manos se deslizaron por mi pecho. Sus dedos se cerraron, agarrando mi camisa. Me incliné más cerca, entonces ella me empujó.

El aire salió de golpe de mis pulmones mientras trastabillaba hacia atrás. La miré, labios rojos y mejillas sonrojadas con chispas de ira en sus ojos.

Joder.

—¿Qué? ¿Por qué? Esto... No. Esto no puede ocurrir. No va a ocurrir. No quiero que ocurra.

Me enderecé y asentí con brusquedad. Mi cuerpo seguía en alerta máxima, listo para lanzarme de nuevo y terminar lo que había comenzado. Transmitir el mensaje por todas partes de que esto no iba a suceder era un proceso lento. Uno que se hizo más lento cuando ella se llevó una mano a su pecho agitado y atrajo mi mirada hacia sus pezones erguidos que presionaban contra la fina tela de su disfraz.

Un jodido disfraz de doncella. Jesús bendito. La mujer no tenía ni idea de lo que me provocaba. Demonios, ni yo lo sabía hasta que no pude evitar besarla. Pero ese atuendo, con la falda negra ajustada, la parte superior con bordes de encaje que dejaba ver la parte superior de unas perfectas esferas de piel, y esos tacones de "fóllame" a los que quería hacer mucho caso, me tenía fuera de mis cabales.

Lo único que tenía que hacer ahora era darse la vuelta y largarse de mi despacho, pero no lo hizo. Se quedó allí, con los ojos ardiendo como si no pudiera decidir si quería volver a besarme o golpearme.

Probablemente ambas cosas.

—Puedes irte ya —gruñí, decidiendo por ella. No me interesaba ser su chivo expiatorio. Lo era con demasiada frecuencia, y necesitaba un descanso. Era la razón por la que estaba en mi despacho en primer lugar. Ella era quien me había seguido.

—Pero... —Tomó aire profundamente, alzando esos pechos que mis manos ansiaban moldear. Me miró una vez más, luego giró sobre uno de sus tacones y salió, cerrando de un portazo la puerta de mi despacho.

—Maldita sea —murmuré cuando por fin se fue.

Eso no debería haber pasado. Nada debería haber pasado. No con ella. Había decidido que estaba listo para empezar a salir con alguien, no para torturarme. Y pasar tiempo con esa mujer sería pura tortura.

Pero sería tan condenadamente bueno.

—No. —Sacudí la cabeza, intentando desechar ese pensamiento. Trabajaba para Finley, una de mis mejores amigas en el mundo. Y su hijo trabajaba para mí. Estaba demasiado cerca. Era demasiado.

Además, no nos caíamos bien. Para nada. Nunca me hablaba a menos que fuera con irritación, y el sentimiento era mutuo. Si iba a involucrarme con otra mujer, no iba a ser una que me hiciera sentir la piel demasiado tensa y el cuerpo como si estuviera en llamas. En el mal sentido.

No, Anna Charlotte no iba a ser la mujer con la que

empezara a salir o a besar o cualquier otra cosa. Íbamos a volver a odiarnos y a olvidar que esto había sucedido.

Un golpe en la puerta hizo que mi miembro diera un respingo. Joder. El condenado solitario esperaba que Anna hubiera cambiado de opinión.

—Acabamos de hablar de esto —refunfuñé mientras me dirigía hacia la puerta.

No me escuchó. Me acomodé y evoqué imágenes del Viejo Bill, uno de mis clientes habituales que se sentaba en la barra los lunes por la tarde y me contaba historias sobre su amor perdido. Iba a ser como él en unas décadas.

Abrí la puerta, listo para salir si era Anna que volvía para otra ronda de gritos. Pero no era ella. Era Finley con el pequeño George, mi ahijado, en la cadera.

—¿Qué le ha pasado a Joey?

—¿En serio, Fin? ¿Crees que le haría daño al chico intencionadamente?

—Claro que no. Por eso te he preguntado. Anna ha salido de aquí toda sonrojada y furiosa y se ha llevado a los chicos para ir al laberinto de heno. Ha dicho algo sobre no querer estar aquí más tiempo. Laura ha dicho que la mano de Joey está bien, pero obviamente hay más en la historia.

Negué con la cabeza y extendí los brazos para coger a George. Se estaba convirtiendo rápidamente en mi persona favorita en el mundo. Nunca me juzgaba por no tener mi vida en orden, siempre estaba feliz de verme y olía bien todo el tiempo. Era como un cachorro, pero nunca se lo diría a Finley.

—Alguien se cruzó delante de Joey y se le cayó una bandeja. Cuando fue a recogerla, le empujaron y un trozo de cristal le cortó la mano. Se la lavó, y Laura la examinó, pero ya sabes cómo es Anna con respecto a que Joey trabaje aquí. Me sorprende que no le hiciera dejarlo ahí mismo.

—¿Estás bien? —preguntó Finley.

Su capacidad para ver más allá de mis tonterías empezaba a ponerme nervioso. No sabía si era la maternidad lo que la hacía más sensible a las emociones y necesidades de los demás o si habíamos estado pasando demasiado tiempo juntos, pero de cualquier manera, lo último que necesitaba era que Finley se enterara de algo de lo que había sucedido en la oficina antes de que ella llegara.

Enterré mi nariz en el cuello de George y sonreí cuando se acurrucó contra mí. —Estoy bien. Anna la ha tomado conmigo, pero no pasa nada. Ya me odia, esto es solo una razón más.

—No creo que te odie. Creo que le gustas.

Mi maldita polla volvió a respingar. Tragué un gemido y negué con la cabeza. —No. Definitivamente te equivocas en eso. Pero no pasa nada. Joey es un empleado excelente, y eso es lo único que realmente me importa.

—Los dos sabemos que eso no es cierto.

No podía arriesgarme a mirar a Finley. No cuando estaba seguro de que vería en mis ojos todo lo que sentía por Anna. En su lugar, me centré en George y lo levanté sobre mi hombro. —¿Qué quieres decir?

—No solo te importa que Joey sea un buen empleado. Quieres que le vaya bien en los estudios, que trabaje duro y que se divierta a lo grande. Lo mismo con Matty. Sé que te preocupas por esos chicos. Te preocupas por todos los que están en tu círculo. Si eres realmente sincero contigo mismo, probablemente también te preocupas por Anna.

Me acurruqué contra George para evitar mirar a Finley otra vez. Asentí, esperando que eso la apaciguara. —Son buenos chicos.

—Lo son. Y Anna es una buena persona. Siento que vosotros dos no os llevéis siempre bien, pero estoy segura de que al final lo conseguiréis.

—Lo dudo.

—Bueno, de todas formas, ella ya se ha ido, y deberías venir a disfrutar de la fiesta. Por cierto, el lugar está increíble. Siempre lo haces bien.

Asentí, feliz de estar en un tema más seguro que Anna. —Lo intento. Saldré en un minuto. Necesito redactar el informe sobre Joey para tener un registro.

—Vale, me parece bien. Y, ¿Hudson?

—¿Sí?

Esperó hasta que le entregué al bebé y la miré a los ojos. —Sé que nunca harías daño a nadie a propósito. Ni a Joey, ni a Anna, a nadie. Anna también lo sabe. Solo estaba asustada esta noche. Estoy aprendiendo que ese es el sentimiento por defecto cuando eres padre.

Asentí, ofreciéndole una sonrisa y un guiño, animándola suavemente hacia la puerta.

Eso dolió. Siempre había querido ser padre. Hillary y yo estábamos hablando de ello cuando murió. No tener hijos era lo único que lamentaba en la vida. No es que pudiera haber hecho algo al respecto cuando mi mujer falleció, pero deseaba haber tenido hijos. Tener a Joey y Matty en O'Kelley's era casi como tener hijos, pero no exactamente. Sabía que no eran míos, pero ellos no tenían padre y yo no tenía hijos, así que a veces fingía. Aunque jamás lo admitiría.

Me senté en mi escritorio e intenté respirar. Por mucho que mantuviera la calma cuando Joey vino a mí con la mano envuelta en esa toalla, me asustó muchísimo. Casi era un hombre, pero en ese momento, lo vi como a un niño pequeño. Quería simplemente abrazarlo y no permitir que le pasara nada más.

Pero yo era su jefe, y eso significaba asegurarme primero de que estuviera bien. El resto era trabajo de su madre. Y meterle la lengua hasta la garganta no ayudaba para nada. Sería mejor si simplemente me mantuviera alejado de la familia Charlotte y levantara un muro entre ellos y yo.

Rellené el formulario rápidamente, más una formalidad que otra cosa, y lo añadí al expediente de Joey, para luego volver a la fiesta y perderme en la diversión.

NUNCA HABÍA SIDO un gran bebedor. La gente pensaba que era extraño que fuera dueño de un bar y no bebiera mucho, pero lo compré precisamente por esa razón. Si siempre estaba rodeado de alcohol, la tentación era menor. Como un adolescente que quiere hacer algo. Solo era atractivo hasta que estaba permitido.

Por eso me sorprendió cuando, al terminar la noche, no fui capaz de salir por la puerta. No podía recordar la última vez que había bebido tanto. Deambulé por la fiesta, charlando con los clientes y riendo con mis amigos. Me estaba divirtiendo y olvidando el resto del día. Solo cuando encendieron las luces y bajaron la música me di cuenta de lo borracho que estaba.

Me arrastré durante la limpieza, diciéndoles a los pocos empleados que quedaban lo mucho que apreciaba su ayuda, luego cerré la puerta tras ellos y me dirigí a mi despacho. Hacía mucho tiempo que no dormía en el sofá de allí, pero llegar a casa no era una opción, así que me desplomé en el sofá.

Cuando volví a estar coherente, el sol apenas brillaba a través de las ventanas traseras. Mi despacho daba al río, que estaba al oeste, pero podía notar que el sol había salido, aunque no estaba alto. Apenas amanecía.

Revisé mi móvil y gemí. Había dormido unas cinco horas. La cabeza me martilleaba como si tuviera un taladro neumático dentro y sentía la boca como si me hubiera olvidado de quitarme los bastoncillos de algodón después de una cirugía dental.

Me levanté del sofá y me dirigí primero al baño. El botiquín tenía un frasco grande de analgésicos. Tomé unos cuantos y recogí agua del grifo abierto con las manos. Tardarían un rato en hacer efecto, pero mientras tanto, tenía trabajo que hacer.

El lugar no estaba tan mal, lo que fue una grata sorpresa. Vacié las papeleras y tiré las bolsas en el contenedor de fuera. Limpié la barra y coloqué todas las botellas en orden. Los baños estaban listos, y la cocina impecable.

Era demasiado temprano para abrir, lo que resultaba conveniente porque estaba demasiado agotado para hacerlo. Pensé en ir a Cracked a desayunar, pero necesitaba ducharme y cambiarme de ropa, así que me fui a casa.

Los analgésicos finalmente hicieron efecto después de la ducha y de meterme algo de desayuno en el cuerpo. El dolor de cabeza persistía, y sabía que iba a ser un día largo, pero era mejor de lo que podría haber sido.

Acababa de regresar al bar cuando recibí un mensaje de Finley.

No paro de pedirle a Anna que venga al club de lectura, pero siempre dice que no. Sé que Joey trabaja esta noche. ¿Puede venir Matty con él para que Anna pueda venir al club de lectura?

Gruñí al teléfono y lo tiré sobre la barra. No me apetecía lidiar con Anna. No con la jaqueca que tenía.

Ignoré el mensaje mientras preparaba todo para abrir. Durante todo ese tiempo, la parte trasera de mi móvil me miraba fijamente, animándome a darle la vuelta y responder a Finley.

Cuando ya no pude inventarme más excusas, agarré el teléfono de la barra y escribí una respuesta rápida.

Matty siempre es bienvenido aquí.

Aparecieron tres puntos, como si Finley hubiera estado sentada esperando a que respondiese. Probablemente así era. Lo que me hizo sentir como una mierda por ignorarla durante tanto tiempo.

¡Gracias! Se lo diré a Anna.

Ignoré el cosquilleo en mis vaqueros ante la idea de ver a Anna otra vez hoy. Los fines de semana, normalmente no entraba cuando dejaba o recogía a Joey. Pero si traía a Matty, lo haría.

Me negué a emocionarme con la idea. Tendría suerte si conseguía pasar el día con las pelotas intactas si ella tenía algo que decir al respecto.

El bar abrió y los clientes empezaron a entrar poco a poco. Algunos parecían estar como yo me sentía, pero otros llegaban con sonrisas, jugando al billar, hablando y riendo con amigos como si no hubieran estado bebiendo la mitad de la noche. Me estaba haciendo demasiado viejo. Joder. No creía que cuarenta y dos años fuera tan mayor, pero empezaba a sentirme así. Tenía el doble de edad que los bebedores más jóvenes, y esa constatación me golpeó en los huevos con tanta fuerza como cualquier otra cosa.

Me mantuve ocupado durante el día, intentando no pensar en Anna cuando llegara para el turno de Joey. Definitivamente no estuve vigilando la puerta ni levantando la mirada cada vez que se abría. Y desde luego no tuve que ir al despacho para ajustarme unos minutos antes de que llegaran.

En absoluto.

Estaba en la cocina con Charlie cuando Joey entró para fichar. Todo en mí saltó cuando me di cuenta de que había llegado temprano y yo no estaba delante esperando a Anna.

Era bueno. Era mejor así. No necesitaba verla. No había razón para ello.

—¿Cómo va la mano? —preguntó Charlie a Joey.

Joey la levantó para mostrarle el vendaje alrededor de su palma.—Está bien. La señora Laura dijo que estaba bien, pero mi madre está un poco loca. Me dijo que mantuviera el vendaje hasta mañana. Me va a llevar a mi médico de familia.

—Si la señora Laura dijo que estás bien, seguro que estás bien —dijo Charlie.

—Eso es lo que le dije, pero está paranoica. Siempre es así.

—Me sorprende que te haya dejado volver al trabajo —bromeó Charlie.

—No creo que quisiera —admitió Joey, lanzándome una mirada culpable—. Le dije que no sería justo que dejara el trabajo sin previo aviso.

—¿Es esto tu aviso? —pregunté, odiando cómo se me encogía el estómago ante la idea. Mierda.

Joey negó con la cabeza.—No. Accedió a dejarme seguir trabajando aquí. Le dije que nadie más está contratando ahora mismo, y necesito este trabajo para ayudar en casa. Sé que odia eso, pero es verdad.

—No hay nada de qué avergonzarse si tu familia necesita dinero —dijo Charlie—. Así fue como yo empecé a cocinar. Mis padres trabajaban ambos en dos empleos y mis hermanos y yo nos repartíamos las tareas de la casa. Yo era el más alto, así que era el cocinero. Resultó que se me daba bastante bien y me gustaba. Tan pronto como pude, comencé a trabajar en cocinas para ganar algo de dinero para que mis padres pudieran reducir un poco su trabajo. Nunca lo hicieron, pero estaba bien tener ese dinero para gastar. Tienes una gran ética de trabajo, chaval. No la pierdas.

—Gracias, dijo Joey, con las mejillas oscureciéndose un poco bajo el halago.

—¿Está aquí tu hermano? solté de repente.

Joey levantó la mirada hacia mí y asintió. —La señorita Finley dijo que habías dicho que estaba bien. ¿Lo está?

—Sí, por supuesto. Es solo que no lo mencionaste, así que quería preguntar. ¿Se sentó en la barra?

Joey se encogió de hombros. —No estoy seguro. Mi madre lo acompañó dentro. Yo vine aquí atrás para fichar y no llegar tarde.

—Perfecto. Gracias. Iré a buscar a Matty y me aseguraré de que esté bien.

—Mmm hmm —murmuró Charlie.

Le ignoré y salí de la cocina mientras él le preguntaba a Joey qué estaba haciendo para prepararse para la próxima temporada de béisbol.

Matty no estaba en su asiento habitual en la barra cuando salí. Examiné rápidamente la zona, preguntándome si habría dejado su asiento y encontrado a alguien con quien hablar. Era un niño parlanchín y si estaba solo, solía deambular.

Cuando no lo vi en la barra, me dirigí hacia la oficina. Tenía libros para que leyera y una consola portátil de video-juegos con la que jugaba después de terminar sus deberes. Y un cuaderno de ejercicios con el que se peleaba conmigo, pero nunca tenía muchos deberes, así que lo compré para asegurarme de que recibiera la mejor educación posible.

Escuché su voz antes de abrir la puerta de la oficina. Como siempre, sonaba disgustada. Suspiré y respiré hondo, luego doblé la esquina hacia mi oficina.

Estaba de pie junto a mi sofá con la manta con la que había dormido la noche anterior en sus manos. Ya la había doblado por la mitad y estaba a punto de doblarla de nuevo.

—¿Qué estás haciendo? pregunté.

Su cabeza se giró bruscamente hacia mí, con una mirada culpable en sus ojos. —Solo estaba doblando esta manta, ya que parece que alguien durmió aquí anoche. Intentaba ser amable.

Me mordí el labio para no decir algo de lo que me arrepentiría. Estaba siendo amable. Me había olvidado de la manta cuando me arrastré a casa esa mañana y no había vuelto mucho a mi oficina desde que regresé.

—Gracias, logré decir. —Debería haberlo solucionado antes.

—No'pasa nada. Evitó mi mirada, manteniendo la suya en la manta. Cuando terminó, la colocó sobre el respaldo del sofá y la alisó. Después miró alrededor como si necesitara hacer algo más.

—Oye, Hudson, ¿puedo jugar a un juego? —preguntó Matty, atrayendo la atención de ambos.

—¿Un juego? ¿Qué juego?

Matty sacó el dispositivo portátil del cajón inferior izquierdo del escritorio, el que tenía solo para él con todas sus cosas. Había un estuche con bolígrafos, lápices, lápices de colores, barras de pegamento y tijeras. Su cuaderno de ejercicios, los libros que le'había comprado, algunos cuadernos para colorear que me dijo que eran para bebés pero que le había visto usar varias veces, y la consola de juegos.

—¿Qué es eso?

—Es'mío —solté—. —Me gusta relajarme y jugar a veces, y le dije a Matty que podía cogerla prestada cuando estuviera aquí, siempre que tuviera los deberes hechos. ¿Tiene deberes que terminar hoy?

—No. No le mandan deberes los fines de semana. Pero eso'es caro. No tiene por qué estar jugando con tu aparato.

—No'pasa nada —le aseguré—. —Solo costó unos cientos de euros. Puedo comprar otra si la necesito.

Claramente, eso fue lo peor que pude decir. Apretó los labios y asintió. Luego se acercó a Matty y le besó la cabeza. —Por favor, ten cuidado. No llegaré tarde. Escucha a Hudson y pórtate bien. Unos cientos de euros puede que no sean gran cosa para algunas personas, pero para mí es mucho dinero, así que no lo rompas.

Matty asintió, ya cargando un juego.

Anna le soltó y se dirigió hacia la puerta, donde yo seguía obstaculizando el paso. Me miró, con vergüenza y dolor en su mirada.

Abrí la boca para decir algo, pero no sabía qué decir. No había querido hacerla sentir mal por no poder comprar una estúpida consola de juegos para su hijo. Para mí no era gran cosa conseguirla, pero no debería haber dado a entender que yo era mejor que ella porque tenía ingresos disponibles.

—Gracias por dejarle quedarse aquí —dijo finalmente entre dientes.

—Cuando quieras. Lo digo en serio.

Asintió una vez, luego me rodeó y se marchó.

Dejándome con la sensación de que la había cagado. Otra vez.

5

ANNA

*P*arpadeé para contener las lágrimas mientras salía del bar. Dios, odiaba que una pequeña cosa pudiera hacerme sentir tan inútil. Era un juego estúpido. Algo que todos los niños deberían tener. Pero el mío no lo tenía. No de mi parte, al menos. Mi hijo jugaba porque Hudson se los compraba.

No me estaba engañando. Sabía que no era su consola. La había comprado para Matty. Era un detalle bonito, pero...

No. No podía pensar en Hudson Grant siendo amable. Así fue como acabé embarazada y cómo me convertí en madre soltera. Nick era amable cuando quería serlo. Y luego desapareció. Solo habían pasado seis meses desde que finalmente logré divorciarme, y todavía estaba reconstruyendo mi vida. No iba a caer por un gesto amable y arruinar todo el trabajo que había hecho para que las cosas avanzaran en la dirección correcta.

Además, no tenía ningún interés en Hudson Grant. Ni en ningún hombre. No importaba lo bien que oliera esa manta cuando la recogí o cómo reaccionó mi cuerpo a su voz cuando preguntó qué estaba haciendo. No era nada más que el jefe de mi hijo.

Sin excusa para no ir al club de lectura, me encontré en la puerta en cuestión de segundos. Saqué mi llave y entré, ya que podía hacerlo, y luego me pregunté si estaba bien. Cuando Finley apareció por la esquina de una estantería y sonrió alegremente, supuse que sí.

—Pensé que eras tú. Nadie más tiene llaves. Me alegro de que hayas venido —me abrazó e inclinó la cabeza hacia el fondo, donde todas se sentaban y hablaban de todo menos del libro que se suponía que debían leer.

—No me diste muchas opciones —confesé.

Finley se rio como siempre y me arrastró hacia el fondo, como si supiera que saldría corriendo si me diera la oportunidad. —¿Hasta qué hora trabaja Joey?

—Hasta las nueve. Todavía no le permiten trabajar más tarde que eso.

—Yo me convierto en calabaza antes de esa hora —dijo Laura mientras doblábamos la esquina y el grupo apareció a la vista—. Nico y yo estamos en el trabajo a las siete, lo que significa que me levanto poco después de las cinco.

—Ay —dijo Trinity—. Yo no podría soportar eso.

—Yo tampoco podría —dijo Karissa.

Laura se encogió de hombros. —Supongo que estoy acostumbrada, pero significa acostarme temprano.

Me quedé allí mientras todas hablaban sobre el sueño, quién dormía lo suficiente y quién no. Blake se frotaba su barriga extremadamente embarazada y parecía que podría quedarse dormida allí mismo.

—Ven, siéntate —dijo Finley, palmeando el asiento a su lado.

Forcé una sonrisa y me uní a ella en el sofá. Yo era la que no encajaba. La que realmente no conocía a las demás. La que tenía que ser tratada con cuidado porque estaba sola. Las otras se conocían todas entre sí. Habían sido amigas durante años. Lo único que yo había hecho era contestarles mal y distanciarme lo máximo posible. Era tan buena haciendo amigas como manteniendo una relación con un hombre.

—Anna se ha unido a En Busca del Galán de Papel —comentó Finley al grupo.

Mis mejillas se sonrojaron cuando todas se giraron para mirarme.

—Eso es emocionante. ¿Has tenido alguna buena coincidencia ya? —preguntó Blake.

Negué con la cabeza. —No realmente. Algunos estaban bien, pero no tengo mucho tiempo para sentarme a charlar ni ganas de quedar con un desconocido después de unas cuantas conversaciones superficiales. Estoy demasiado ocupada para ese tipo de tonterías.

El silencio me indicó que esa respuesta no fue la mejor. No estaba segura de qué había dicho mal, pero definitivamente había metido la pata en algo.

—Bueno —dijo Elise, —esas *tonterías* son lo que unió a Colin y a mí, así que para mí valió la pena. Lo mismo para la mayoría de nosotras aquí.

—Lo siento, yo-

—No pasa nada —dijo Finley. Puso una mano en mi brazo y me sonrió. —Todas entendemos lo que quieres decir. Tienes dos hijos, trabajas a tiempo completo y estás haciendo todo lo posible para mantenerte a flote. Salir con alguien y el sexo no son una prioridad para ti ahora mismo, y eso está bien.

Tragué saliva con dificultad y asentí. Era mejor si me mantenía callada el resto del día. Todo iría mejor si lo hacía. Así no enfadaría a ninguna más de ellas.

—Sofia, ¿has conocido a alguna nueva coincidencia? —preguntó Finley a una rubia que me resultaba familiar pero que no conocía.

Sofia negó con la cabeza. —Últimamente no. Me he tomado un pequeño descanso. Llega a ser demasiado para mí.

—Yo no parece que tenga ese problema —dijo Goldie. No nos conocíamos bien, pero ella tenía un hijo de una edad cercana a la de Joey y era mayor como yo. Sentía que quizás podría ser una amiga. Tal vez.

—¿Qué quieres decir? —preguntó Sofia.

—Debo haber rellenado algo mal en mi perfil porque apenas recibo coincidencias. —Goldie puso los ojos en blanco—. Es como si supieran que no soy joven y mona con pechos firmes y una vagina bien cuidada.

—Oh, eso me llega al alma ahora mismo —dijo Blake con un gemido—. Te juro que hay momentos en los que he pensado en pedirle a Ian que me afeite porque odio que tenga que adentrarse en esa zona cuando tenemos sexo, pero no estoy segura de querer arriesgarme a pedirle que me ataque con una desbrozadora.

Solté un bufido a pesar de mí misma, atrayendo la atención de las demás.

—¿Cuál es tu veredicto, Anna? ¿Depilada o no? —preguntó Goldie.

Miré alrededor del grupo, a las caras abiertas, y sentí que cada célula de mi cuerpo comenzaba a replegarse. No quería compartir algo tan personal con un grupo de mujeres que apenas conocía. Nunca lo había hecho. Tuve supuestas amigas en el instituto que me abandonaron tan pronto como me quedé embarazada. Como madre joven, nunca conecté con las otras madres cuando mis hijos eran pequeños. Y ahora, era la vieja, llena de estrías y con un arbusto que podría tener su propio código postal.

Pero compartir todo eso... no era buena idea.

Entonces abrí la boca...

—El último hombre que me vio desnuda fue mi ex

marido. Y la última vez que tuvimos sexo, me quedé embarazada de mi hijo que ahora tiene doce años. A mi vibrador no le importa cuánto pelo hay ahí abajo, lo que es una maldita suerte porque si me lo afeitara todo, podría fabricar una mascota para mis hijos.

El silencio tras mi confesión fue ensordecedor. Durante unos tres segundos. Después todas estallaron en carcajadas. Las lágrimas rodaban por sus rostros, se sujetaban el estómago y aplaudían.

—Madre mía, qué alegría me da oír eso —dijo Goldie un minuto después, todavía sujetándose el costado—. Pensaba que era la única. Acabo de cumplir cuarenta y te juro que me lesioné algo la última vez que siquiera pensé en depilarme, ya ni hablar de ponerme en posición para hacer algún progreso.

—Yo cumplo cuarenta en unos días y me siento igual. Pero no tengo a nadie para quien depilarme y no tengo intención de cambiar eso en un futuro próximo, así que no me importa. —Levanté mi plato brindando hacia Goldie y supe que había encontrado una amiga.

—¿En unos días? —preguntó Finley—. ¿Cuándo es tu cumpleaños?

—El tres de noviembre. ¿Por qué?

—Tenemos que reunirnos. Deberíamos hacer algo todas juntas.

—¿En O'Kelley's? —sugirió Trinity.

—No hace falta que hagamos nada —interrumpí. Nadie me oyó.

—¿Noche de chicas? —dijo Blake.

—¿No es eso lo que estamos haciendo ahora mismo? —preguntó Elise.

—Sí, pero podemos salir y tomar copas, vosotras podéis hacerlo, arreglarnos y pasarlo bien. —Blake levantó las cejas mirándome como si realmente me estuviera pidiendo que estuviese de acuerdo.

—No necesito una fiesta —dije.

—No es una fiesta. Es una noche para salir y celebrar. Todas nos reunimos para el cumpleaños de Goldie. Lo hacemos para todos los nuestros. —Blake sonrió como si fuera una conclusión inevitable que yo querría hacer algo.

Otra verdad que demostraba que ninguna de ellas me conocía. No recordaba la última vez que había celebrado mi cumpleaños. Definitivamente antes de tener hijos. Probablemente cuando cumplí veintiuno y Nick y yo salimos. Él se emborrachó en mi cumpleaños y acabé teniendo que dejar de beber para poder cuidarle.

Sí, era estupenda eligiendo ganadores.

—¿Qué hiciste para tu cumpleaños el año pasado? —preguntó Finley.

—Mmm, nada. No he celebrado mi cumpleaños desde hace más tiempo del que puedo recordar —me encogí de hombros como si no fuera gran cosa. Había superado hace mucho tiempo eso de no ser el centro de atención. Ahora lo que importaban eran mis hijos.

—Entonces está decidido —dijo Blake por todas—. Empezaremos la noche en O'Kelley's. Reuniremos a todos los niños en casa de alguien para quienes lo quieran o lo necesiten, y nosotras saldremos.

Finley aplaudió y sonrió. —Estoy tan emocionada con esto. Va a ser genial.

Forcé una sonrisa. ¿En qué demonios me había metido?

Cuando mi cumpleaños llegó dos días después, decidí que iba a aprovechar al máximo el día.

¡Ja!

No, no lo hice. Decidí que iba a huir y no volver nunca para que nadie intentara celebrar mi cumpleaños otra vez.

No quería hacer nada por mi cumpleaños. Para nada. Pero Finley estaba tan emocionada, y era mi jefa, y las demás pensaban que era una idea estupenda, y nunca había descubierto cómo hacer amistad con otras mujeres, así que me aguanté, reprimí toda mi ansiedad y decidí que si había sobrevivido quince años casada con Nick, podría sobrevivir una noche con mi jefa y su grupo de amigas.

Finley insistió en llevarme, alegando que de todas formas no podía beber ya que todavía estaba dando el pecho, así que me presionó hasta que acepté que pasara a recogerme. Estaba esperando fuera cuando llegó, para evitar que entrara en mi diminuto apartamento y viera cómo vivíamos.

Sí, estaba avergonzada. Ella vivía en la casa más grande del pueblo, y yo en el apartamento más pequeño. Decir que nuestros mundos eran diferentes era quedarse corto.

Sonreí a pesar del dolor de estómago cuando me subí a su coche e intenté no suspirar ante la sensación de los caros asientos de cuero.

Por lo visto, fracasé.

—¿Verdad que sí? —dijo Finley—. Le dije a Trent que no necesitaba un vehículo nuevo porque no conduzco largas distancias, pero insistió en comprarme este poco después de que naciera George. Lo único que le permití rechazar fue algo más grande porque habría sido una pesadilla aparcarlo en la calle, pero estos asientos de piel son para morirse.

Pasé la mano por la suave piel color camel y asentí. —Realmente lo son. Nunca he tenido nada tan bonito en mi vida.

—Yo tampoco —dijo Finley con una carcajada.

Vale, así que ella no creció con dinero, y antes de conocer a un desconocido y quedarse embarazada, vivía al día, pero todo eso cambió para ella. Yo no estaba buscando un caballero con armadura brillante que me salvara de mi situación. Podía salvarme a mí misma, joder.

—Siento que Blake te haya impuesto lo de esta noche. De verdad solo quería que disfrutases del club de lectura. Se nos fue un poco de las manos.

—No pasa nada —le aseguré.

—Eso dices ahora.

—¿Debería preocuparme?

Finley negó con la cabeza. —No creo. Quiero decir, estamos en Cala MacKellar. Solo hay ciertos límites de lo que podemos hacer.

Me reí con ella mientras los nudos en mi estómago se apretaban. ¿Por qué acepté esto otra vez?

Finley aparcó a una manzana de O'Kelley's. Me encontró en la acera y enlazó su brazo con el mío. Me arrastró medio a la fuerza hacia la puerta.

Una parte de mí temía que hubiera alquilado todo el bar o algo así y que me fuera a dar una gran fiesta sorpresa. Cuando la puerta se abrió y todo parecía seguir su curso normal, solté un gran suspiro de alivio.

Algunas de las mujeres ya estaban instaladas en una mesa en la esquina con bebidas y comida frente a ellas. Cuando nos vieron acercarnos, vitorearon y alzaron sus copas.

—¿Empezasteis sin nosotras? —preguntó Finley.

—No, acabamos de llegar —dijo Elise. Levantó una copa hacia Finley—. Hudson tenía la comida preparada porque sabía que veníamos. Reservó la mesa y todo, y hasta las bebidas estaban listas.

—Genial —dijo Finley.

Elise asintió y me pasó otra copa. —Feliz cumpleaños.

Sonreí. —Gracias.

—Bébetelo. Te ayudará. —Elise arqueó una ceja, en un gesto que podía ser un desafío o un estímulo. No estaba segura de cuál.

Pero cogí la bebida. Levanté la copa y di un sorbo,

sorprendida de lo dulce y ligera que era, y muy peligrosa si realmente contenía alcohol. —¿Qué es esto?

—Es una especialidad de Hudson. Es un maestro detrás de la barra. Ha preparado esto especialmente para nosotras esta noche. ¿Qué te parece? —Elise me observaba atentamente.

Asentí. —Está delicioso. ¿Lleva alcohol?

—Sí —dijo Elise con una risita—. Bastante. Pero está bueno, ¿verdad?

Asentí y miré la bebida de nuevo. Di otro sorbo. Necesitaba tener cuidado. Era el tipo de bebida que me había dejado embarazada. Dos veces.

Laura se unió a nosotras, luego Goldie, y al poco tiempo no podía ver el resto del bar por todas las mujeres que se agolpaban alrededor de nuestra mesa, riendo, bebiendo y comiendo.

—¿Cómo va todo por aquí? —preguntó Hudson. Estaba frente a mí, entre Blake y Goldie. Les sonrió a ambas. Goldie le devolvió la sonrisa y una punzada de celos ardientes me atravesó.

—Es maravilloso —dijo Finley—. Gracias por hacer que todo esto sea posible.

—No es gran cosa. Me alegro de haber podido ayudar. Alzó la mirada hasta encontrarse con la mía. —Feliz cumpleaños.

—Gracias —dije automáticamente. Quería decir algo más, pero no sabía qué y antes de que pudiera pensarlo, ya se había ido, girándose para volver detrás de la barra.

—En serio, ¿qué está pasando entre vosotros dos? —preguntó Trinity.

—¿Qué? Nada. ¿Por qué preguntas eso? —solté de golpe. Me ardían las mejillas, pero eso solo era por el alcohol. Me había tomado dos de esas bebidas y empezaba a perder el control.

—Ahí había cierta tensión. —Trinity arqueó una ceja y miró alrededor de la mesa buscando confirmación de las demás. —¿En serio? ¿Ninguna de vosotras lo ha notado?

—Él le ha dicho feliz cumpleaños y ella ha respondido gracias —resumió Elise. —¿Cómo puede eso ser ardiente? Le he dicho lo mismo a mis padres y al padre de Colin, y puedo garantizar que ahí no hay ninguna tensión.

—Estoy con Elise —dijo Melody. —Yo no lo he visto. Quiero decir, deseo que Hudson encuentre a alguien porque es genial y se lo merece, pero... También te lo mereces tú, Anna...

Le sonreí. Sabía lo que quería decir. Ella era amiga de Hudson. Todo el mundo adoraba a Hudson. Era una buena presa. Un hombre bueno, fuerte e independiente que podía hacer cualquier cosa.

Yo seguía siendo una extraña. Alguien que siempre estaba aquí pero nunca realmente aquí. Vivía en los márgenes, literal y figuradamente. Y siempre sería así.

—Necesito ir al baño —solté de golpe. Tan pronto como dije las palabras, se hicieron realidad, pero realmente era solo una buena excusa para alejarme de las miradas que todas me estaban dirigiendo.

Pobre y lastimera Anna. Sin dinero, sin amigos y sin hombre.

Uf. Estaba harta.

Les demostraría a ellas y a todos los demás.

Cerré con pestillo la puerta del servicio y saqué el móvil. ¿Todas esas notificaciones que había estado ignorando? Iba a responder a algunas de ellas. Sí, una parte de mí sabía que era una idea realmente mala cuando había estado bebiendo, pero había una parte más grande de mí, la parte borracha, que admitía que nunca lo haría. Estaba muerta de miedo de arriesgarme y volver a jugármelo todo otra vez.

No estaba segura de si quería una cita, pero sería agradable coquetear con alguien. Sentir que quizás podía ser deseada. Pasé más de una década con Nick, y otra década intentando librarme de él mientras él trataba de enterrarme en deudas. Cuando empezamos a salir, me hizo sentir deseada como nunca antes en mi vida. Pero eso solo fueron las hormonas adolescentes y dos críos atrapados en la misma situación. Él se encargó de que lo supiera después de que me quedara embarazada de Matty y Nick desapareciera por última vez.

Tenía cuarenta años. Puede que nunca conociera a un hombre que realmente me deseara, y tampoco necesitaba que lo hiciera, pero por una vez en mi vida quería sentir que quizás, solo quizás, valía más de lo que los ceros de mi cuenta bancaria me hacían creer.

6

HUDSON

*M*e vibró el móvil en el bolsillo. No le di importancia, pero luego volvió a vibrar. Y otra vez.

Lo saqué y sonreí al ver que tenía seis mensajes de En Busca del Galán de Papel. Todos de una misma persona. Y todos presentándose y claramente sin intención de enviármelos todos a mí.

MIS AMIGAS ME OBLIGARON

¡Hola! Vi que hemos hecho match y quería saludar. Soy madre soltera, tengo 40 años y trabajo mucho para cuidar de mis hijos. No tengo tiempo para juegos ni tonterías, así que si estás aquí por eso, búscate a otra persona a quien fastidiar. Tampoco tengo realmente tiemp para citas. No debería admitir eso, pero qué má da. No me conoce. Si te he espantad, bien. Significa que no estábamos destinados a ser de todas formas. Si no, quizás deberías estarlo. Pero de alguna manera esper que no lo estés.

Me reí resoplando al leer su mensaje. Entre todas las

erratas y el hecho de que me lo envió seis veces, exactamente el mismo mensaje, mi intuición me decía que quizás no estuviera completamente sobria en este momento.

Miré alrededor del bar, pero la mitad de las mujeres allí tenían la nariz metida en sus móviles. Negué con la cabeza y escribí rápidamente una respuesta para ella.

AQUÍ POR LA FUERZA

Encantado de conocerte. Definitivamente no me has espantado con tu primer mensaje. Quizás con el quinto. O el sexto. Pero no pasa nada. Me gustan los niños y odio los juegos y las tonterías, así que quizás hay una razón por la que no me has espantado.

Me reí por lo bajo mientras imaginaba su cara al leer mi respuesta y esperé a que llegara el sentimiento de culpa. Después de que Hillary muriera, pasé años sintiéndome culpable cada vez que pensaba siquiera en otra mujer. Con el tiempo, me acosté con alguien, y después casi me mato bebiendo por la culpa. Me llevó tiempo dejar de sentir que estaba engañando a mi difunta esposa. Todavía había ocasiones en que me sentía así, pero últimamente esa sensación se había ido desvaneciendo cada vez más. ¿Esta noche? Ni un ápice de culpa.

Apareció un nuevo mensaje de Mis Amigas Me Obligaron.

MIS AMIGAS ME OBLIGARON

Claramente no debería estar haciendo esto ahora. Voy a esconderme y fingir que esto nunca ocurrió.

Me reí y le envié una respuesta rápida.

AQUÍ POR LA FUERZA

Me encantaría hablar de nuevo. Pronto, espero.

No esperaba una respuesta de ella, así que metí el móvil en mi bolsillo y volví a centrar mi atención en la barra. Serví copas, hablé con la gente e ignoré el impulso de ir a ver cómo estaban Finley y el resto de las chicas.

Las cosas empezaron a calmarse aproximadamente una hora después, y finalmente cedí a mi debilidad y miré hacia la mesa de Finley. Mi mirada se posó inmediatamente en Anna, con una tonta sonrisa de borracha en su cara mientras se reía de algo que alguien había dicho.

Nunca la había visto con ese aspecto. Como si no estuviera enfadada con el mundo. Por solo un minuto, parecía feliz y en paz. Era impresionante. Y por eso supe que tenía que apartar la mirada.

Jonathan estaba conmigo en la barra y dijo que podía encargarse de todo durante unos minutos. Necesitaba ocuparme de algunas cosas en la oficina, así que le dejé solo y me fui a despejarme.

Anna Charlotte no era alguien en quien yo debiera estar pensando. Nunca. Joder, ya la había besado, y ella me había rechazado. ¿Cuántos recordatorios necesitaba de que no estaba interesada?

Y yo tampoco lo estaba. No me caía demasiado bien. Me volvía loco. El amor no debería ser así. Las relaciones tendrían que ser fáciles. Las que funcionan. Con Hillary, siempre fue fácil. No porque yo lo hiciera así, sino por ella. Estaba enfadado y desagradable cuando nos conocimos porque mi futuro estaba amenazado. Estaba suspendiendo dos asignaturas y mi entrenador de béisbol dijo que necesitaba un tutor o perdería mi beca y me echarían del equipo y de la universidad.

Estaba cabreado. Me había pasado toda la vida sintiéndome estúpido por ser disléxico. No podía entender las cosas y era lento. En el instituto, me ayudaron a pasar y me daban tiempo extra porque aportaba dinero al colegio. La gente venía a verme jugar.

Pero en la universidad, no era especial. Había tíos con el doble de talento que yo. Era solo un jugador más. Lo que significaba que tenía que encontrar la manera de aprobar o largarme.

Hillary fue la desafortunada a la que asignaron como mi tutora. Le dije claramente el primer día que no la necesitaba y que no iba a quedarme allí para que me tratara como si fuera estúpido. Ella nunca se inmutó ni me contradijo. Solo me dijo que estaría allí lista para ayudarme cuando estuviera dispuesto a escuchar.

Y lo estaba. Nunca me juzgó ni me hizo sentir como si tuviera algo malo. Fue la primera persona que me aceptó como era, con dificultad de aprendizaje y todo.

Una vez que superé mis prejuicios, se convirtió en mi mundo. Lo era todo para mí. Cuando me lesioné la rodilla y no pude pagar la universidad, ella seguía ahí. Incluso aunque intenté alejarla de nuevo.

Fácil. Así es como debería ser una relación.

Pero ¿Anna? No. Nada con ella era fácil. Nada tenía sentido. Nada me hacía sentir completo.

Besarla fue un error. No importaba que fuera un error que quería cometer de nuevo. Era un error. Solo me sentía atraído por ella porque no era alguien a quien conocía de toda la vida. Como Finley o Elise o Karissa. Anna era diferente, pero Anna no era mi futuro.

Aparté mis pensamientos de Anna e hice lo posible por concentrarme en la nómina de la semana. Había que hacerla, y como no tenía un gerente de oficina, tenía que hacerla yo mismo.

Una parte de mí pensó en preguntarle a Melody si podría volver a trabajar para mí, pero sabía que no era lo correcto. Nunca había considerado contratar a alguien para ocuparse del papeleo antes de que ella se impusiera para conseguir trabajo en O'Kelley's, pero desde que se fue, lo pensaba cada vez que me sentaba a hacer cosas como la nómina.

Comprobé todos los informes con los horarios y tarjetas de tiempo de todos. Todo cuadraba, por suerte. Era una semana fácil de gestionar, pero solo se iba a complicar más conforme se acercaran las fiestas.

Comprobé tres veces toda la información y estaba a punto de enviarla cuando alguien llamó a la puerta de la oficina. Levanté la vista y encontré a Finley con Anna colgada de su hombro.

—¿Qué ha pasado? —solté, levantándome de un salto de mi asiento y apresurándome hacia ellas. Ayudé a Finley a sentar a Anna en el sofá. Anna inmediatamente se desplomó.

—Ha tomado demasiadas de tus bebidas.

—Maldita sea. Le advertí a Elise que la bebida tenía mucho alcohol.

Finley asintió. —Elise nos lo contó. Anna dijo que no podía saborear el alcohol. No creo que pretendiera emborracharse tanto.—

Anna resopló en sueños y volvió la nariz hacia el sofá. —Qué rico.

—No puedo llevarla a casa yo sola. Estaba pensando en traerla de vuelta a la finca, pero—

—Joey y Matty están en casa—terminé yo.

Finley asintió. —No sé qué hacer. Quería que esta noche fuera una salida divertida para ella.—

—¿Pasó algo?—

—No, nada malo. Pero que se haya emborrachado tanto me dice que o no se suelta a menudo o tiene muy poca resistencia al alcohol. Quizás ambas cosas.—

—Probablemente ambas.—Miré a Anna mientras sonreía en sueños. Su pelo castaño claro parecía más rojizo contra el marrón oscuro de mi sofá. Tenía algunas mechas grises.

Incluso con eso, se veía más joven dormida. Tranquila. Como si no llevara el peso del mundo que normalmente cargaba sobre sus hombros.

—Cuando me di cuenta de lo mal que estaba, todos los demás ya se habían ido. Y no puedo llamar a Trent para que venga a ayudar porque George ya está dormido.—

—Te ayudaré a llevarla a casa.—

Finley se sujetó los pechos. —Pronto. Necesito sacarme leche.—

—Joder, no necesito saber eso. Ni verlo.—

—Entonces o nos vamos ahora mismo o te encargas tú solo porque estoy a punto de explotar.—

—Por Dios, Finley. Solo vete. Yo la llevaré a casa. Me pondré en contacto con Joey para que sepa que voy a entrar al apartamento.—

—¿Estás seguro?—

—¿De verdad me estás dando a elegir?—

Me dedicó una de sus sonrisas de arrepentimiento y se encogió de hombros. —No era mi intención emborracharla tanto. Solo quería que se divirtiera. No suele relajarse a menudo. Lleva seis meses trabajando para mí y ni una sola vez le he oído hablar de salir, tener citas o hacer algo simplemente por diversión.

—Quizás su idea de diversión es diferente a la tuya.

—Puede ser. Pero creo que ha olvidado cómo divertirse. Finley hizo una mueca y se agarró los pechos de nuevo. —Uy, de verdad necesito irme. ¿Seguro que puedes llevarla a casa?

—Sí, yo me encargo. Pero, por favor, no derrames leche materna por todo el bar.

Finley se rio y se acercó rápidamente. Me abrazó, no demasiado cerca, y dijo: —No lo haré. Gracias.

—Oye, ¿estás bien para conducir?

Asintió cuando llegó a la puerta. —Nada de bebidas para

mí. Pasa a la leche materna, así que solo he tomado agua esta noche. Y comida.

—Vale, perfecto. Ten cuidado al volver a casa.

—Lo tendré. Gracias, Hud.

Finley se marchó, y Anna estaba dormida en mi sofá. ¿En qué demonios me había metido?

Respiré hondo y supe que la única opción era terminar con esto cuanto antes. Cogí el móvil y busqué el número de Joey para enviarle un mensaje. Probablemente estaría dormido, pero no quería que se preocupara cuando entrara en su casa.

> Tu madre está en O'Kelley's y ha bebido un poco de más. Salgo en un minuto para llevarla a casa. No hace falta que te levantes, pero quería avisarte de que voy a entrar en vuestra casa para que no te preocupes por quién anda ahí.

Antes de que pudiera guardar el teléfono, vibró con un pulgar hacia arriba como respuesta.

—Parece que no está preocupado —dije en voz alta.

Miré a la mujer que había protagonizado demasiadas de mis fantasías últimamente. Ya no sonreía. Tenía la boca entreabierta y estaba babeando en mi sofá.

—Menos mal que es de piel.

Me agaché frente a ella y le aparté el pelo de la cara. Era preciosa, y resultaba mucho más fácil sentirse atraído por ella cuando no estaba cabreada y gritándome por algo.

—¿Anna? ¿Puedes despertarte? Voy a llevarte a casa.

Gruñó, pero no se despertó.

—Si no te levantas, tendré que llevarte en brazos.

Otro gruñido.

Solté un suspiro e hice lo que me había prometido no volver a hacer. Puse mis manos sobre Anna Charlotte.

Su pelo era suave cuando me rozó la muñeca. Reprimí el deseo de pasar los dedos entre sus mechones y deslicé mi brazo bajo su cuello. Ya iba por la mitad.

Llevaba pantalones, gracias a Dios. Le levanté ligeramente la cabeza, riéndome cuando soltó un fuerte ronquido ante el cambio de posición. Estaba claro que no iba a despertarse y caminar hasta mi camioneta, así que deslicé la otra mano bajo sus rodillas.

Suspiró y se volvió hacia mí, posando su mano en mi pecho. Había pasado mucho tiempo desde la última vez que tuve a una mujer en mis brazos así. Las pocas con las que me había acostado desde Hillary no eran mujeres con las que pasara tiempo extra abrazado. Follábamos y huíamos.

Con Anna, quería sentarme en el sofá y abrazarla un rato. Oler su pelo y verla dormir. Esta revelación me golpeó en las entrañas y me atravesó como una cuchillada, casi haciéndome caer de rodillas.

Me permití un momento, solo uno, para deleitarme con la sensación de tenerla pegada a mí. No sabía qué era lo que me atraía de ella, pero estaba ahí. Suplicándome que tomara más de lo que iba a tomar. No solo ahora, sino nunca.

Exhalé lentamente y la levanté del sofá. No era pequeña ni ligera. Estaba llena de curvas generosas y una boca descarada. Pero solo una de las dos cosas estaba presente esta noche.

Me puse de pie, ajustando mi agarre sobre ella para asegurarme de que estaría a salvo mientras caminaba hasta mi camioneta. Por supuesto, fue entonces cuando me di cuenta de que debería haber pedido a Jonathan o a Charlie que me ayudaran a despejar el camino para salir del bar.

El recorrido por el pasillo trasero fue estrecho, ya que tuve que ponerme de lado para no golpear la cabeza de Anna contra la pared. Charlie salió del baño antes de que llegara al bar y vio a Anna desmayada en mis brazos y se puso en acción de inmediato.

—¿Estás seguro de que quieres salir por la entrada principal, jefe? Todo el mundo os verá.

—No podía pasar por la puerta trasera. No sosteniéndola a ella y empujando la puerta. Esta era mi única opción.

—Te ayudaré. Salgamos por la parte de atrás.

—Gracias.

Él me guio, sujetando la puerta para que pudiera salir al River Walk. Sabía dónde había aparcado mi camioneta y me condujo hasta allí, abriendo la puerta del copiloto y ayudándome a acomodar a Anna con el cinturón de seguridad antes de cerrar la puerta.

—¿Podrás llevarla a casa sin problemas? —preguntó Charlie.

Asentí. —Todo bien. Ya le avisé a Joey que la llevaría a casa.

—¿Qué pasó con sus amigas?

—No se dieron cuenta de cuánto había bebido. Finley me pidió ayuda, pero tuvo que irse, así que dije que llevaría a Anna a casa.

—Eres un buen hombre, jefe.

Resoplé. —Ya veremos si ella está de acuerdo.

Charlie se rio. —Bueno, yo creo que lo eres.

—Gracias. Y gracias por tu ayuda.

Asintió y se dio la vuelta para regresar a O'Kelley's. La cocina estaba a punto de cerrar, pero sabía que hablaría con Jonathan y se asegurarían de que todo estuviera atendido hasta que yo volviera.

Ya había estado antes en el barrio de Anna, pero no en su apartamento. Sabía cuál era gracias a la documentación laboral de Joey, pero aun así me llevó unos minutos encontrar el edificio correcto.

Había una plaza de aparcamiento no muy lejos de la

puerta, pero era estrecha, así que pasé de largo hasta encontrar una un poco más alejada con un espacio libre al lado. Me guardé las llaves en el bolsillo y abrí la puerta de Anna. Dormía profundamente, sin moverse salvo para respirar.

Por suerte, me di cuenta de que necesitaba sus llaves para entrar en su apartamento. No me gustaba hurgar entre sus cosas, pero era la única opción. Sus llaves estaban unidas a un llavero que decía *Los lectores de novela romántica lo hacen entre las sábanas.* Solté una risita nasal. Debía de habérselo regalado Finley.

Desabroché el cinturón de seguridad de Anna y la levanté en mis brazos de nuevo. Me dirigí a la puerta del edificio, aliviado e irritado a la vez cuando pude empujarla con el pie para abrirla. Subí los escalones hasta su apartamento y la acomodé con cuidado para poder abrir la puerta sin tener que dejarla en el suelo.

Las luces estaban encendidas dentro. Entré a un salón con un sofá desgastado y lleno de bultos. Había un pequeño televisor en un diminuto mueble al otro lado de la habitación. A la izquierda había una cocina que definitivamente había conocido tiempos mejores.

—Hola —dijo Joey, saliendo del pasillo que debía conducir a los dormitorios.

—Hola. Lo siento. No quería despertarte.

Negó con la cabeza. —Estaba despierto. ¿Está bien? —Su mirada, fija en su madre, estaba llena de preocupación.

Asentí. —Sí, estará bien. Ha bebido demasiado, así que tendrá un dolor de cabeza terrible, por supuesto.

—¿Eso es todo? ¿Va a ponerse enferma o algo así? ¿Va a morirse?

—No. Nada de eso. Está bien. Supongo que no bebe mucho, ¿verdad?

Volvió a negar con la cabeza. Parecía más joven que el chico que trabajaba para mí. Aunque solo tenía dieciséis años, siempre lo había visto como alguien mayor y más sabio. Más fuerte. Más maduro. Pero esta noche solo era un muchacho preocupado por su madre.

—Estará bien. Le pasa a todo el mundo. Si estuviera despierta, le haría beber algo de agua y tomar unas aspirinas o algo así. Mañana le resultará más duro sin ellas, pero se pondrá bien.

—¿Necesita un cubo o algo?

—Puedes traerle algo y ponerlo junto a su cama. ¿Dónde duerme?

Señaló el sofá abollado, y mi corazón dio un vuelco.

Dios mío. Cuando Joey empezó a trabajar para mí, dijo que necesitaba el dinero, pero esto era un nivel completamente nuevo. Anna dormía en un sofá que probablemente era más viejo que sus hijos. En el salón. Joder.

—Vale —dije, sabiendo que no era culpa de Joey que estuvieran en la situación en la que estaban. Tampoco era culpa de Anna. Era mala suerte y un ex capullo que la había dejado con una montaña de deudas. Según James y Finley, al menos.

Coloqué a Anna en el sofá, y ella gimió suavemente. No del tipo bueno de gemido, sino del tipo que decía que no estaba bien.

—¿Estarás bien con ella? —le pregunté a Joey.

Se encogió de hombros. —No lo sé. ¿Qué debería hacer?

Suspiré y acepté que yo también iba a dormir allí. —Ve a buscar un cubo para ella. ¿Tenéis alguna botella de agua?

Negó con la cabeza.

—Vale, trae el cubo. Yo cogeré algo de agua. Si te parece bien.

Joey asintió y volvió por el pasillo.

Llené un vaso de plástico con agua del grifo y lo coloqué en la mesa cerca del sofá. Le quité los zapatos a Anna y me di la vuelta cuando oí que Joey regresaba.

Puso el cubo junto al sofá, luego me miró. —¿Y ahora qué?

—Ahora, vete a la cama. Yo voy a dormir en aquella silla de allí y vigilaré a tu madre.

—¿De verdad?

Asentí. —Sí. Duerme un poco. Tienes colegio mañana, ¿verdad?

—Sí. Se frotó la nuca. —Tengo un examen.

—Entonces necesitas descansar. ¿Pones la alarma tú o necesitas que te despierte por la mañana?

—No, yo pongo la alarma. Y despertaré a Matty antes de irme.

—Vale. Prepararé el desayuno cuando os oiga levantaros.

Asintió bruscamente. —Gracias. Por, em, quedarte.

—De nada. Ve a dormir, chico.

Asintió y volvió a la habitación de la que había salido antes.

Cerré con llave la puerta principal y comprobé cómo estaba Anna una vez más, luego la tapé con una manta y busqué otra para mí. Me senté en la silla al otro lado de la habitación y acepté que no iba a poder dormir nada. Y no porque fuera la silla más incómoda del planeta, sino porque no podía apartar los ojos de la hermosa mujer que dormía frente a mí.

Y tampoco quería hacerlo.

7

ANNA

Me estiré mientras empezaba a despertarme. Mi estómago se revolvió. Uf. Eso no era bueno. Ralenticé mis movimientos y evalué cómo me sentía.

El estómago me dio un vuelco. La cabeza me palpitaba. Oía voces, suaves. Los chicos debían estar despiertos.

Una puerta se cerró silenciosamente, y después hubo silencio. Joey metiéndose en la ducha. Bien. Estaba cuidando de sí mismo. Lo que significaba que podía descansar unos minutos más antes de tener que empezar a preparar el desayuno y dejar que mi estómago se recuperara de... lo que fuera.

Volví a quedarme dormida y recé para que el martilleo en mi cabeza cesara. Estuve entrando y saliendo del sueño durante un rato. La puerta del baño se abrió de nuevo, luego se cerró la del dormitorio. Necesitaba levantarme pronto. No importaba lo revuelto que tuviera el estómago ni por qué me palpitaba la cabeza. Tenía que cuidar de mis chicos.

Inspiré profundamente y... me detuve. Olía a... ¿desayuno?

Mantuve los ojos cerrados e intenté averiguar qué estaba pasando. La tela áspera y llena de bultos debajo de mí era definitivamente de mi sofá, también conocido como mi cama, pero nada más de lo que estaba ocurriendo parecía normal.

Mierda.

Abrí los ojos de golpe cuando el último recuerdo de la noche anterior me vino a la memoria. Otra copa de esa bebida que preparó Hudson. Esa que Elise dijo que tenía más alcohol del esperado. Bailar. Piscina. Coquetear con un chico cualquiera.

Intenté recuperar más recuerdos de después de eso, pero estaba en blanco. No podía recordar cómo había llegado a casa. Era un alivio estar en casa, pero la parte intermedia me molestaba. No debería haber bebido tanto. Debería haber tenido más cuidado. No podía recordar la última vez que había bebido algo. En absoluto. No era algo en lo que estuviera dispuesta a gastar mis limitados ingresos, y ver a mi madre bebiendo hasta la inconsciencia mientras crecía me hizo ser menos fan de la bebida en general. Una de las muchas razones por las que no me gustaba que Joey trabajara en un bar, pero definitivamente necesitábamos el dinero.

—Buenos días —dijo Joey, arrastrando los pies desde su habitación hacia la cocina.

Lo seguí con la mirada. Pensaba que estaba en la cocina preparando el desayuno. Si no era él, ¿entonces quién?

—Hola, Hudson —dijo Joey un segundo después, respondiendo a mi pregunta.

—Buenos días, Joey. ¿Te apetecen huevos? También he hecho tortitas. Y hay bacon y salchichas.

—¿En serio? Genial.

Me levanté del sofá con las rodillas temblorosas y supe que el nudo en mi estómago ya no era por la cantidad excesiva de alcohol que había bebido anoche, sino por el hombre que estaba en mi casa.

—¿Qué haces aquí? —murmuré cuando entré en la cocina

y finalmente lo vi de pie frente a la destartalada cocina que apenas funcionaba en sus mejores días.

Me miró y recorrió todo mi cuerpo con la vista antes de volver a centrar su atención en los fogones.—Buenos días. Imaginé que tendrías hambre cuando te levantaras. He hecho café. Y hay tostadas para acompañar todo lo demás si solo puedes tolerar eso.

—¿Por qué estás aquí?

Me miró de nuevo y luego dirigió su vista hacia Joey.

Mierda. ¿Me acosté con él? ¿Lo traje a mi casa con mis niños durmiendo en la habitación de al lado, y ahora está jugando a las casitas y preparándonos el desayuno?

—No —dijo Hudson con firmeza, como si pudiera leerme la mente.—Finley no se dio cuenta de lo mucho que habías bebido hasta que todos se habían ido. Me pidió que te ayudara a llegar a casa.

—¿Y te quedaste?

—No me pareció buena idea dejarte sola. Dormí en la butaca.

Me mordí el interior del labio. Las lágrimas me escocían en los ojos. No recordaba nada de eso. No recordaba que todos se hubieran marchado. No recordaba haberme ido. Y definitivamente no recordaba que Hudson Grant me hubiera ayudado a llegar a casa.

—Quería asegurarme de que estabas bien.

—Estoy bien —respondí bruscamente.

Asintió, ignorando mi actitud.—Joey, ¿quieres más huevos?

—Sí —dijo Joey, levantándose de la mesa y dejando allí su teléfono. Algo que raramente hacía—Gracias, Hudson.

—De nada. Hay mucho más. Suficiente para tu hermano también. ¿Has dicho que saldrá en unos veinte minutos?

—Sí. Gracias.

Joey llevó su plato de vuelta a la mesa y se lanzó a comer de nuevo.

Por fin me di cuenta de la cantidad de comida que había en mi diminuta cocina. Más de lo que normalmente cabría aquí, y ni hablar de lo que podría permitirme tener. —¿De dónde ha salido todo esto?

—Fui a la tienda hace una hora —dijo Hudson. No me miró.

—¿Por qué?

—Porque no quería gastar lo que tuvieras aquí. Por si lo habías planeado usar para otras comidas.

—Yo...Esto es mucha comida.

—Le dije a Joey que prepararía el desayuno esta mañana. Me comentó que tiene un examen. Pensé que un buen desayuno sería lo mejor.

Tenía la garganta espesa, tensa. Como si estuviera teniendo una reacción alérgica a algo. Me costaba respirar.

Murmuré algo sobre volver enseguida y corrí por el pasillo hasta el diminuto baño. Un baño diminuto en un apartamento diminuto con una cocina diminuta. Y Hudson Grant pareciendo grande y malo y como si nada de eso le molestara en absoluto.

Me hundí en el asiento del váter y aspiré bocanadas de aire profundas y desesperadas. La tensión en mi garganta se alivió. Pero todo lo demás seguía igual. Me había traído a casa. Se había asegurado de que estuviera a salvo. Estaba en mi apartamento cocinando el desayuno para mi familia.

Era la última persona en la que quería apoyarme para cualquier cosa. No confiaba en él. No le conocía, pero no confiaba en él. Era como Trent, pero querido en lugar de simplemente adorado. Trent MacKellar siempre fue visto como alguien superior al resto de nosotros. Tenía dinero y ninguna preocupación, por lo que a cualquiera concernía. Era intocable.

Trabajando para Finley y llegando a conocer a Trent, aprendí mucho sobre él. Ya no lo veía como alguien inalcanzable, pero seguía siendo la persona más rica que conocía. Multiplicado por veinte. Como mínimo. Lo que significaba que era mejor que yo en todos los aspectos.

Pero mientras que Trent tenía más dinero que cualquiera en el pueblo, Hudson tenía más admiradoras que nadie en el pueblo. Las mujeres hablaban de él en el supermercado. Se le quedaban mirando en O'Kelley's. Se retaban entre ellas a coquetear con él, a irse a casa con él o simplemente a captar su atención.

Y no eran solo las mujeres quienes querían estar cerca de Hudson Grant. Los hombres también. Querían ser sus amigos. Recibir sus consejos. Estar cerca de él.

No le querían por lo que podía hacer por los demás, como ocurría con Trent. A Hudson le querían por quién era. Las mujeres que entraban en Novios Literarios Ilimitados querían libros sobre hombres como Hudson. Solteros codiciados. Heridos de una manera que les haría apreciar a las mujeres en sus vidas. Hombres que tratarían a una mujer como a una reina.

Yo no quería tener nada que ver con él. No me interesaba una relación, y definitivamente no quería una con un hombre que todas las demás mujeres deseaban. Ya tenía suficientes problemas en mi vida.

Por fin conseguí apartar la vergüenza que sentía al pensar que Hudson Grant había visto donde vivíamos y me levanté. Me salpiqué agua en la cara y decidí que tenía que marcharse. Lo antes posible. Si mis vecinos le veían salir de mi apartamento, me darían la lata para siempre. Todo el maldito pueblo lo sabría.

No. Ni hablar. Necesitaba volver a mi existencia tranquila, donde pasaba desapercibida y no tenía importancia.

Matty estaba en la mesa cuando volví a la cocina. Hudson

estaba sentado entre mis chicos, hablando y riendo con ellos. Joey no estaba mirando el móvil, y Matty no estaba molestando a su hermano. Se comportaban como si fuera normal tener a un hombre extraño en nuestra casa.

—Chicos, tenéis que prepararos para el colegio —dije, interrumpiendo su diversión y sintiendo muy poco remordimiento por ello.

—Hudson ha dicho que me llevará —me dijo Joey.

—El autobús llegará en diez minutos.

—Puedo pasar por el colegio de camino a casa. No es molestia —dijo Hudson.

Odiaba cuando la gente se metía en mis decisiones. Él no era padre. No lo entendía. Y eso no mejoraba las cosas. —Joey va en autobús.

—Solo es un día, mamá.

Sabía que mi rabia era infundada, pero ahí estaba. Si me aferraba a ella, solo iba a empeorar. Odiaba la idea de ceder, pero si lo hacía, era garantía de que Hudson se marcharía en diez minutos.

—Vale. Pero si llegáis tarde, estás castigado.

—No haré que llegue tarde. Estaremos allí con tiempo de sobra —dijo Hudson. Dio un sorbo a su café y asintió a Joey. Luego se volvió hacia Matty—. ¿Qué tal el desayuno? ¿Necesitas algo más antes de que me vaya?

—Este es el mejor día de mi vida. ¿Puedo guardar una tortita para mañana?

Se me partió el corazón. Las sobras eran un bien preciado para nosotros. Normalmente no teníamos, y Matty sabía que toda la comida extra que Hudson había preparado era valiosa. No solo en el sentido económico, sino por lo que realmente significaba para él. No tendría que hacer cola en la cafetería por la mañana ni coger el desayuno gratuito que el colegio proporcionaba a los niños que no podían permitírselo. Podría comer en casa y dirigirse directamente a su aula cuando llegase al colegio.

—Puedes quedarte con todas las tortitas —le dijo Hudson. En su honor hay que decir que no se estremeció ni dudó. Actuó como si fuera una pregunta perfectamente normal.

—¿En serio? —preguntó Matty.

Hudson asintió. —Por supuesto. Las he hecho para vosotros.

—¿Y tú qué vas a desayunar? —preguntó Matty.

Hudson se encogió de hombros. —Normalmente no desayuno. Trabajo hasta muy tarde y cuando me levanto, ya casi es la hora de comer.

—Me encanta el desayuno —dijo Matty—. Es la mejor comida del día.

Hudson sonrió. —Parece que tú lo vas a apreciar mucho más que yo. —Se levantó y me miró—. Recogeré todo y llevaré a Joey al colegio.

Asentí, sin saber qué decir. No quería que hiciera ninguna de las dos cosas, pero estaba siendo amable con mis hijos, así que me quedé callada. Eso significaba que se marcharía.

Joey fue a lavarse los dientes y cogió su mochila para el colegio. Se encontró con Hudson en la puerta unos minutos después.

—Adiós, mamá —dijo Joey, ya medio fuera de la puerta.

—Vuelve aquí—le dije.

Agachó la cabeza y volvió hacia mí, dejando que le abrazara y le besara en la mejilla.

—Te quiero. Que tengas un buen día.

—Yo también te quiero. Adiós.

Hudson nos observaba desde la puerta, con una pequeña sonrisa en su rostro. Cuando nuestras miradas se encontraron, apartó la vista rápidamente, como si se avergonzara de que le hubiera pillado mirándonos.

—Adiós, Matty—dijo Hudson, mirando hacia la cocina donde Matty seguía comiendo tortitas.

—¡Adiós!—Matty agitó su tortita en el aire.

—Adiós, Anna. La veré pronto.—Las palabras de despedida de Hudson me provocaron un escalofrío por la espalda. Un escalofrío del que definitivamente podría prescindir.

DESPUÉS DE QUE Matty subiera al autobús, me metí en la ducha. Todo mi cuerpo estaba débil. Me había negado obstinadamente a comer la comida que Hudson preparó para mi familia, porque estoy loca, así que funcionaba a base de café y vapores de alcohol de mi salida nocturna.

Felices putos cuarenta.

Salí de la ducha y busqué ropa cómoda. Si iba a quedarme sentada compadeciéndome de mí misma, lo mínimo que podía hacer era estar cómoda.

Pagué algunas facturas y sumé la deuda restante que me quedaba por pagar. Si no hubiera sido por Ramsey Holland, tendría mucha más deuda a mi nombre, pero él obró un milagro y me ayudó a salir de mi matrimonio dividiendo la deuda que Nick había contraído a mi nombre. Sin el dinero para pagar un abogado, estuve casada con él casi una década más de lo que hubiera querido. Pero Ramsey me ofreció un plan de pago muy generoso y consiguió que me divorciara para poder seguir con mi vida.

Todavía no estaba ni cerca de pagar todas mis deudas, pero cada euro que podía destinar a ellas se sentía como una victoria. Por eso el dinero que Hudson gastaba en comida me molestaba tanto.

No podía permitirme alimentar a mis hijos como lo hacía Hudson. Ellos desayunaban y comían en el colegio porque el Estado lo proporcionaba gratuitamente a niños de familias con bajos ingresos. No comían huevos y tortitas todos los días. Normalmente tomaban gofres congelados y pizza del colegio. Pero era comida que yo no tenía que comprar, así que lo agradecía.

Algún día podría comprarles el almuerzo a mis hijos. Y prepararles el desayuno por la mañana. Y no preocuparme por cada céntimo que ganábamos y gastábamos. Aún no había llegado a ese día, pero me estaba acercando. Gracias a Finley y al trabajo que me dio.

Finley me dio el día libre, pero quería agradecerle que me llevara a casa, aunque no estaba muy contenta de que dejara a Hudson allí.

Siento haber bebido tanto anoche. Espero no haber sido una molestia demasiado grande para llevarme a casa.

Todos tenemos esas noches. Y ni idea. Lo siento. Hudson dijo que te llevaría a casa. Yo estaba goteando y necesitaba irme. Aunque parece que todo salió bien.

¿Qué? ¿Hudson me llevó a casa él solo? Pensaba que había ayudado a Finley.

Me levanté de un salto y empecé a dar vueltas por mi apartamento. No recordaba nada. Su camioneta, entrar en casa, nada. ¿Cómo me había traído hasta aquí? Cuando pensaba que había sido Finley y él había ayudado, estaba más tranquila, pero ¿solo Hudson? Probablemente tuvo que cargarme. Y yo no era precisamente pequeña. Dios mío.

Ah, vale. Bueno, gracias por lo de anoche. Me lo pasé bien.

¡JAJAJA! ¿Sabes que eso suena sucio, verdad?

Solté un bufido y negué con la cabeza.

No es lo que quería decir.

¿Estás segura? Porque estabas flirteando con alguien por el móvil. Quizás pasó algo subido de tono que no recuerdas.

¿En mi móvil?

Mensajes...

Oh, Dios, ¿a quién le escribí?

Volví a mis últimos mensajes. Mmm. Nada. Entonces, qué...

Vi el icono de En Busca del Galán de Papel, y se me revolvió el estómago. Mierda. Ya me estaba acordando. Me había sentido tan segura de mí misma con el alcohol dándome valor.

Me temblaba la mano mientras pulsaba el icono y abría la aplicación. No había nuevos matches, pero sí un mensaje de alguien. Lo toqué y gemí.

Después me reí.

Presentarme al mismo chico seis veces no pareció molestarle. Parecía tomárselo con calma. Ni siquiera me pidió una foto o algo desagradable cuando era evidente que había estado bebiendo.

FINLEY

¿Me vas a decir quién era?

Volví a mis mensajes de texto.

No lo sé. Alguien con quien hice match. Hice el ridículo, pero no me lo echó en cara. Simplemente lo dejó pasar y dijo que hablaríamos de nuevo.

Entonces deberías escribirle hoy y seguir
flirteando un poco más.

No estoy segura de que sea tan buena idea.

Coquetear siempre es buena idea. Es como
pelear, pero sin el drama.

Pelear no es divertido. Nunca.

Quizás. Pero reconciliarse puede ser muy
divertido.

Mi cuerpo se encendió. La última vez que eso ocurrió... No. No iba a pensar en lo bien que se sintió cuando Hudson me besó. Lo hizo porque quería que dejara de gritarle. No nos estábamos reconciliando. Ni nada. Él me odia tanto como yo a él. Y después de lo de anoche, no creía que pudiera volver a mirarle a la cara, de todas formas.

Pasé el resto del día limpiando mi piso y planeando cómo iba a evitar al jefe de mi hijo durante los próximos años. Al menos hasta que consiguiera controlar la reacción de mi cuerpo hacia él. Era atractivo, amable, y había sido una buena influencia para Joey, pero no era para mí. Y hasta que mi cuerpo captara el mensaje, me mantendría alejada de él.

8

HUDSON

Saludé con la cabeza a Joey cuando entró y resistí el impulso de preguntarle cómo estaba su madre.

No la había visto desde que pasé la noche en su salón y preparé el desayuno para su familia. Se comportó de forma extraña cuando me fui, más rara de lo normal, y desde entonces me estaba evitando.

Al menos, estaba convencido de que me evitaba. En realidad no podía demostrarlo, pero no había pasado una semana completa sin verla desde que Joey empezó a trabajar para mí y ella irrumpió en mi bar exigiendo que no le contratara.

Incluso ese primer día, supe que iba a joderme la vida. Pero por aquel entonces, pensaba que sería de una manera muy diferente. No de forma que consumiera mis pensamientos y me hiciera desear poder verla.

Joey se puso a trabajar, y aparté a Anna de mi mente. Tenía cosas que hacer y ningún tiempo para preguntarme cómo le iba a una mujer que no quería tener nada que ver conmigo.

Jonathan estaba detrás de la barra y me hizo un gesto con la cabeza para que me acercara cuando me uní a él.

—¿Qué pasa? —pregunté.

Echó un vistazo a los clientes sentados a unos metros de nosotros. Ninguno nos prestaba atención, pero aun así se inclinó más cerca. —No he cobrado esta semana.

—¿Qué? —solté de golpe.

—Normalmente mi cheque está ingresado los miércoles por la mañana, y hoy no estaba. Normalmente no diría nada hasta que pasaran unos días, pero estamos pensando en comprar una casa en los próximos meses y necesito demostrar que tengo unos ingresos constantes.

—Sí, por supuesto. Um, déjame investigarlo. No sé por qué razón no se habría procesado, pero iré... ¿Estás bien aquí arriba?

—Por supuesto. Y siento ponerte en un compromiso así, pero...

—No. No tienes que disculparte en absoluto. Has trabajado y deberías haber cobrado. Déjame ver si puedo averiguar qué está pasando, y vuelvo enseguida.

Jonathan asintió. Parecía mucho menos preocupado de lo que estaba hace unos minutos.

Inicié sesión en mi ordenador y entré en mi sistema de pagos. Melody me lo configuró todo cuando trabajaba para mí hace unos años, pero era un sistema bastante sencillo y mejor que el que usaba antes. Hice clic en la sección de nóminas. Todo parecía correcto. Todos los empleados estaban en la lista. Las horas estaban registradas.

Fui a la sección de pagos y me detuve. No había pagos programados para la semana.

—¿Qué demonios?

Navegué por otras pantallas y me detuve. Arrojé mi gorra sobre el escritorio y me froté la cabeza. ¿Cómo demonios no había pagado a mis empleados? Se suponía que ocurría automáticamente. Una vez que revisaba y aprobaba el tiempo, se procesaba. Y lo hacía todos los martes por la noche. Estuve allí el martes pasado. Era el cumpleaños de Anna...

—Joder —murmuré al darme cuenta de lo que había pasado.

Estaba en medio del proceso cuando Finley me trajo a Anna. Planeaba terminarlo esa noche, pero pasé la noche en casa de Anna. Y me olvidé por completo de las nóminas.

Mierda.

Nadie iba a recibir su cheque. Tenían familias que mantener y facturas que pagar, y yo se lo había jodido todo. Porque no pude recordar que tenía que hacerlo.

Inicié sesión en mi cuenta bancaria personal y vi que tenía dinero suficiente para cubrir la nómina. Obviamente, la cuenta del negocio tenía suficiente, ya que se suponía que debía haberse pagado ya, pero con el dinero de mi cuenta personal, podría escribir cheques para todos y pedirles que me devolvieran el dinero cuando se procesaran sus nóminas. O podría ir al banco y ver qué se podía hacer.

Lo último que necesitaban mis empleados era tener que preocuparse por devolverme el dinero. El banco era mi mejor opción.

Primero fui a hablar con Jonathan para explicarle lo que había sucedido y pedirle que se encargara de cualquier cosa que surgiera mientras yo estaba fuera. Ya estaba cerca la hora de cierre de los bancos, así que tenía que irme.

Jonathan aceptó, pero la mirada de preocupación en su rostro indicaba que no tenía muchas esperanzas de que yo resolviera el problema.

Corrí hasta mi camioneta y resistí el impulso de salir disparado calle abajo. El banco estaba a unos diez minutos, en las afueras del pueblo, y cerraría en unos veinte minutos. Tenía que darme prisa.

Las puertas aún estaban abiertas cuando entré. Había

gente esperando en fila para hablar con el único cajero que atendía a los clientes. Miré alrededor, capté la atención de un gerente y le hice un gesto para que se acercara.

—¿En qué puedo ayudarle, señor?

—Mire, dirijo un negocio local y mi nómina no se procesó como estaba previsto. ¿Hay algo que se pueda hacer?

—Supongo que tiene sus cuentas con nosotros, ¿verdad?

No puse los ojos en blanco ante él. Estaba orgulloso de mí mismo por eso. —Sí.

—Bueno, probablemente no seamos los que procesamos su nómina, pero veré qué podemos hacer. Venga conmigo.

Caminé tras él mientras se dirigía hacia un cubículo lateral con paredes de cristal y absolutamente cero privacidad. Una vez verificó mi identidad, Lucas consultó mis cuentas y me preguntó sobre el sistema de procesamiento de pagos.

—Parece que sí lo gestionamos nosotros —dijo—. Se configuró hace casi dos años. Lo que significa que podemos solucionarlo. Desafortunadamente, como nuestro sistema está configurado para ejecutar su nómina automáticamente los lunes por la noche, tenemos que hacer esto manualmente y hay una comisión asociada.

—La pagaré. Siempre que mis empleados cobren esta semana. Algunos de ellos normalmente cobrarían hoy.

Lucas asintió. —Ya lo veo. Los que tienen cuenta con nosotros suelen recibir su ingreso directo el mismo día que se libera desde su cuenta. Los demás probablemente tengan que esperar uno o dos días para el procesamiento.

—¿Cuánto tardará esto?

—Técnicamente estamos cerrados por hoy, señor. No es algo que pueda hacer sin obtener permiso de un gerente.

—¿Usted no es gerente?

Negó con la cabeza y, por primera vez desde que entré, realmente pareció sentirlo. —Soy gerente adjunto. Pero puedo hacerlo. Su plantilla es pequeña, así que no me llevará más de dos o tres horas procesar todo esto manualmente. Si está dispuesto a esperar mientras hablo con mi gerente al respecto...

—Por supuesto. Gracias.

Salió del cubículo. Me pasé las manos por la cabeza de nuevo y contuve la respiración. No podía creer que hubiera hecho esto. El primer año que fui dueño de O'Kelley's, casi lo perdí todo. Me estaba ahogando en el dolor y no prestaba atención al negocio. Una noche, cuando no estaba lo suficientemente concentrado, transpuse unos números y jodí la contabilidad del mes. Cuando pensaba que me iba bien, apenas me mantenía a flote, pero mi exceso de confianza pudo conmigo y pedí más género. Cuando mis cheques empezaron a rebotar y los fabricantes de cerveza dejaron de firmar acuerdos conmigo, tuve que echar el freno.

Todavía me revuelve el estómago pensar en lo que les hice pasar a mis empleados en aquel entonces. Algunos dimitieron, otros se quedaron pero me odiaban, y algunos fueron leales y nunca se marcharon, como Charlie. Pero la experiencia me sacudió. Me prometí que nunca volvería a meter la pata de esa manera.

Estar sentado en el banco fuera de horario y suplicar a un subdirector que trabajara horas extra para asegurarse de que mi gente cobrara esta semana no fue precisamente mi momento de mayor gloria.

Lucas volvió un minuto después con una sonrisa y otra persona. Se presentó como Jane y me entregó documentación para firmar.

Jane revisó el proceso conmigo, detallando lo que iba a suponer y cuánto tiempo llevaría. Habría firmado para dar todo lo que quedaba en la cuenta si eso significaba asegurarme de que mis empleados estuvieran bien.

—Sus primeros empleados deberían ver un depósito

pendiente mañana como muy pronto. Aunque podría ser el viernes. Es lo mejor que podemos hacer —Jane no ofreció ninguna simpatía ni mejor opción.

—Gracias. A los dos. Realmente aprecio vuestra ayuda.

Jane y Lucas asintieron.

—¿Hay algo más que podamos hacer por usted, señor Grant? —preguntó Lucas.

Negué con la cabeza y me dirigí hacia la salida donde un guardia esperaba a que me marchara. —No. Estoy bien. Muchas gracias.

Me apresuré hacia la puerta y les dejé con su trabajo, dando gracias a Dios por Melody y por haberme facilitado las cosas todo lo posible.

Cuando regresé a O'Kelley's, Jonathan me miró con expresión cansada. No le hice preguntar. Le conté directamente lo que estaba pasando y cuándo podía esperar su nómina.

—Mira, la cosa es así... Si no puedes esperar hasta el viernes, te escribo un cheque ahora mismo y me lo devuelves cuando cobres. Espero que se ingrese en tu cuenta mañana, pero no puedo garantizarlo. Yo me haré cargo de tu cheque si lo necesitas.

—No puedo pedirte que hagas eso —dijo Jonathan.

—No me estás pidiendo nada. Yo metí la pata, y os debo a ti y a todos los demás arreglar esto. Los cheques estarán disponibles esta semana, pero obviamente llegan tarde. Eso es culpa mía, no tuya, y no deberías pagar por ello.

Jonathan lo consideró durante un minuto y luego dijo: —Si no está ahí mañana, hablaremos. Pero esperemos que sí lo esté.

Asentí. —Házmelo saber. Te escribiré un cheque sin pensarlo dos veces. Gracias por avisarme de que no se depositó. Probablemente no me habría dado cuenta hasta la semana que viene.

Jonathan asintió, su rostro de nuevo preocupado.

Le di una palmada en la espalda y fui a hablar con los demás, uno por uno.

Algunos de mis empleados estaban más preocupados que otros. Unos pocos aceptaron mi oferta de darles un cheque personal de inmediato, pero la mayoría dijo que esperarían a ver si se registraba al día siguiente.

Joey era el último con quien necesitaba hablar, y sabía que no podía hacerlo a solas. Tenía que hablar también con Anna.

Esperé hasta que casi terminaba el turno de Joey, y entonces me acerqué a él. —¿Hoy te recoge tu madre?

—Sí. Debería estar aquí pronto. ¿Por qué?

—Ha habido un problema con las nóminas de esta semana. Necesito hablar contigo sobre ello, pero quería asegurarme de que ella esté presente cuando lo haga.

El rostro de Joey decayó. Miró al suelo, con el pelo deslizándose sobre su frente y ocultándome su cara. Asintió. —¿Te parece bien si le mando un mensaje? Me ha estado pidiendo que la espere fuera ya que está empezando a hacer frío.

Las palabras podrían haber sido ciertas, pero el invierno pasado, ella siempre entraba. Era una excusa que le estaba dando a Joey para no tener que admitir que me estaba evitando. Una excusa inteligente, como ella. —Por supuesto. Cuando llegue, podemos ir a mi despacho.

Joey asintió y sacó su móvil. Se alejó mientras escribía.

No estaba deseando tener aquella conversación.

Me mantuve ocupado durante los siguientes veinte minutos, esperando a que Anna apareciera. Cuando la puerta se abrió y ella entró, sentí como si todo el aire se me metiera en los pulmones, como si estuvieran demasiado llenos para contenerlo todo.

Luego capté su mirada furiosa, y todo el aire escapó como si alguien me hubiera clavado un alfiler en el pecho.

Antes de que pudiera reprenderme delante de todos mis clientes, señalé con la cabeza hacia el pasillo trasero. Ella miró alrededor, todavía furiosa, y luego me siguió. Le hice un gesto a Jonathan para que supiera que debía encargarse de todo y vi que Anna le indicaba a Joey que viniera con nosotros.

Cerré la puerta tras ellos y rodeé el escritorio para sentarme. Apenas había tocado el asiento con el trasero cuando Anna empezó a arremeter contra mí.

—No sé cómo puedes dirigir un negocio así. ¿Ni siquiera puedes pagar a tus empleados a tiempo? ¿Cómo esperas que mi hijo, o cualquiera, siga trabajando aquí cuando no vas a ser fiable con las nóminas? Su enfado era palpable, como si pudiera extender la mano y tocarlo justo ahí entre nosotros.

—Tienes razón, y te pido disculpas. Ha sido un error que es completamente mío. Ya he hablado con el banco y están en proceso de corregirlo. Pero sé que eso no ayuda a la situación de nadie ahora mismo.

—Desde luego que no —murmuró ella.

Joey le lanzó una mirada, pero ella lo ignoró.

—¿Si no vas a pagarle, por qué debería quedarse aquí?

—Voy a pagarle. Esto no ha sido intencionado. Ninguno de mis empleados cobró hoy. Pero, como he dicho, ya he hablado con el banco. Los ingresos se procesarán esta noche y las nóminas deberían estar pendientes en todas las cuentas mañana o el viernes, como muy tarde.

—¿Y si eso no es suficiente? —espetó Anna. Su labio inferior temblaba. Sus nudillos estaban blancos agarrando el brazo del sillón. Todo en ella gritaba miedo.

—Le he ofrecido a cada empleado un cheque personal mío ahora mismo. Como Joey es menor de edad, quería que estuvieras presente para esta conversación. El cheque podría hacerse a nombre de cualquiera de vosotros. Si no podéis esperar hasta que el banco procese los ingresos mañana o el viernes, estaré encantado de pagarle ahora mismo, y cuando el ingreso se haga efectivo, podréis devolvérmelo.

—¿Hablas en serio? —preguntó ella, con voz más suave.

Negué con la cabeza. —En absoluto. Me equivoqué. Y no quiero que ninguno de mis empleados acabe pagando recargos por retraso o que les devuelvan cheques o cualquier otro problema debido a mi error. Lo mismo para Joey. Algunos empleados han aceptado mi oferta, otros han dicho que esperarán, pero a cada persona se le hizo la misma oferta porque valoro a todos y cada uno de mis empleados. Lo que ocurrió fue algo excepcional y no preveo que vuelva a suceder jamás.

Anna me miró fijamente. En realidad, me fulminó con la mirada. Intentaba decidir si estaba siendo sincero o si trataba de engañarla.

Me quedé inmóvil y dejé que me evaluara. No conocía su mundo, pero un cheque con retraso podía significar la diferencia entre tener un techo o quedarse sin hogar. Podía suponer la diferencia entre comprar comida o pasar hambre. Podía significar pagar la calefacción o congelarse.

No quería que nadie tuviera que lidiar con esas cosas, pero especialmente ella no. El deseo de ayudarla era fuerte. Más fuerte de lo que había sido con mis otros empleados. Y viéndola allí, aparentando fortaleza pero con aspecto asustado, quería hacer desaparecer todas sus preocupaciones.

—¿La persona que cometió el error aceptó tu oferta?— preguntó.

Respiré hondo. —Yo cometí el error.

—¿No tienes un gestor de negocios?

—No.

—Realmente deberías tenerlo. Esto puede que no sea gran cosa para alguien como tú, pero para la mayoría de la gente, no recibir un sueldo no es fácil.

—Lo entiendo. De nuevo, me disculpo. Estoy haciendo todo lo posible para que sea menos doloroso para todos.

Se mordió el interior del labio y apartó la mirada. Eché de menos mirar sus ojos en cuanto los apartó de mí. Casi sentía como si pudiera saber lo que pensaba cuando me miraba, pero ahora, no tenía ni idea.

—Tenemos que pagar la factura de la luz hoy. Es el último día. El cheque de Joey cubre eso esta semana.

Asentí y abrí la chequera que ya tenía sobre mi escritorio. Inicié sesión en mi ordenador para saber cuánto sería el sueldo de Joey y lo anoté en el cheque. Lo arranqué y se lo entregué a Anna.

—Yo...

—Siento haberte causado estrés. No fue mi intención. Haré todo lo posible para evitar que esto vuelva a suceder en el futuro, pero respeto tu decisión si tú y Joey sentís que lo mejor es que él no vuelva a trabajar aquí.

—Mamá —suplicó Joey.

—No —dijo Anna. —Puede seguir trabajando aquí. Le gusta el trabajo y no quiere dejarlo. Y esto... Es más de lo que esperaba.

—Es lo mínimo que podía hacer después del error que cometí —admití. No iba a decirle que había cometido el error porque estaba demasiado preocupado por ella. No necesitaba saberlo.

—Bueno, gracias. Lo aprecio de verdad.

—De nada. Te veré mañana, Joey.

Todos nos pusimos de pie, y ellos me hicieron un gesto con la cabeza antes de dirigirse a la puerta. Anna miró hacia atrás, luego les dejó salir y desapareció.

Respiré hondo y cerré los ojos. Había ido mejor de lo que esperaba. Excepto por la parte en que quería darles un cheque por el triple de lo que le debía a Joey solo para poder ver sonreír a Anna. Esa parte no era buena.

9

—¿Cómo se te olvida algo tan básico como pagar a tu personal? —preguntó James el jueves en la noche de chicos. Además de ser uno de mis amigos más cercanos y policía local, era un poco cabrón. Pero de esos que te hacen reír porque solo actúa así con las personas cercanas. También era compasivo y comprensivo. Pilló a Joey robando hace dos años y en lugar de llevárselo a la cárcel, James le dio una segunda oportunidad y, un año después, me ayudó a contratarlo.

Puse los ojos en blanco. —No fue a propósito.

—Tienes suerte de que nadie haya dimitido —dijo Nico. Como también era propietario de un negocio, sabía que lo entendía. Nico dirigía la clínica oncológica del pueblo y empleaba a casi veinte personas.

—Lo sé. Realmente esperaba que alguien lo hiciera. Anna amenazó con hacer que Joey dimitiera, pero no le obligó.

—Dijo que sabe cuánto le gusta trabajar aquí. Pero ella siempre está preocupada por el dinero —Trent conocía a Anna mejor que el resto de nosotros juntos. Aunque Finley decía que Anna no se relacionaba mucho, Trent tenía una forma de sacar a la gente de su caparazón, les gustara o no.

—¿Por qué no tienes un gerente que se encargue de todo eso por ti? Cuando Melody lo hacía, dijiste que te facilitaba la vida, pero nunca la reemplazaste cuando empezó su negocio —Ramsey odiaba cuando su mujer trabajaba para mí, pero lo superó cuando se dio cuenta de que ella solo vino a mí porque pensaba que necesitaba un trabajo antes de que él la divorciara. Afortunadamente, lo solucionaron, y ella creó un negocio que la hacía feliz, pero tenía razón. Mi vida era más difícil sin ella trabajando en O'Kelley's.

—Contratar gente no es fácil —dije.

—Contratas gente constantemente —interrumpió James—. Tienes un nuevo camarero cada dos por tres.

—Sí, pero eso es diferente. No están gestionando todo mi negocio. Solo llevan comida y bebida a la gente. Si contrato a alguien que acaba desviando dinero, nunca me enteraré. No hasta que desaparezca y yo pierda el bar —era mi peor miedo. Perder todo por lo que había trabajado como un cabrón para crear.

—¿Por qué piensas que eso ocurriría? —preguntó James.

—Porque le pasa continuamente a la gente. Cuando Melody entró aquí decidida y dijo que iba a trabajar para mí, no me preocupé de que pudiera fugarse con mi dinero porque la conozco. Pero contratar a alguien de la calle para hacer todo esto... No puedo ni imaginarlo.

Todos me miraron como si estuviera loco. No lo entendían. Quizás estaba siendo demasiado cauteloso, pero me costaba el doble de tiempo entender los números que a alguien con un cerebro normal. Los invertía constantemente y seguía cometiendo errores incluso después de revisar mi trabajo dos y tres veces. Mi contable revisaba las transacciones de mi negocio cada trimestre antes de que pagara mis impuestos para asegurarme de que todo estuviera correctamente. No confiaba en mí mismo, pero menos aún confiaba en un desconocido que pudiera aprovecharse de mi dislexia y robarme.

—Podrías ascender a alguien que ya trabaje para ti —sugirió Nico—. Mi gerente comercial empezó como recepcionista. Era buena en ello y la ascendieron a gerente. Cuando vino a mí, tenía experiencia que coincidía con lo que yo buscaba. Sin embargo, si hubiera tenido a alguien ya en mi oficina que pudiera hacer el trabajo, primero habría ascendido a esa persona.

Eché un vistazo al bar y a mis camareros que iban de un lado a otro. Sonreían a los clientes y charlaban con ellos. Hacían sugerencias y vendían muchos alimentos y bebidas a lo largo de la noche. Pero Nico tenía razón. Algunos de ellos tenían potencial para hacer más. Si querían.

—Quizás tenga que pensar en eso —admití.

—Bien. Y mientras lo haces, puedes contarnos a quién has conocido en la aplicación hasta ahora —dijo James.

—¿Cómo demonios...? ¿Sabes qué? No importa.

James sonrió con suficiencia, el muy cabrón. —Sabía que conocerías a alguien. ¿Quién es?

Me encogí de hombros. —No lo sé. El objetivo principal es no usar nombres.

—Vale, bueno, ¿cuánto tiempo llevas hablando con ella?

—Poco más de una semana. Me envió un mensaje una noche cuando claramente había estado bebiendo. Me envió lo mismo seis veces, presentándose. Pensaba que se lo estaba enviando a diferentes personas.

Las cejas de James se elevaron. —¿Y aun así seguiste hablando con ella?

—Claro. Todos hemos hecho tonterías cuando estábamos bebiendo. Y el objetivo de la aplicación es conocer gente.

¿Por qué me voy a enfadar porque esté hablando con otras personas cuando yo también lo estoy haciendo?

—¿Con quién más estás hablando? —preguntó Nico.

—Con nadie de forma regular. La mujer esta es divertida e inteligente, pero está ocupada con los niños, el trabajo y la vida. Las demás me parecen demasiado jóvenes. Algunas son bastante superficiales, por lo que puedo ver. Me siento como un viejo verde.

Los demás se rieron. —Bueno, eres algo viejo —dijo James.

—Que te jodan. Ni siquiera soy un año entero mayor que tú.

—Sigues siendo mayor. James levantó su vaso y terminó su cerveza. Fue lo suficientemente listo como para no pedir una segunda.

—Voy a pedirle a Laura que se case conmigo —soltó Nico de golpe.

—Sí, ya lo sabemos —dijo James. —Enhorabuena, tío. El matrimonio es bastante genial.

—¿Cómo demonios lo sabes? —preguntó Nico, girándose para mirar fijamente a James.

—Llevas con ella un año y medio. Me sorprende que no os hayáis casado ya. James no estaba del todo equivocado.

—¿Ha dicho algo? ¿Está cabreada? —Nico sonaba preocupado.

—A mí no me ha dicho nada, pero dudo que me dijera algo a mí.

—¿Trinity te ha dicho si Laura está enfadada?

—Nico, no te agobies —dijo Trent. —Laura trabajó para ti durante años antes de que empezarais a salir, ¿verdad?

Nico asintió.

—Y tiene mucha paciencia. Y te quiere. No dejes que nadie te haga sentir mal por cuándo pidas a la mujer que amas que se case contigo.

Nico asintió pensativo. —Tienes razón. No es asunto de nadie.

—No lo es. Cuando se lo pedí a Finley, la gente pensaba que estaba loco. Apenas nos conocíamos, pero yo sabía todo lo que necesitaba saber sobre ella. Y la quiero. El resto es fácil.

Ramsey resopló. Tenía que admitir que yo también lo hice.

—¿Qué? —ladró Trent, fulminándonos a ambos con la mirada.

Ramsey alzó las cejas hacia mí, pero negué con la cabeza para que hablara él en su lugar.

—El matrimonio es difícil. Es conflicto y confianza y alegría y dolor, todo junto. El amor no siempre es suficiente. Pero es el mejor punto de partida. Espero que Finley y tú sigáis juntos, y espero que Laura y tú sigáis juntos. Pero si algo le sucede a vuestros matrimonios y las cosas comienzan a desmoronarse, el único consejo que puedo daros es que volváis a este momento. Pensad en cuánto las amáis cuando las cosas van bien, cuando son fáciles. Y encontrad el camino de vuelta el uno al otro.

—Lo que él ha dicho —asentí.

—Tú nunca tuviste problemas en tu matrimonio —me dijo James.

—Claro que los tuve. Pero los resolvimos. Hillary no era conflictiva. Siempre era complaciente. Yo dejé pasar demasiadas cosas cuando sabía que no era lo que ella realmente quería. Ahora me arrepiento de eso, pero es demasiado tarde.

—¿Crees que tu próximo matrimonio será diferente? —preguntó Nico.

—Ni siquiera estoy cerca de pensar en matrimonio. Apenas estoy empezando a estar dispuesto a hablar con mujeres.

—Sí, y todos sabemos cómo fue eso —dijo James con una carcajada.

Le hice un corte de mangas.

James se rio por lo bajo.

—Cada relación es diferente. Y cada relación tiene sus retos. Nico, si necesitas algo, házmelo saber. Como el más recientemente casado aquí, intento ser útil. —Trent puso los ojos en blanco mirando a James, Ramsey y a mí.

—Estamos intentando ser útiles —dijo Ramsey. —Estamos intentando ser sinceros.

—Eso no siempre es útil —dijo Trent.

—Creo que Hudson debería contarnos más sobre la mujer con la que está hablando —dijo James, dirigiendo la atención de todos de nuevo hacia mí. —Quiero verle todo confundido.

Gemí y me alejé. Las ventajas de ser el dueño del local.

Pasé el fin de semana trabajando e intercambiando mensajes ocasionales con MisAmigosmeObligaron. Era divertida y autocrítica, pero de una forma que la hacía cercana. Una parte de mí quería conocerla en persona, pero aún no estaba del todo preparado para eso.

Durante todos mis turnos del fin de semana, estuve considerando qué empleados podrían ascender a director comercial. Era un puesto que tendría que incluir beneficios y un salario fijo, por lo que supondría un aumento de sueldo para quien lo aceptara. Mentalmente, elaboré mi lista y, en persona, comprobé tres veces todo lo que hacía para no arriesgarme a cometer más errores.

Para el lunes, estaba completamente decidido a contratar a alguien. Cuando Finley entró con George para comer, decidí hablar con ella sobre el tema. Quizás tendría algún consejo.

—Sostén a tu ahijado —me dijo, entregándomelo mientras descargaba todas sus cosas y aparcaba el cochecito en el que había venido.

El bebé me miró con sus grandes ojos marrones. Algo profundo se removió dentro de mí. Lo acomodé contra mi cuerpo y le sonreí. Él estiró la mano hacia mi barba y tiró de ella. Su sonrisa sin dientes siempre me hacía sentir que había hecho algo bien, aunque estaba seguro de que era solo su manera de decir que me reconocía.

Finley y Trent me acogieron en su familia como si fuera parte de ella. No fue fácil conocer a Trent, pero lo estábamos consiguiendo. Finley lo amaba a pesar de cómo la había tratado al principio, y George era el bebé más perfecto que existía.

Hacía que fuera difícil renunciar al sueño que siempre había tenido de tener mis propios hijos.

—¿Cómo estás? —preguntó Finley, sentándose por fin. No hizo ademán de coger a George, me dejó seguir sosteniéndolo.

—Bien.

—¿Sí?

—Sí, ¿por qué? ¿Qué crees que está pasando?

—Nada. Anna me contó lo de las nóminas de la semana pasada. Parece que te dio un poco la lata con eso.

—Me lo merecía. Fastidié las cosas para todos. La gente tenía todo el derecho a enfadarse.

—Sí, pero lo arreglaste. Y pagaste a todos de tu bolsillo. La mayoría de los jefes no haría eso.

—Era lo correcto —refunfuñé. No quería que pensara que estaba haciendo algo extraordinario. Si hubiera hecho todo bien desde el principio, no habría necesitado arreglarlo.

—Eres un jefe increíble, Hudson.

—Con una cabeza hecha un lío. Necesito contratar a un director comercial.

Finley se encogió de hombros. —No es mala idea. ¿Tienes a alguien en mente?—

Miré alrededor del bar. —Nico sugirió ascender a un camarero.—

Finley siguió mi mirada. —Es una pena que Piper ya no trabaje aquí y tenga su propio negocio que dirigir. Pero sí, ascender a alguien no es mala idea. ¿Y si nadie quiere el puesto?—

No había pensado en eso. ¿Por qué no iba a querer alguien ganar más dinero? ¿Tener beneficios? —¿De verdad crees eso?—

—Sí. Es posible que alguien diga que sí, pero también es posible que nadie lo haga. ¿Qué vas a hacer entonces?—

—Mierda. Estaba intentando decidir con quién hablar primero porque no quería cabrear a nadie.—

—Quizás deberías hablar con ellos en grupo. Diles lo que buscas y pide que te hablen si están interesados.—

—¿Cómo decido a quién contratar?—

Finley se rio. —Contratas al mejor candidato.—

George gorjeó y tiró de mi barba otra vez. Lo miré. La vida parecía mucho más fácil desde su perspectiva. Comer, dormir, hacer caca. Era una vida estupenda. Era querido y cuidado y nunca necesitaba nada. Tenía unos padres maravillosos y un buen hogar. Algo con lo que demasiados niños crecían sin contar.

—Empezaré a hablar con la gente hoy. Esto es complicado.—

—No, no lo es. Simplemente no te gusta cabrear a la gente. Eres un blando. Solo que no lo demuestras.—

Puse los ojos en blanco y le devolví el bebé. —¿Comemos?—

—Sí, por favor.—

—¿Hamburguesa y patatas?—

—Sí, por favor.—

—¿Algo de beber?—

—Sí, por favor.

Me reí entre dientes. —¿Vas a comer cualquier cosa que te traiga?

—Sí, por favor.

Me eché a reír. Finley tenía una manera de hacerme sentir mejor. Aliviaba toda la tensión dentro de mí. Era gracioso porque nunca me había sentido atraído por ella, pero vaya, ojalá hubiera podido estarlo.

En cambio, su empleada acechaba mis sueños y siempre me ponía más tenso que una goma elástica.

Un día, me iba a hacer estallar.

EL MIÉRCOLES POR LA TARDE, estaba en mi despacho cuando alguien llamó a la puerta. Estaba abierta, pero cuando levanté la vista, me sorprendió ver a Anna allí. Y no parecía que fuera a asesinarme.

—Hola —dijo—. ¿Puedo pasar?

—Sí, claro. ¿Qué puedo hacer por ti? Ser cordial se sentía extraño.

Entró y tomó asiento frente a mí en una silla para visitantes. Deslizó un sobre hacia mí. —Quería darte las gracias.

—¿Por qué?

Levantó la mirada, su mirada chocando con la mía. Había vulnerabilidad allí, una expresión que no veía en ella a menudo. —Por pagarle a Joey. Sé que fui...una imbécil contigo por eso. Y lo siento.

—No tienes que disculparte. Yo me equivoqué con los cheques y pagar era lo correcto.

—Sí, pero...

—Anna, fue culpa mía. Te agradezco que me devuelvas el dinero. Pero lo único que hice fue corregir un error que cometí.

Cerró la boca y asintió. Tenía las manos en el regazo. Las retorcía, jugueteando con la correa de su bolso.

Esperé. Quería preguntarle qué más quería decir, pero tenía que andarme con cuidado con ella. Tenerla allí sin que me gritara era un cambio agradable. Casi tan agradable como apretarla contra mi pared y besarla con todas mis fuerzas.

No, eso no era cierto. Besarla apasionadamente era definitivamente mejor.

Por fin me miró. La vulnerabilidad era ahora más evidente. Ajusté mi posición, preparándome para lo que fuera a decir.

—Gracias por darle este trabajo a Joey. Y por dejar que Matty se quede aquí después del colegio. Sé que no tenías que hacer ninguna de las dos cosas, pero no estoy segura de cómo habríamos sobrevivido el último año sin tu ayuda.

Algo dentro de mí cambió con sus palabras. Joey era un gran empleado y contratarlo había sido una buena decisión empresarial. Y Matty no era ningún problema. Que ella fuera tan agradecida me indicaba cuánta poca gente en su vida había sido amable con ella. Y por qué siempre estaba a la defensiva conmigo. Desde el día que contraté a Joey, ella había estado buscando algo que pudiera usar para alejarlo de mí, pero no iba a encontrar nada. Creo que por fin lo estaba viendo.

—Son unos chicos increíbles. Y eso es gracias a ti. Sé que sus vidas, y la tuya, no han sido fáciles, pero ninguno de ellos ha permitido que eso les haga ser amargados o enfadados. Son chicos inteligentes que trabajan duro y sonríen a menudo. Eres una madre increíble.

Para mi completa y absoluta sorpresa, se echó a llorar.

Después de un segundo sin saber qué hacer, me levanté y

cerré la puerta de la oficina. Luego cogí pañuelos del baño y se los ofrecí. Ella tomó la caja, y yo me senté en la silla junto a ella.

—Gracias. Lo siento. No debería estar aquí llorando.

—No pasa nada —dije, aunque cada centímetro de mí decía que no era así. Odiaba cuando la gente lloraba. Me sentía fuertemente impulsado a arreglar lo que fuera que estuviera causando tanta emoción en una persona. Y con Anna, ese impulso era aún más fuerte de lo normal.

—No está bien, pero gracias. Nadie me ha dicho nunca que soy una buena madre.

—No he dicho eso, Anna. He dicho que eres increíble. Lo eres. No lo ves porque estás en medio de todo, pero tus hijos son personas estupendas. Tú eres la única responsable de eso.

Ella sorbió y asintió. —Gracias.

—De nada.

Me miró. Estábamos inclinados el uno hacia el otro y tan cerca que no habría costado mucho besarla otra vez. Sus ojos se abrieron, luego bajaron a mis labios. Se humedeció los suyos, preparándolos.

Todo se ralentizó, como si el tiempo se detuviera para que pudiera disfrutar del momento. Ella se inclinó más, su cuerpo estirándose hacia el mío.

Me acerqué a ella, levantando la mano para acariciar el lado de su rostro. Se apoyó contra ella, lo justo para hacerme saber que estaba de acuerdo con lo que fuera que estuviera pasando.

Entonces acortó la última distancia que nos separaba.

Nuestros labios se tocaron, y ella jadeó. Me quedé inmóvil, sin saber si ese jadeo era para pedir más o para que parara.

Agarró el frente de mi camisa y me acercó más, y algo se desató dentro de mí.

La saqué de su silla y la traje a la mía. Sus muslos se separaron para poder acomodarse en mi regazo. Me puse duro al instante, palpitando contra su cálido centro mientras nuestros labios se separaban y nuestras lenguas se entrelazaban.

Gemí, o quizás fue ella. Mi mano se hundió en su pelo para girar su cabeza donde yo quería. Ella suspiró felizmente, hundiéndose contra mí y quitándome la gorra de béisbol para pasar sus dedos por mi cabeza rapada.

Mi otra mano fue a su muslo, luego se deslizó hasta su cadera, acercando su cuerpo. No podía recordar la última vez que me sentí tan fuera de control. Pero no lo estaba. Sabía exactamente lo que estaba haciendo. Solo necesitaba que todo sucediera ahora.

Ella jadeó de nuevo y se echó hacia atrás. Miró más allá de mí, y luego se bajó apresuradamente de mi cuerpo.

Mi cerebro tardó un poco más en darse cuenta de que alguien estaba en la puerta. Llamando.

—¿Hudson? ¿Estás ahí?

Joey. De entre todas las personas.

—Dios mío —siseó Anna. Se limpió los labios y pasó sus dedos por su pelo. Sus mejillas estaban sonrojadas y sus ojos brillaban de placer.

Quería darle más de eso.

—¿Hudson?

—Eso ha sido un error —siseó Anna.

—No te atrevas a decir eso —gruñí.

Me miró, con los ojos abiertos de desafío y deseo. Se dio la vuelta, cogiendo su bolso y dirigiéndose apresuradamente hacia la puerta. La abrió justo cuando Joey empezaba a alejarse.

—¿Mamá?

—Le estaba dando a Hudson el dinero que le debíamos. Estábamos hablando.

Joey miró por encima de ella hacia donde yo estaba de pie, con los brazos cruzados, frente a mi escritorio. Recé para que el chico no pudiera ver la erección que tenía gracias a su madre.

—Eh, hola. Solo venía a avisarte de que me marchaba.

Asentí con la cabeza. —Gracias.

Nos miró a los dos y finalmente se fijó en su madre. —¿Estás lista para irnos?

—Sí. Estoy lista —dijo ella. Me miró de reojo, con una expresión indescifrable. Luego se marchó.

Joder. ¿Qué ha sido eso?

10

Durante el resto de la semana, hice todo lo posible por apartar de mi mente aquel beso con Anna y su insistencia en que había sido un error. En su lugar, me concentré en O'Kelley's y en encontrar un gerente para el negocio.

Desgraciadamente, eso resultó mucho más difícil de lo que esperaba.

Primero hablé con Jonathan. Como camarero, era con quien había trabajado más estrechamente. Era inteligente y capaz. Y no estaba ni un poco interesado.

—Gracias, jefe, pero sinceramente, me encanta no tener que pensar en este sitio cuando me marcho. Harry trabaja en horarios raros como yo, y estamos comprando una casa, y cambiar de trabajo no me parece el movimiento adecuado para nosotros ahora mismo. Quizás cuando tengamos hijos, pero aún no hemos llegado a ese punto.

—Lo entiendo —le dije. La familia era importante. Y tener tiempo para pasarlo con las personas que amas era más importante que un trabajo, incluso uno que pagase mejor y tuviese lo que la mayoría de la gente consideraría mejores horarios. Los horarios definitivamente no serían mejores para Jonathan.

—¿Estamos bien? —preguntó tras la conversación.

Asentí. —Por supuesto. Nunca te reprocharía algo así. Estar disponible para tu familia y pasar tiempo con tu marido es la mejor elección que puedes hacer. No sabía que sus horarios eran tan locos como los nuestros.

Jonathan se rio. —Quizás no tan locos, pero desde luego no son regulares. A él y a mí nos gusta trabajar por las tardes y noches, y tener nuestros días libres.

—Si te interesara el puesto, podríamos organizar algo así —dije, sintiendo un poco de esperanza.

Jonathan negó con la cabeza. —Sé que lo intentaríamos, pero no estoy seguro de cómo. Hablas con los proveedores y recibes pedidos temprano por la mañana. Si eso fuera parte de mi trabajo, y me imagino que lo sería, significaría estar aquí en el turno de día.

Suspiré. Tenía razón. No podía obligarle a encajar en un trabajo que no se adaptaba a él. —Lo sé. Gracias por al menos considerarlo. Está claro que le has dado vueltas.

—Lo he hecho. Y lo siento.

—No hace falta que lo sientas. Me has salvado el culo muchas veces detrás de la barra. Te lo agradezco.

Jonathan asintió y volvió al trabajo.

Al día siguiente, hablé con Danielle, que me dio una respuesta similar. Luego con Charlie, Pat, Neve y Rodney. Ninguno estaba interesado en el horario ni en la responsabilidad.

Lo que significaba que estaba atascado. Claro, podía seguir bajando en mi lista, pero los otros camareros, bartenders y cocineros que tenía eran personas que llevaban menos tiempo conmigo y no creía que estuvieran preparados para un trabajo así.

Estaba de vuelta a cero.

Y Anna volvía a evitarme.

Intenté que no me afectara, pero cuando pasó una semana entera sin verla ni una sola vez, era difícil no tomármelo como algo personal. Otra vez.

Pero estaba recibiendo mensajes más regulares de Mis Amigas Me Obligaron en En Busca del Galán de Papel. Era divertida y sarcástica, y hacía que los días pasaran más rápido cuando chateábamos.

MIS AMIGAS ME OBLIGARON

¿Por qué los hombres siempre creen que tienen razón?

AQUÍ POR LA FUERZA

Porque la tenemos.

MIS AMIGAS ME OBLIGARON

¿En serio? ¿Esa es tu respuesta? Supongo que sí, esa es la respuesta. Los hombres son unos creídos, unos prepotentes que no tienen ningún sentido de los límites.

AQUÍ POR LA FUERZA

¿Cómo te sientes realmente?

MIS AMIGAS ME OBLIGARON

¡JAJAJA! ¡Perdona! No, en realidad no.

AQUÍ POR LA FUERZA

¿Quién te hizo sentir así?

MIS AMIGAS ME OBLIGARON

Alguien con quien tengo que lidiar demasiado a menudo.

AQUÍ POR LA FUERZA

¿Te está causando problemas?

No podía explicar el instinto protector que sentía por esta mujer. Nunca la había conocido en persona y no sabía mucho de ella, pero durante las últimas semanas, habíamos desarrollado una especie de amistad. Una que me decía que ella tenía tanto miedo de volver a sufrir como yo, pero por motivos diferentes. Y ella tenía hijos de los que preocuparse.

MIS AMIGAS ME OBLIGARON

No, es solo una de esas personas que no logro descifrar. La mayoría del tiempo me saca de quicio, pero luego hace algo fuera de lo común y pienso que es buena persona.

AQUÍ POR LA FUERZA

Si no estás segura, deberías mantener las distancias.

MIS AMIGAS ME OBLIGARON

Lo sé. Y así lo hago.

AQUÍ POR LA FUERZA

Buen plan.

MIS AMIGAS ME OBLIGARON

Entonces, ¿qué te vuelve loco de las mujeres? No somos fáciles de tratar.

Solté una carcajada y pensé en Anna. Definitivamente no era fácil de tratar.

AQUÍ POR LA FUERZA

Caliente y frío.

MIS AMIGAS ME OBLIGARON

¿Te refieres a que cambian de opinión?

AQUÍ POR LA FUERZA

No. Nunca. Pero dejarse llevar por el momento y luego enfadarse. O bajar la guardia y después replegarse. Puede realmente confundir la mente de una persona.

MIS AMIGAS ME OBLIGARON

Estoy de acuerdo con eso. Completamente.
Sé coherente. Sé quien eres. No cambies
porque creas que es lo que alguien
quiere ver.

AQUÍ POR LA FUERZA

Exactamente. Es difícil dejar entrar a la
gente, pero es mejor así. Soy disléxico, y
cuando la gente lo descubre, piensan que
soy tonto, pero solo significa que mi cerebro
funciona de manera diferente. A veces
significa que necesito más ayuda con las
cosas o tardo más en hacer algo, pero
mucha gente no está dispuesta a escuchar
eso.

MIS AMIGAS ME OBLIGARON

Lo entiendo. Lo he visto con otros. Gracias
por contármelo.

AQUÍ POR LA FUERZA

Gracias por no huir.

Hacía mucho tiempo que no le confesaba a nadie que tenía problemas. Era más fácil con ella ya que no sabía su nombre y no estaba viendo su reacción en directo, pero definitivamente me sentí mejor siendo sincero con ella.

Pasó otra semana sin ver a Anna. Joey venía al trabajo y se marchaba puntual, comportándose como si nada raro estuviera pasando, pero Anna ya no aparecía por O'Kelley's, y por lo que pude ver, no había asistido al club de lectura en todo el mes.

—¿Qué vas a hacer en Acción de Gracias? —preguntó Finley unos días antes de la festividad.

Tampoco había estado enviando a Anna a recoger

almuerzos. Venía ella misma o no me hacía pedidos. Empezaba a cabrearme.

—¿Dónde está Anna? —le pregunté.

—Trabajando. ¿Por qué? ¿Ha pasado algo?

Finley me observó atentamente mientras intentaba averiguar cómo responder a la pregunta. Si le decía la verdad, nunca abandonaría la idea de vernos juntos. Si mentía, probablemente vería a través de mí. De cualquier manera, el simple hecho de preguntar por Anna me había delatado, y estaba jodido.

—No la he visto en unas semanas. Joey viene al trabajo, y Matty viene después del colegio, pero Anna ha estado ausente. Solo me preguntaba si está bien.

Finley resopló. —Pensaba que la odiabas.

—Nunca he dicho eso.

—No, simplemente actúas como si no pudieras esperar a que se marche cuando está aquí y eres cortante con ella.

—¿Te ha dicho ella eso?

—Hud, lo he visto yo misma. Te adoro, pero ella piensa que eres un capullo.

—Joder, —gruñí. Me había comportado como un imbécil con Anna. Durante mucho tiempo. Viejos hábitos y todo eso. Pero maldita sea si no había habido un cambio dentro de mí. Uno que no estaba seguro de querer que ocurriera, pero que ocurrió de todos modos.

Joder, echaba de menos entrenar con ella. Y besarla. Y verla.

Mi polla empezaba a dolerme por las veces que me había masturbado pensando en Anna en los últimos meses. Y se me estaban acabando los recuerdos de los que tirar.

—Te gusta, ¿verdad? —preguntó Finley. Su voz mostraba más asombro que otra cosa. Sus ojos brillaban de emoción. Las comisuras de sus labios se curvaron hacia arriba.

—No he dicho eso.

—Tampoco has dicho que no. Pensaba que os odiabais.

Negué con la cabeza. —Estoy bastante seguro de que eso es cosa suya.

—Vaya. De verdad te gusta. ¿Qué le hiciste para que ya no quiera poner un pie aquí?

—¿Ha dicho eso?

—No con esas palabras, pero cuando le pregunto de dónde quiere pedir comida, nunca quiere pedirla de aquí. Dice que la última vez no teníais su pedido y le costó tiempo extra ir a un segundo sitio.

—Quizás sea mejor que las cosas sigan así. No estoy acostumbrado a nada parecido.

—¿Hablas de Hillary?

Limpié el mostrador y me apoyé en el borde. —Sí y no. Las cosas entre nosotros eran fáciles. Una vez que superé mi enfado por necesitar una tutora y acepté que ella solo intentaba ayudarme, Hillary y yo congeniamos. Fuimos inseparables después de eso. No peleábamos ni discutíamos ni teníamos problemas. No muy a menudo. Pero con Anna, eso es todo lo que hacemos.

—Todas las relaciones son diferentes, —dijo Finley. Dio un sorbo a su agua y se encogió de hombros. —Nunca pensé que acabaría casada con alguien como Trent. Hay veces que me intimida por su dinero. Sé que suena mal, pero estoy acostumbrada a las estrecheces y a trabajar duro por todo. Vivir sin preocupaciones es algo nuevo, y requiere adaptación. Estoy intentando equilibrar la vida de Trent y la mía para dar a George una educación que no le permita pensar que el mundo le pertenece, aunque en cierto modo así sea.

—George no va a acabar siendo un capullo mimado como lo fue Trent—gruñí. Trent solía aparecer por O'Kelley's y actuar como si fuera un turista. Yo sabía quién era, y la noche en que él y Finley se enrollaron, no le dije nada a ella. Lo lamenté cuando descubrió que estaba embarazada y él se negó a dar la cara y ayudar. Al final recapacitó, pero tardó mucho más de lo que debería.

—Lo sé. Y Trent está mejorando.—

Resoplé. Finley sabía perfectamente cómo era su marido.

—Solo digo que tu relación con Hillary es diferente a cualquier otra relación que vayas a tener. Y eso está bien.—

Asentí lentamente. —Supongo.—

Finley se quedó callada un minuto. —Entonces, ¿el día de acción de gracias? ¿Tienes planes?—

—Trabajando. Ya sabes cómo es.—

—Lo sé. Estábamos pensando en comer en la finca. Xavier va a abrir el teatro esa noche, así que tampoco estará hasta tarde. ¿Quieres unirte a nosotros?—

Estar solo en las fiestas había sido mi norma durante años. Era el momento para que las familias estuvieran juntas y, como yo no tenía ninguna, era el momento de estar solo. Mis padres murieron hace años y, sin hermanos ni familia extendida alrededor, estaba acostumbrado a pasar el día solo, trabajar por la noche y ofrecer a los lugareños un lugar donde relajarse después de un largo día familiar.

Pero estar solo no sonaba tan atractivo como de costumbre. Pasar tiempo con Fin, George y Trent sería bueno.

—Sí, me encantaría. Gracias—le dije, devolviéndole la sonrisa cuando ella me miró radiante. —¿Qué puedo llevar?—

—Nada. Ya sabes cómo es Trent. Él se encargará de todo. ¿Vienes a las once?—

—Allí estaré. Gracias, Fin.—

—De nada. Me alegra que vayas a venir. Habrá casa llena, pero será divertido.—

—Sí, lo será.—

LA PEQUEÑA SERPIENTE ME ENGAÑÓ. En cuanto entré, lo supe. La primera persona que vi fue Matty, y la segunda fue George, a quien Finley empujó a mis brazos mientras susurraba: —No puedes enfadarte cuando tienes un bebé en los brazos.

—Eres cruel —le siseé, luego me eché al bebé sobre el hombro y me negué a devolverlo.

—Quiero que os llevéis bien. Y ninguno de los dos tenía adónde ir en acción de gracias, así que os invité a los dos aquí. No hay nada malo en eso.

Le lancé una mirada furiosa, aunque sabía que tenía razón. No había nada que pudiera decir sobre el hecho de que Finley invitara a quien le diera la gana a su propia maldita casa para su propia maldita celebración festiva.

Pero seguro que no iba a estar contento con ello.

Finley se marchó, sabiendo que debía hacerlo antes de que realmente dijera algo. Unos minutos después, Karissa se unió a mí.

—Te ves bien con un bebé —dijo con una sonrisa y una mirada nostálgica en sus ojos.

—Tú también lo estarías.

Ella negó con la cabeza, sin dejar de mirar a George. —Mi oportunidad para eso ya pasó. He hecho las paces con ello.

—Siempre hay niños que necesitan ser queridos, Rissa. Tú y Xavier deberíais considerar adoptar o acoger.

Se encogió de hombros. —Quizás cuando McJenna esté en la universidad. Ahora mismo, ella tiene que ser nuestra prioridad.

—Lo entiendo.

—Pero tú deberías pensarlo.

Me reí. —No con mi estilo de vida. Trabajo demasiadas noches y fines de semana para siquiera pensar en traer un niño a esto. Un bebé. Y no tener una pareja lo haría imposible.

—Anna lo consiguió —dijo Karissa sin el más mínimo asomo de ironía.

—Ella es única.

—Haces que eso suene como si fuera algo malo.

Negué con la cabeza. —Para nada. Solo digo que no todo el mundo tendría la fortaleza para hacer algo así.

—Es cierto. George balbuceó hacia ella, captando su atención por un momento. —Finley me dijo que estás pensando en contratar a un gerente de negocios.

—Sí. Por fin estoy admitiendo que lo necesito. Melody me malcrió.

—Melody trabajó para ti hace años.

—Sí, y desde entonces me he resistido a reemplazarla.

—No querías contratarla, dijo Karissa con una risita.

—No, no quería. Pero ella presentó buenos argumentos. Y he estado luchando desde que se fue. No se lo digas a nadie, pero me ha hecho resentir un poco a Ramsey.

Karissa se selló los labios, hizo el gesto de girar una llave y luego la lanzó al aire mientras me guiñaba un ojo.

—Gracias. ¿Por casualidad conoces a alguien que busque trabajo?

Karissa negó con la cabeza. —No, pero quizás Goldie sí.

—¿En serio?

Karissa asintió. —Sí. Tiene muchos contactos por todo el trabajo que ha estado haciendo. Creo que deberías preguntarle a ella.

—Vale, lo haré. Gracias.

—De nada. Ahora, tu pago por ese consejo es entregarme a nuestro ahijado.

—No es justo, le gruñí.

Ella extendió los brazos hacia él, y el bebé gorjeó felizmente. —¿Ves? Quiere venir conmigo. Tienes que dejar de esconderte en la esquina y fruncir el ceño a todo el que se acerque.

Le fruncí el ceño para darle más énfasis. Ella se rio y se llevó al bebé rápidamente, dejándome solo para defenderme por mí mismo.

Trent me saludó con la cabeza mientras yo entraba en la casa. Me dirigí hacia él y acepté una botella de agua que me ofreció.

—Supuse que si estás trabajando esta noche, el agua será tu bebida preferida —dijo.

—Así es. Gracias. Habéis organizado toda una reunión.

Se rio. Su mirada recorrió la habitación y se iluminó cuando se posó en Finley, que hablaba con Anna al otro lado de la sala. —Todo esto ha sido cosa suya. Mis fiestas normalmente consistían en una cena cara y una copa de lujo. Xavier y McJenna eran las únicas personas con las que celebraba. Era agradable, pero nunca he sido alguien que coleccione personas como hace Finley.

—Desde luego que lo hace —asentí.

—Dijo que si teníamos todo este espacio y todo este dinero, deberíamos gastarlo en las personas que queremos. Su madre ha estado aquí toda la mañana cocinando, lo que me hizo sentir tremendamente culpable, pero ella insistió en que no lo haría de otra manera.

—Me lo imagino. Tú solo querías firmar un cheque y que se encargaran de todo, ¿verdad?

Asintió, bebiendo un sorbo y mirando hacia la barra. —Habría sido más fácil. Nadie tendría que estresarse. La comida estaría lista. Todos podríamos disfrutar del día.

—¿Mira a Kim? ¿Crees que no está disfrutando de esto?

Trent miró hacia donde le señalé y encontró a su suegra. Kim estaba rodeada de familia, sonriendo orgullosamente con George en sus brazos y Blake, muy embarazada, sentada a su lado en una silla. Kim sonreía de oreja a oreja y se reía de algo que Ian había dicho.

Claro, parecía cansada, pero era ese tipo de cansancio que

resulta reconfortante. El tipo de cansancio que siento después de una larga noche en O'Kelley's donde la gente se divierte y nadie pelea. Kim no estaba agotada, estaba rebosante de alegría.

—Parece feliz —admitió Trent.

—Sí, lo está. Puede que haya sido difícil organizar todo esto, pero eso no significa que no lo esté disfrutando. Fíjate en su cara cuando todos se sienten a comer y la elogien por lo bueno que está todo.

—Parece que tienes experiencia en eso.

Asentí. —Así es. Siempre hay momentos en los que es mejor hacer algo tú mismo que pagar a alguien para que lo haga. Rara vez he tenido el dinero para firmar un cheque y olvidarme, pero cuando lo he hecho, no me ha proporcionado la misma sensación de satisfacción.

—¿Estás diciendo que me estoy perdiendo la vida porque tengo dinero? —preguntó Trent.

—A veces, sí. Pero creo que Finley es buena para ti. Te va a ayudar a ver la alegría que puedes conseguir ensuciándote un poco de vez en cuando.

Sonrió con picardía.

—No en ese sentido —me reí con él.

—Tienes razón —dijo—. Ella me está ayudando a verlo así. Solo veía a Kim como alguien cansada que trabajaba demasiado, no como alguien que ama proveer para su familia de esta manera. Gracias. No me extraña que Finley esté tan empeñada en encontrarte una mujer.

—¿Qué? ¿En serio?

Volvió a sonreír con malicia. —Parece que no te habías dado cuenta, ¿eh? Sí, estás jodido, amigo mío.

—Me cago en todo.

Trent se rio. —Exacto.

11

ANNA

e dolían las mejillas del esfuerzo que hacía para mantener mi sonrisa firmemente en su lugar. No iba a permitir que nadie supiera cómo... Ni siquiera sabía qué emoción sentía, pero desde luego no era felicidad.

Debería haber imaginado que Finley invitaría a Hudson a su fiesta de Acción de Gracias. Dijo que sería para familia y algunos amigos, e insistió en que viniera con los niños. Intenté negarme, pero ambas sabíamos que no tenía otros planes y ella era mi jefa. No podía decirle que no a mi jefa sin una buena razón.

Así que fuimos. Mis hijos estaban emocionados por ver el interior de la Finca MacKellar. Yo también lo estaba, pero para mí tenía mucho menos atractivo que para mis pequeños. Sabía lo rápido que podían arrebatarle algo a una persona, y la seguridad económica era definitivamente una de esas cosas.

No es que pensara que eso le fuera a suceder a Finley. Dios, realmente esperaba que no, porque por muy molesta que estuviera con ella, me caía bien. Mucho. Se merecía ser feliz.

—Mamá, Trent dice que podemos ir a jugar a su sala de juegos. ¿Está bien? —preguntó Matty.

Miré hacia donde Trent esperaba a los niños. Me sonrió y yo asentí.

—Sí, pero portaos bien —les dije mientras se alejaban corriendo, olvidando que yo existía.

Se suponía que iba a ser un día divertido. Un día para estar agradecidos. También era la primera celebración tradicional de Acción de Gracias que mis hijos tenían en años. Probablemente no recordaban el único Acción de Gracias que ambos habían pasado con su padre y su familia. Fue el año en que nació Matty, antes de que Nick se marchara y nunca volviera.

Mis padres ya se habían ido para entonces. Nunca llegaron a conocer a mis hijos. Las fiestas y la familia no eran importantes para ellos. Eran personas verdaderamente horribles, y mis hijos estaban mejor sin ellos alrededor, pero me sentía mal porque solo me tenían a mí y no a un grupo numeroso como el que tendría George al crecer.

—¿Cómo está usted, Anna? —preguntó Kim, la madre de Finley, mientras se unía a mí en el extremo del sofá.

El salón era enorme. Los muebles eran cómodos y probablemente costaban más que mi alquiler de un año entero. Las treinta personas que Finley había invitado a comer cabían fácilmente en la habitación sin que pareciera en absoluto abarrotada.

—Estoy bien —dije, moviéndome para darle espacio para sentarse. Había mucho sitio, pero se sentó justo a mi lado con su pierna presionada contra la mía.

—Me alegra mucho oírlo. Has sido una verdadera bendición para Finley este año. Sé que todos dirán que George es lo que más agradece, pero espero que sepas que nosotros también estamos muy agradecidos por ti.

Se me hizo un nudo en la garganta con sus palabras. No

muchas personas habían dicho nunca que estaban agradecidas por mí, en ningún sentido. —Gracias.

Me dio unas palmaditas en la mano como si comprendiera exactamente cuánto significaban sus palabras. —Sé que le has dado muchos consejos a Finley sobre criar hijos, y sé que te has convertido en mucho más que una empleada para ella. Se ha apoyado mucho en ti, y mi hija siempre ha sido ferozmente independiente. No la conociste antes de que estuviera embarazada, pero el soltar las cosas como lo ha hecho y confiar en ti para hacerte cargo de la tienda fue algo enorme para ella. Tú hiciste posible su baja por maternidad.

Sonreí. Finley me había dicho lo mismo, pero lo dijo cuando me pagó una prima que según ella era para mostrar su agradecimiento. Utilicé ese dinero para pagar una de las deudas de Nick y para tener un poco de respiro para mí y mis hijos. Nunca pensé en eso como algo más que una herramienta. No me había dado cuenta de que le había dado a Finley algo que necesitaba.

—Siento si te he alterado —dijo Kim—. —Solo quería que supieras que me alegra que estés aquí, y me alegra que formes parte de la vida de mi hija.

—Gracias.

Kim me dio unas palmaditas en el brazo otra vez, y luego me dejó sentada en mi asombro. Las personas a mi alrededor se desvanecieron mientras el peso de las palabras de Kim se asentaba en mí.

Me disculpé ante absolutamente nadie y me apresuré hacia el aseo de la planta baja. Era ridículo que el agradecimiento de Kim tuviera tal impacto en mí, pero lo tuvo. Todos los trabajos que había tenido, las personas para las que había trabajado y con las que había trabajado, las personas que habían formado parte de mi vida, ninguna de ellas había dicho nunca que me apreciaba de la manera en que Kim dijo que lo hacía. De la manera en que dijo que Finley lo hacía.

Era más agradable de oír de lo que pensaba. No era vacío ni sin sentido. Sus palabras tenían peso. Un peso que se asentó en mi corazón y me hizo sentir que estar allí no era porque Finley sintiera lástima por la pobre mujer a la que empleaba por compasión.

Era estúpido, pero me hizo sentir que realmente le caía bien.

No me gustaba necesitar esa validación, pero nunca la había tenido antes. Mis amigos del instituto eran como yo, fumaban, bebían y actuaban de forma estúpida. Mis compañeros de trabajo después del instituto eran en su mayoría las mismas personas. Una vez que me quedé embarazada, esos amigos perdieron el interés en mí, ya que no podía fumar ni beber más. Y nunca hice amigas madres. Había estado sola, sola en el mundo, durante años. Hasta que me metí en la conversación de Finley y aposté por que me contratara.

Y encontré algo que me decía a mí misma que no necesitaba.

Cuando finalmente me recompuse, me lavé las manos, me di unas palmaditas en las mejillas y me dije a mí misma que nadie notaría que había estado llorando. Giré el pomo para abrir la puerta, encontrándolo difícil de girar.

Porque alguien la estaba girando desde el otro lado.

—¿Qué demonios... Oh —jadeé.

Hudson.

No quería hablar con él en absoluto, pero definitivamente no quería que me acorralara en el pasillo lejos de todos los demás, donde podría perder la cabeza otra vez y ceder ante su embriagador aroma.

—Hola —dijo, retrocediendo. Se pegó a la pared opuesta, dándome espacio suficiente para pasar por su lado.

—Hola. No podía moverme. Tenía los pies pegados al suelo y los ojos clavados en el hombre que tenía delante.

—¿Estabas... quiero decir, ¿estás bien?

Bajé la barbilla y dejé que el pelo me cayera sobre los ojos. Asentí.

La punta de su dedo rozó mi barbilla, elevando mi mirada hacia la suya. Entrecerró los ojos y me observó detenidamente, evaluando por sí mismo si estaba bien.

Lo que vio debió ser suficiente porque retiró su mano de mí. Se acercó. Lo bastante cerca como para que pudiera oler su colonia.

—Hudson.

—Lo que pasó hace unas semanas no fue un error, Anna. Necesito que lo sepas.

Contuve la respiración de golpe, mis pechos elevándose al inspirar.

Su mirada bajó hacia ellos. Se lamió los labios. Se acercó aún más. —Dime que no te bese otra vez, Anna.

Me quedé mirándole, las palabras en mi cabeza. Sabía que tenía que decirlo. No lo haría si le decía que no. Pero había una mirada en sus ojos a la que no podía resistirme. Una mirada que decía que él tampoco quería resistirse.

Ningún hombre me había mirado nunca así. Como si no pudiera esperar a poner sus manos sobre mí. Me erizaba la piel y ese escalofrío bajaba por mi columna hasta instalarse entre mis muslos, haciendo que mi centro palpitara.

Este hombre, que robaba tarritos de espaguetis con albóndigas y daba trabajo a adolescentes y se ocupaba de mujeres embarazadas cuando no era su responsabilidad, me volvía loca. No quería desearlo, pero Dios, lo deseaba.

—Anna —dijo de nuevo, su susurro áspero, suplicante, implorando.

—No.

—Dijiste que esto era un error, Anna.

—Y tú dijiste que no lo era —le provoqué.

—Maldita sea —gruñó mientras cerraba la distancia entre nosotros.

Me empujó hacia atrás dentro del pequeño aseo. La puerta se cerró tras él, encerrándonos en el espacio demasiado reducido. Mi espalda golpeó la pared opuesta a la puerta y su cuerpo me presionó con más fuerza contra la superficie plana.

Sus labios aún no habían tocado los míos. Su aliento acariciaba mi rostro, sus ojos brillaban con deseo y exigencia. No estaba segura de qué me hizo estremecer, pero lo hice.

Lo quería todo.

—Anna —gruñó.

—Hudson.

Su nombre en mis labios rompió algo dentro de él, y finalmente selló su boca con la mía. Abrió mis dispuestos labios e introdujo su lengua profundamente en mi boca. Sus manos capturaron las mías, entrelazando nuestros dedos mientras levantaba nuestras manos por la pared y las inmovilizaba por encima de mi cabeza.

Era un asalto a todo mi cuerpo. El tipo de asalto que solo había visto en las películas. El que te hace dolorosamente consciente de cada centímetro de la otra persona mientras olvidas qué partes te pertenecen a ti y cuáles a ellos.

Temblaba mientras me besaba, su lengua y sus labios empujándome a mi límite y más allá. Era una locura pensar que podría tener un orgasmo con solo un beso, pero estaba cerca. Una caricia en mi clítoris y me perdería.

Metió su muslo entre mis piernas como si supiera lo cerca que estaba. Sujetó ambas manos con una de las suyas y bajó la otra a mi cadera, guiándome sobre su pierna.

—Anna —gimió. Sus dedos se clavaron en mis gruesas nalgas, y empujó contra mí de nuevo.

Quizás no era la única perdiendo la maldita cabeza.

—Oh, Dios —susurré. Mi cuerpo se estremeció, girando y cayendo antes de que pudiera pensarlo.

No dijo nada más, simplemente me sostuvo mientras me

deshacía. Nunca había llegado al clímax con tanta facilidad en mi vida. No estaba segura de si sentirme tonta o poderosa cuando capté la mirada en sus ojos.

Lujuria.

—Eso ha sido sexy de cojones —gruñó.

Mis mejillas se ruborizaron, y él se inclinó para besarme de nuevo. Su lengua invadió mi boca. Sus manos recorrieron mi cuerpo. Todo dentro de mí suplicaba por otro orgasmo.

Se apartó lo suficiente para encontrarse con mi mirada. La suya era dolorida, ansiosa. —No vuelvas a decir que esto fue un error. Por favor, Anna. Simplemente no lo digas.

Asentí, y él dio un paso atrás. Abrió la puerta, echando un vistazo fuera, luego me miró con una sonrisa y se marchó.

Me dejé caer en el inodoro y pasé una mano por mi pelo. No podía contener la sonrisa que elevaba mis labios, ni el brillo en mis ojos. Hice lo posible por alisar mi cabello. Me salpiqué agua en las mejillas. Luego salí del baño.

—Ven a sentarte conmigo —dijo Kim cuando me reuní con el grupo en el salón de nuevo—. Estamos a punto de comer.

Todos tomaron sus asientos, Hudson y yo separados por cinco personas. Me dije a mí misma que no era intencionado, pero cuando no me miró durante toda la comida, empecé a preguntarme si lo era.

Antes de que todos terminaran, Kim se levantó y golpeó su cuchillo contra el borde de su copa. —Estoy muy agradecida por cada persona aquí presente. Aunque esta no sea mi casa, quería tomarme un momento para agradeceros a todos por venir. Gracias a Finley y Trent por acogernos a todos. Y a todos vosotros por ser partes tan maravillosas de nuestras vidas. Me gustaría pediros que cada uno diga algo por lo que está agradecido hoy. Quizás suene cursi, pero siempre es bueno recordar nuestras bendiciones. Hoy, una de mis bendiciones es Anna y el apoyo que le ha dado a Finley este año. ¿Anna? ¿Podrías continuar tú, por favor?

Mi cuerpo todavía estaba tembloroso, y mis emociones un poco nubladas, pero le sonreí y levanté mi copa. —Estoy agradecida por estar aquí hoy. Por permitir que mis chicos experimenten una festividad familiar numerosa y ser acogidos tan completamente en vuestro hogar y vuestras vidas. Gracias.

—Muy dulce —dijo Kim—. Hudson, eres el siguiente.

Su mirada chocó con la mía durante medio segundo antes de apartarla bruscamente. Sonrió a Kim y dijo: —Estoy agradecido por las oportunidades que he tenido en mi vida y las que están por venir.

—Parece que tienes grandes planes —bromeó Kim—. —¿Blake? ¿Y tú qué?

El resto de la mesa fue interrogado uno a uno. Fue agradable escuchar por qué estaban agradecidos los demás. Desde la familia hasta los amigos o el hogar. Matty estaba agradecido de que Hudson le dejara jugar a videojuegos. Joey estaba agradecido por las oportunidades que había aprovechado y las lecciones que había aprendido al ir tras lo que quería.

Mi cerebro se detuvo en eso último. Me alegraba oírle decir aquello, pero había algo en su manera de expresarlo que me hizo preguntarme a qué se refería.

Sonreí durante toda la comida y conversé con todos. Fue agradable no estar sola durante las fiestas. Los chicos se divirtieron, y tenía que admitir que yo también lo pasé bien.

Cuando los demás empezaron a marcharse, nos dirigimos hacia la puerta. Dimos las gracias a Finley y a Trent por invitarnos, y me excusé de quedarme más tiempo ya que al día siguiente tenía el turno de mañana. Finley no iba a hacer ninguna oferta especial por el Black Friday, pero quería abrir la tienda temprano para la gente que estuviera paseando y comprando por la ciudad.

—Oye, mamá, ¿puedo ir a ver a Tierney? —preguntó Joey aproximadamente una hora después de haber vuelto a casa.

Tierney era la nueva novia de Joey. No estaba completamente segura de cuándo habían empezado a salir, pero últimamente escuchaba su nombre cada vez más. Sus padres parecían agradables, y Tierney siempre era educada cuando la veía. Jugaba al voleibol en el instituto y era buena estudiante. Tenía un hermano menor y una hermana mayor, y vivían en una casa muy bonita en el centro de la ciudad.

—¿A qué te referías cuando dijiste que estabas agradecido por las oportunidades que habías aprovechado y las lecciones que habías aprendido?

—¿Qué? —preguntó, levantando la vista de su móvil. Había estado mirándolo fijamente, probablemente planeando algo incluso antes de tener permiso. Dios, cómo odiaba que yo fuera igual a su edad. Pero mientras que yo me escapaba si mis padres decían que no, Joey nunca lo había hecho. Que yo supiera.

—En la comida. Dijiste que ibas tras lo que querías. ¿A qué te referías?

Mi primera pista de que no me iba a gustar su respuesta fue cuando evitó mi mirada. Metió el móvil en su bolsillo y enganchó los pulgares en las trabillas del cinturón. Se balanceó sobre sus talones y tomó aire profundamente.

—¿Joey?

Tenía el corazón en la garganta. ¿Estaba Tierney embarazada? ¿Habían expulsado a Joey del instituto? ¿Iba a dejarlo? Mi mente corrió inmediatamente hacia todos los peores escenarios que podía imaginar. Sabía que estaba a salvo, pero solo hasta donde yo podía ver. Quizás...

—Me he inscrito para los exámenes SAT.

—¿Que has hecho qué? —exclamé.

No fue mi mejor momento. Ni por asomo. Odiaba haberme puesto tan furiosa cuando lo dijo, pero lo estaba. No, eso no era cierto. Estaba asustada. Aterrorizada. Había estado trabajando como una mula para pagar las deudas que su padre dejó a mi nombre, hasta el punto de que mi cuenta de ahorros ni siquiera existía y mi cuenta corriente nunca tenía una coma en ella.

Le dije a Joey que la universidad no era una opción. Que no tenía el dinero y que las becas eran difíciles de conseguir. Fue una conversación dura porque sus profesores y el orientador le estaban presionando para que empezara a pensar en la universidad. No tenía las notas para una beca debido a sus dificultades de aprendizaje, y las becas deportivas eran aún más difíciles de conseguir.

—Quiero ir a la universidad, mamá. Sé que no podemos permitírnoslo, pero pediré préstamos, trabajaré y haré lo que sea necesario.

—¿Es Tierney quien te está convenciendo? —dije con desdén. De nuevo, no mi mejor momento. Ella había mencionado que su hermana mayor estaba en Columbia.

—Tierney quiere que sea feliz, pero no, no es ella. Tú eres la única que no está de acuerdo con que haga esto. Tú no fuiste a la universidad, así que no lo ves como una opción.

—La deuda universitaria es debilitante para la mayoría de la gente. Acabas debiendo decenas de miles de euros, si tienes suerte. Algunas personas deben cientos de miles. ¿Sabes cuánto tiempo te llevaría devolverlo? Incluso si consigues un trabajo bien pagado, son décadas. Eso afecta a tu capacidad para hacer otras cosas en el futuro.

—Hudson lo hizo.

—¿Hudson? —Ya no había aire. Él era quien había empezado todo esto. Quien le metió en la cabeza a Joey la idea de que la universidad era posible.

—Sí. Consiguió una beca de béisbol y fue a la universidad

hasta que se lesionó. Su mujer era su tutora, y ella tenía préstamos, pero él dijo que no era tan malo.

Caminé de un lado a otro por el salón y luché por contener las lágrimas. Quería darles el mundo a mis hijos. Quería que tuvieran oportunidades ilimitadas. Habría hecho cualquier cosa por ellos.

Pero cargarlos con una deuda que les seguiría toda su vida, animarlos a hacer algo que afectaría a su futuro, no podía estar de acuerdo con eso.

Conocía todas las estadísticas. Los graduados universitarios ganaban más que las personas que nunca fueron a la universidad, pero nadie hablaba de los graduados que vendían su alma para pagar su deuda. Los que pagaban más que mi alquiler cada mes durante veinte años para devolver el dinero que habían pedido prestado.

No era inteligente ni razonable. Pero Hudson le hizo pensar que sí lo era.

—Quédate aquí con tu hermano —dije, sin mirar a mi hijo.

—Pero iba a encontrarme con Tierney.

—No. Volveré en una hora. Podremos hablar entonces.

Joey suspiró, pero asintió.

Tenía que patearle el culo a un dueño de bar.

12

*E*staba furiosa. Seguro que me salía humo por las orejas. Tenía la cara encendida y el cuerpo me ardía. No podía creer que Hudson hubiera convencido a mi hijo de que la universidad era una opción. Apenas me mantenía a flote, y aunque pudiera conseguir préstamos, cargar a mi hijo con el tipo de deuda que yo llevaba años intentando pagar no era como pretendía que empezara su vida adulta.

Maldito Hudson.

Para cuando llegué a O'Kelleys, me había calmado un poquito. Había un sitio libre justo delante, lo que me hizo sonreír por mi buena suerte, y entré al abarrotado bar.

¿Qué demonios?

Me sorprendió bastante lo concurrido que estaba para ser la noche de Acción de Gracias, pero rápidamente lo dejé de lado y fui en busca del hombre al que había ido a ver.

Me dirigí furiosa hacia la barra, y mi mirada se cruzó con la de Hudson. Mi cuerpo se encendió por una razón completamente distinta, pero no podía dejar que mis estúpidas hormonas y deseos adolescentes pudieran conmigo. No cuando el futuro de mi hijo estaba en juego.

Levantó la vista y me vio antes de que llegara a la barra. Sus labios empezaron a esbozar una sonrisa, pero captó mi expresión y frunció el ceño. Señaló con la cabeza hacia el pasillo. Hombre listo. No quería que esta fuera una conversación pública.

Llegó al despacho antes que yo y me esperaba justo dentro de la puerta. La cerró tras de mí y se cruzó de brazos, bloqueando mi única vía de escape como si pensara que iba a salir corriendo sin decirle qué pasaba después de conducir todo el maldito camino a través de la ciudad para gritarle.

¡Dios, estaba tan enfadada!

Se quedó allí, observándome sin hablar. Quería que me preguntara qué pasaba, pero no lo hizo. Simplemente se quedó allí.

—¿Por qué le dijiste a Joey que se apuntara a los exámenes SAT? —solté finalmente.

—¿Qué? —preguntó él.

Me giré hacia él. Había bajado los brazos a los costados. Tenía la cabeza inclinada. Su mirada estaba perdida, como si no pudiera recordar haber hablado con mi hijo sobre su futuro.

—Joey dijo que le animaste a apuntarse a los SAT. ¿Por qué hiciste eso?

Hudson sacudió la cabeza como si estuviera saliendo de una niebla. Sus cejas se juntaron. Se centró en mí. —¿Eso es lo que te tiene tan enfadada? ¿Por qué es eso un problema?

—¿Me estás tomando el pelo?

La ligereza en él se esfumó. Se cruzó de brazos otra vez. Sus músculos se tensaron. —Para entrar en la universidad, necesita ese examen. Todas las facultades lo requieren. A menos que planee ir a algún sitio que necesite el ACT, pero normalmente es...

—No va a ir a la universidad —solté bruscamente.

—¿Qu...? —Se detuvo antes de completar la pregunta.

No podía mirarle. Sabía lo que la gente pensaba sobre la universidad. Era un requisito para conseguir la mayoría de los trabajos. Especialmente los buenos. Era lo que hacía la mayoría de la gente. Había formas de pagarla. Pero no muy buenas.

—Ha estado hablando todo el año sobre la universidad. Supuse que...

—¿Como supusiste que tenía mi permiso para trabajar aquí el año pasado? —escupí.

Fue un golpe bajo, uno que no debería haber lanzado, pero estaba enfadada y asustada, y este hombre era quien estaba creando todo el tumulto en mi mundo en este momento.

Se acercó a mí, acortando la distancia entre nosotros antes de que tuviera la oportunidad de darme cuenta de que se estaba moviendo. —Accediste a dejarlo trabajar aquí después de eso. No tenía forma de saberlo, y pensé que habíamos dejado eso atrás.

Reuní toda mi ira y defensa y le miré fulminante. Odiaba que estar tan cerca de él hiciera temblar todas mis partes buenas. Quería no encontrarle ni remotamente atractivo. Quería ser capaz de resistir la atracción que sentía cuando estaba tan cerca de él.

—Sí, bueno, eso fue antes de que decidieras interferir en nuestras vidas. Otra vez.

—¿Qué tiene de malo que vaya a la universidad? —preguntó Hudson. Su voz era dura, confundida pero también firme. Pensaba que tenía razón.

—¿Cómo demonios va a pagarla? Yo desde luego no puedo. Y los préstamos estudiantiles están creando una crisis en este país. Va a cargar con préstamos el resto de su vida, y no voy a imponerle eso.

—¿No debería ser su decisión?

Resoplé. —Es un adolescente. ¿De verdad crees que toma

decisiones inteligentes ahora mismo?

—No es un adolescente típico. Tiene trabajo y se esfuerza en los estudios. Cuida de su hermano. Quiere esto. ¿Por qué te opones tanto?

—¡Porque no todos podemos gastarnos unos cientos de euros en un cacharro de videojuegos sin pensarlo dos veces! Yo no puedo. Mis hijos no pueden. Apenas llego a fin de mes, y vivo en un antro que no debería ser legal para que la gente viva en él. Las deudas casi me han destrozado. No puedo salir de allí porque no puedo permitirme nada mejor. Y no voy a permitir que mis hijos sufran como lo he hecho yo.

—¿Fuiste a la universidad?

—¿Qué importa eso?

—¿Fuiste?

—No. Me crucé de brazos y enderecé la espalda. —Y me ha ido muy bien sin un título universitario.

—Estoy de acuerdo, dijo. —Pero hay muchas oportunidades para la gente en la universidad. Especialmente para alguien como Joey, que quiere ser ingeniero.

—¿Qué? Jadeé. Nunca me lo había dicho. No me contaba nada.

—¿No ha hablado contigo sobre esto?

—No, respondí bruscamente. —Pero está claro que ha hablado contigo. Así que mi hijo está haciendo planes para su futuro sin decírmelo, pero te está involucrando a ti. ¿Se supone que eso me hace sentir mejor?

Hudson frunció el ceño. —Eres un verdadero caso, ¿lo sabías? ¿Por qué no puedes simplemente aceptar que él tome decisiones por sí mismo?

—¿Y por qué no puedes mantenerte alejado de mi familia?

Ambos respirábamos agitadamente. Nuestros pechos subían y bajaban al mismo tiempo. Nuestros alientos se mezclaban. Nuestros cuerpos estaban tensos y rígidos.

Y entonces perdimos el control.

No sé quién de los dos se movió primero, pero lo siguiente que supe fue que él me estaba empujando contra la puerta y presionando su cuerpo contra el mío. Sus labios estaban sobre los míos, su lengua forzando la entrada en mi boca.

Arañé su espalda con mis uñas, provocándole un siseo. Se apartó de nuestro beso y arrastró sus dientes por mi clavícula antes de morder el lóbulo de mi oreja.

Le gruñí.

Levantó mi pierna y se colocó entre mis muslos. Estaba duro, y yo estaba húmeda, y joder, sabía hacia dónde iba esto.

Una voz en el fondo de mi mente me decía que necesitaba parar, pero toda la adrenalina en mi cuerpo bombeaba al ritmo de mi deseo y sabía que tendría más suerte intentando detener un tren desbocado, porque exactamente así me sentía.

Su barba raspó mi garganta mientras sus dedos tiraban de mi camisa hacia arriba. Su cálida palma quemaba mi piel. Marcándome. Señalándome. Reclamándome.

Lo empujé hacia atrás y me arranqué la camisa. Su mirada cayó hacia mis pezones, tensos contra mi sujetador de algodón. El tipo barato de grandes superficies. No era elegante ni de encaje ni bonito. Era simple y blanco, porque eso era barato.

Pero con su mirada sobre mí, se sentía como lencería.

Su respiración salió de su nariz como la de un toro listo para embestir. Se estiró y se quitó la camisa, luego avanzó hacia mí como un hombre con una misión.

Me excité aún más solo de saber que yo era esa misión.

Levantó mi muslo de nuevo y embistió contra mí. Mi cuerpo se tensó con el movimiento, preparándose para él.

Lo hizo otra vez, y otra. Miraba fijamente mis pechos todo el tiempo, con su mirada clavada en los montículos carnosos y en cómo rebotaban entre nosotros. Entonces soltó mi pierna y agarró mis pechos y pellizcó mis pezones.

Grité, golpeando mi cabeza contra la puerta. Apartó el algodón a un lado y reemplazó una mano con su boca. Me odiaba a mí misma por lo fácilmente que me hacía desmoronarme. Primero en el baño de Finley, y ahora en su oficina. No había llegado a entrar en mis pantalones ninguna de las dos veces, pero me corrí como si hubiera estado enterrado dentro de mí.

—Joder —gruñó, lamiendo mi pezón y mordisqueando su camino hacia el otro lado—. Otra vez.

Lamió y succionó mi otro pezón hasta que mi cuerpo voló por segunda vez. Estaba enfadada. No quería que tuviera ese tipo de control sobre mí. Ser la única que se sentía débil por el deseo.

Lo aparté y nos hice girar, presionando su espalda contra la puerta. Me dejé caer de rodillas y le desabroché los vaqueros. Él gimió, ayudándome a bajarle los vaqueros y los bóxers por las piernas, dejando al descubierto su polla gruesa y dura.

Hacía mucho tiempo que no estaba de rodillas frente a un hombre. Ni siquiera podía recordar la última vez. Pero sabía que no era muy buena haciendo mamadas. Nick me decía una y otra vez que necesitaba practicar y me animaba a hacerlo, pero siempre decía que no era muy buena. Después de correrse, por supuesto.

—Anna —dijo Hudson suavemente.

No quería que fuera amable conmigo. Ni que me compadeciera. No quería que viera la incertidumbre en mi mirada o supiera que quería complacerlo. Solo quería hacerle perder el control.

Me incliné hacia delante y envolví su polla con mis labios. Él empujó más profundo en mi boca y luego inmediatamente se retiró.

—Joder —siseó.

Cerré los ojos y me concentré en sus sensaciones. Sus muslos se tensaban bajo mis dedos. Su polla pulsaba entre mis labios. Sus dedos se hundieron en mi pelo, apretando cuando me retiraba y animándome a profundizar cuando lo tomaba en mi boca.

Cuanto más tiempo lo chupaba sin recibir instrucciones, más atrevida me volvía. Le acaricié los testículos. Le arañé los muslos con las uñas. Chupé con más fuerza.

Su respiración se volvió más desesperada. Sus embestidas se aceleraron. El agarre en mi pelo se hizo más fuerte. Me preparé para que se corriera en mi garganta. No quería ahogarme, pero era posible. Relajé la garganta y respiré por la nariz.

Entonces gruñó y me apartó bruscamente.

Se apretó la base de la polla y gruñó. —Al sofá. Ahora.

—¿Qué? —pregunté, todavía aturdida por haber sido apartada de él.

—Necesito estar dentro de ti cuando me corra.

Me quedé mirándole, preguntándome si le había oído correctamente.

—Anna —gruñó.

Mi cuerpo reaccionó a eso. Maldito capullo. Pero hice lo que me dijo.

Me quitó el resto de la ropa, maldiciendo cuando mis botas impidieron que los pantalones salieran fácilmente. Respiró hondo y las desató, lanzándolas por encima de su hombro cuando por fin se liberaron.

Luego desapareció en el cuarto de baño, volviendo un minuto después con un preservativo y una mirada peligrosa en sus ojos.

Joder, el tío estaba buenísimo.

Mis fluidos se derramaban formando un charco entre mis piernas. No podía recordar la última vez que estuve tan húmeda. Quizás nunca. Y lo único que había hecho era jugar con mis pezones.

Me miró, y resistí el impulso de cubrirme el cuerpo. Que le den. Si no le gustaban mis curvas, me daba igual. No estaba allí porque quisiera una relación con él. O porque estuviéramos destinados a estar juntos. Estaba allí porque estaba enfadada con él. Y porque no me caía bien. Y porque…

—Eres tan jodidamente hermosa —susurró.

Mi cuerpo vibró con sus palabras. No quería que significaran tanto, pero así fue.

Se colocó entre mis piernas y se posicionó en mi entrada. Captó mi mirada y la mantuvo. Sus manos presionaron mis muslos para abrirlos. Me observaba mientras se abría camino dentro de mi cuerpo.

No podía apartar la mirada de él, sintiéndome como si estuviera atrapada dentro de sus ojos. La emoción se acumuló en mi garganta. No quería sentir nada. Era sexo. Dos personas que no podían hacer otra cosa más que pelear y follar. Y por fin estábamos haciendo lo segundo.

Cuando se hundió completamente dentro de mí, ambos gemimos. Hudson cerró los ojos por un minuto, y yo aproveché el tiempo para mirarlo. Se veía diferente sin gorra, pero la cabeza rapada y la barba espesa lo hacían parecer aún más duro. Sus labios eran carnosos y perfectos para besar. Su cuerpo era fuerte por levantar cajas de licor y sillas, y por patear culos cuando era necesario. Tenía una espesa capa de vello en el pecho y bajando por los abdominales. Alcé la mano para tocarlo, disfrutando de su suavidad contra mi palma.

Abrió los ojos y miró hacia donde estábamos unidos. Sus manos se movieron hacia allí, abriéndome más. Sus pulgares tiraron de mi carne separándola mientras comenzaba a moverse, exponiendo mi clítoris.

Se turnaba acariciando mi clítoris con cada pulgar. Caricias suaves al principio, lo justo para encender chispas dentro de mí. A medida que sus caderas embestían con más fuerza, sus pulgares acariciaban más rápido, y no pude detener el tren de orgasmos que se precipitaba sobre mí.

—Joder—gemí.

—Sí.—

Apreté los dientes y dejé de resistirme. Se sentía demasiado bien. Demasiado perfecto. Demasiado todo. Enterrado profundamente dentro de mí, nunca me había sentido mejor durante el sexo. A Nick no le importaba mucho asegurarse de que yo llegara al orgasmo cuando él lo hacía. Tampoco era gran cosa, en general. Pero Hudson me llenaba y me estiraba, frotándose contra todas las partes dentro de mí que necesitaban una buena fricción. Mi clítoris pulsaba y latía. En lo más profundo, me retorcía y contraía.

—Por favor. Sí. ¡Oh, sí!—gruñí, vagamente consciente de que estábamos en un lugar público y cualquiera fuera de la puerta podía oírnos.

Hudson gruñó y me folló con más fuerza. Sus caderas tomaron todo lo que tenía, y sus pulgares se aferraron al resto. Mi cuerpo se agarró al último hilo de realidad, y luego se quebró cuando me corrí.

Me perdí en el orgasmo. Mi cuerpo temblaba, sacudiéndose, embistiendo y exigiendo mientras el orgasmo se apoderaba de mí. Estaba segura de que grité, pero no me importaba. Hudson seguía embistiéndome, mi orgasmo desencadenando el suyo. Rugió y penetró hasta el fondo, quedándose quieto en lo más profundo, donde podía sentirlo pulsando y liberándose.

Después de un segundo, se derrumbó sobre mí. Sus manos quedaron atrapadas entre nosotros, nuestros cuerpos húmedos y pegajosos.

Mi cerebro intentó decirme que había cometido un error, pero estaba demasiado feliz para que me importara.

Nunca había tenido sexo así en mi vida. No iba a pensar todavía con quién había sido o lo mala que era esa idea. Esos pensamientos llegarían, pero por un minuto, necesitaba disfrutar del peso de un hombre sobre mí y la pura alegría de un orgasmo que me había dejado exhausta y con ganas de llorar.

Podrían haber sido horas o solo segundos, pero demasiado pronto, Hudson se quitó de encima. Fue directamente al baño. Dejó la puerta entreabierta. Eso era íntimo. Un tipo de intimidad que iba más allá del sexo y me recordaba que esto era una mala idea.

De repente, no podía salir de allí lo suficientemente rápido.

Cogí mis vaqueros y bragas, poniéndomelos de un tirón. Mis muslos estaban húmedos, pero necesitaba irme. No tenía tiempo de usar el baño o limpiarme. Solo tenía que irme.

Me puse el sujetador y estaba buscando mi camiseta cuando le oí detrás de mí.

—Está junto a la silla—dijo. Sin emoción.

—Gracias—susurré. Agarré mi camiseta, me la puse por la cabeza y me calcé las botas. Ni siquiera me molesté en atarlas antes de meterme en el abrigo y colgarme el bolso al hombro.

—¿Te vas?

—Sí. Solo vine aquí para decirte... Me detuve. Ya no parecía tan importante.

—Que me mantenga alejado del futuro de Joey —terminó Hudson por mí. Su voz sonaba inexpresiva.

Asentí. Podía verlo por el rabillo del ojo, pero no podía mirarlo directamente. Me hacía perder la cabeza. Siempre. Yo nunca le gritaba a nadie. Hasta que le conocí a él. Nunca me había acostado con hombres en oficinas. Hasta él. Nunca había pensado en un futuro mejor. Hasta él.

No podía permitirme nada de eso. Necesitaba mantenerme alejada de Hudson Grant. Era demasiado peligroso estar cerca de él porque me hacía desear cosas que nunca tendría.

—Feliz día de Acción de Gracias —dijo en voz baja.

Levanté la mirada hacia él. Gran error. Seguía desnudo. Hermoso. Tentador.

Pero fue la mirada en sus ojos la que me afectó. Esa que decía que no quería que me fuera. La que decía que no iba a pedirme que me quedara. La que yo desesperadamente quería responder.

Asentí una vez, luego salí de su oficina. Y no miré atrás.

$\mathcal{S}$e supone que el buen sexo alivia la tensión. Se supone que te hace sentir que puedes hacer cualquier cosa. Se supone que yo no debería... acostarme con el jefe de mi hijo'.

No podía mirarlo a la cara. Nunca. Si pudiera, simplemente me mudaría. Pero tenía dos chicos estudiando, deudas que pagar y un trabajo que realmente disfrutaba.

Hudson Grant no iba a arruinar mi vida. Él no formaba parte de mi vida. Y nunca lo haría.

Me escondí el resto del fin de semana de Acción de Gracias. Trabajé, pasé tiempo con mis hijos e intenté averiguar cómo iba a poder comprarles regalos para Navidad.

Joey y yo teníamos una tregua provisional, pero era muy frágil. No volvió a mencionar nada sobre la universidad, los exámenes SAT ni nada parecido. Iba al instituto, iba a trabajar y ayudaba en casa.

Matty podía sentir que las cosas no eran normales y me preguntó una noche durante la cena por qué estaba enfadada con Joey.

—No estoy enfadada con él —aseguré a ambos chicos.

—Pues lo parece. —Matty era el que nunca tenía miedo de decir lo que pensaba. Eso lo había heredado de su padre. Afortunadamente, no había heredado mucho más de Nick.

No sabía cómo responderle a Matty, pero Joey sí.

—Le dije a mamá que quiero ir a la universidad, pero la universidad es cara y mamá no quiere que acabe arruinado cuando sea mayor.

—¿Como nosotros? —preguntó Matty.

—Básicamente, sí —dijo Joey. —Todos trabajamos juntos para que nuestra familia sea lo mejor posible, pero papá nos jodió...

—¡Joey! —grité.

—¿Qué? —me miró con dureza, desafiándome a contradecirle—. Es verdad. Sé que es verdad. Papá no nos quería. Demonios, probablemente tú tampoco, pero tú no eres como él.

—Nunca digas eso —le dije a mi hijo. Las lágrimas llenaron mis ojos—. Nunca digas eso. Os quiero a los dos más que a nada en el mundo. No formabais parte de mis planes cuando me quedé embarazada de ninguno de vosotros, pero eso no significa que cambiaría nada de vosotros. Vosotros dos me habéis salvado más veces de las que jamás sabréis. Os quiero.

—Te quiero —dijeron al unísono.

—En cuanto a vuestro padre, él... —no pude encontrar palabras para excusar lo que hizo. Ni para explicarlo.

—Mamá —dijo Joey suavemente.

Levanté la mirada hacia él y vi a un chico que estaba más cerca de ser un hombre que un niño.

—Papá siempre fue un cretino. Cuando estaba aquí, era cruel contigo y nos ignoraba. Sé que Matty no lo recuerda, pero yo sí. No era abusivo, pero tampoco era un padre. Nunca le importó ninguno de nosotros, y estamos mejor sin él.

Asentí, incapaz de articular palabras por el nudo que tenía en la garganta.

—Sé que te preocupa que acabe endeudado como tú. Sé que solo estás endeudada por culpa de papá. No es justo. Pero las deudas no son siempre malas.

—Pueden cambiarte la vida.

—La universidad también —replicó Joey.

Tomé aire. Eso dolió. No porque estuviera equivocado, sino porque veía el mundo de forma tan diferente a como lo veía yo.

—Sé que estás enfadada con Hudson y crees que él tiene la culpa de esto, pero no es culpa suya. Le pregunté sobre la universidad porque sabía que tú no querrías oírlo.

—¿Y qué te dijo?

—Que hay becas disponibles y préstamos estudiantiles, y que si soy inteligente y elijo una universidad que sea asequible, puede ser razonable pagarla. Dijo que su mujer se pagó la universidad dando clases particulares a otros chicos y algunas otras personas que conoce trabajaban para sus universidades haciendo otras cosas. Tienen programas de ayuda.

—Sigue siendo caro —dije.

Joey asintió, con el pelo resbalándole por la cara. Se lo apartó y me miró con sus ojos marrones, tan parecidos a los míos. —No puedo convertirme en ingeniero sin un título. Eso es lo que quiero hacer, mamá. Me encantan las matemáticas y las ciencias, y no me resultan fáciles, pero quiero hacerlo. De verdad creo que puedo conseguirlo.

Joder. Ahí estaba. El sentimiento de culpa maternal. Tener un hijo con dificultades en la escuela significaba tener un hijo que siempre dudaba de lo condenadamente inteligente que era. Si tuviera alguna idea, no me miraría con esa inseguridad o ese miedo de que yo le estaba protegiendo de algo más grande. Algo peor.

No lo estaba haciendo. Mi resistencia a hablar sobre la universidad venía de mis miedos sobre las deudas y el dinero y nunca tener suficiente. No quería imponérselo a mis chicos, pero era nuestra realidad, y Joey era dolorosamente consciente de ello. Habían pasado dos años desde que lo pillaron robando un bolso para intentar conseguir dinero para comprar comida para Matty. Dos años desde que la gravedad de nuestra situación me golpeó en la cara y supe que tenía que hacer cambios. Me esforcé más en gastar de forma inteligente, y Ramsey consiguió detener la sangría en cuanto a la capacidad de Nick para añadir más deudas a mi nombre, pero fue Joey quien tuvo que abrirme los ojos para ver lo mal que estaban las cosas.

Y ahora pensaba que yo estaba diciendo que no quería que fuera a la universidad porque no era lo bastante listo.

—Joey, escúchame bien —dije con firmeza. Las lágrimas rodaban por mis mejillas, pero las ignoré—. Puedes hacer cualquier cosa. Cualquier cosa. Eres una de las personas más trabajadoras e inteligentes que conozco. Odio haberte hecho pensar alguna vez que no podrías ir a la universidad y triunfar. Puedes hacerlo. Eres un joven increíble, y no podría estar más orgullosa de ser tu madre.

—No soy tan listo, mamá. Eso lo sé.

Negué con la cabeza. —Oh, cariño, no tienes ni idea. Ser inteligente no tiene nada que ver con ser normal. Tu cerebro funciona a su manera. No es como funciona el mío o el de Matty, pero eso no significa que sea incorrecto. Todos somos diferentes. Pero tú eres listo y capaz. Mucho más listo que yo. Siento haberte hecho sentir que la universidad estaba fuera de tu alcance porque no eras lo suficientemente inteligente. Eso nunca pasó por mi mente.

—¿Estás segura?

Le cogí las mejillas y le levanté la cabeza hasta que su mirada encontró la mía. —Absolutamente. Yo quería ir a la universidad, pero no era una opción para mí. Tu padre nunca lo consideró, y me dije a mí misma que eso era suficiente. Me dije a mí misma muchas cosas con él.

—Nunca fue lo suficientemente bueno para ti, mamá.

Sonreí. —Fue lo suficientemente bueno como para darme las dos mejores partes de mi vida.

—Bueno, una. Primero tuviste al hijo de prueba y luego creaste la perfección —dijo Matty.

Resoplé y negué con la cabeza.

Joey miró con mala cara a su hermano. —Creo que mamá solo estaba tentando a la suerte, intentando conseguir la perfección dos veces. Fracasó. El original siempre es mejor.

—¿Por qué intentarías lograr la perfección dos veces? Si algo es perfecto, no necesitas duplicarlo o mejorarlo. Sabían que eras un fracaso.

—¡Matty! —grité.

Se rio. Joey saltó de su silla y agarró a Matty con una llave de cabeza. Los dos cayeron al suelo y empezaron a pelearse.

No necesitaba a ningún otro hombre en mi vida. Ya tenía a los dos mejores de la ciudad allí mismo en mi salón.

COMO SIEMPRE, diciembre pasó volando. En un momento estaba acostándome con Hudson en su despacho, y al siguiente los chicos casi habían terminado las clases y estarían en casa por las vacaciones de invierno en unos días.

Y no había hecho ninguna compra navideña.

La Navidad siempre fue austera para nosotros. Cuando los chicos eran pequeños, les regalaba cosas como comida y pañales para que tuvieran algo que abrir, aunque no fuera nada divertido. Siempre intentaba comprarles algo entretenido, pero a medida que crecían, resultaba cada vez más difícil encontrar cosas que les gustaran dentro de mi presupuesto.

El viernes antes de Navidad, el último día de clase antes de las vacaciones, libré en el trabajo, así que decidí pasar por las tiendas locales para encontrar algo para los chicos. Estaba recorriendo un pasillo de Cove Consignments cuando Goldie apareció al doblar la esquina.

—Hola —dijo, pareciendo tan sorprendida como yo.

—Hola. ¿Cómo estás?

—Bien. Una locura. ¿Estás comprando para tus chicos?

Asentí. —No hay nada como esperar hasta el último minuto.

Ella se rio. —Estoy contigo. Creo que es más difícil comprarles regalos a medida que crecen. Paul solo quiere jugar a videojuegos y hablar con sus amigos.

—Joey es igual.

Goldie volvió a reír. —Me alegra no ser la única. Te he echado de menos en el club de lectura.

Se me retorció el estómago. Me sentía un poco culpable por no haber vuelto, pero también me resultaba incómodo pasar el rato con Finley y sus amigas. Fue muy amable por su parte invitarme, pero como con todo lo demás en lo que me incluía, sabía que era solo porque era muy buena persona.

—No conozco muy bien a ninguna de ellas, confesó Goldie. —Laura me insistió para que fuera al principio. Trabaja con mi hermana pequeña. Ally y yo no somos nada cercanas. Tenemos el mismo padre, pero ella es nueve años menor que yo. Con Laura conecté, pero con las demás todavía estoy intentando conocerlas. Poco a poco. Y estoy soltándote todo esto como una loca sin habilidades sociales.

Me reí con ella y negué con la cabeza. —A mí me pasa siempre igual. La maldición de ser la mayor de la sala.

—¿Verdad? Dios mío, es tan cierto. Siempre me siento tan mayor cuando estoy con todas ellas. Pero luego veo sus relaciones saludables y sus vidas equilibradas y sé que podría tomar algunas notas sobre cómo hacerlo mejor en esta década.

Resoplé. —No he tenido una buena década en los últimos años, así que agradezco cualquier consejo.

Goldie sonrió. —Vale, voy a ser la rara sin habilidades sociales otra vez y preguntarte si podemos ir de compras juntas. Supongo que hoy libras, ¿no?

—Sí. Y sería divertido.

—Uf, menos mal. Me preocupaba tener que escabullirme y fingir que no estaba horriblemente avergonzada por que me dieras largas.

Negué con la cabeza. —Ni hablar. Me vendría bien una amiga.—

—A mí también.—

Sonreímos y continuamos comprando. Cuando una de nosotras encontraba algo, se lo enseñaba a la otra. Estábamos riendo y divirtiéndonos, y me sentí yo misma por primera vez en demasiado tiempo.

—¿Qué vais a hacer durante las vacaciones?— preguntó Goldie mientras íbamos de una tienda a otra, con los abrigos bien apretados y las narices hundidas en nuestras bufandas.

—Voy a trabajar. Creo que Joey también. No hacemos mucho.

—¿Eso significa que estarás en la ciudad? Porque tú y yo deberíamos quedar. Si crees que los chicos se llevarán bien, por mí perfecto también, pero deberíamos salir juntas. A cenar o a tomar algo.—

—No estoy segura,— dije, odiando tener que rechazarla por cuestiones de dinero.

—Paul se va a casa de su padre durante parte de las vacaciones. Tendré la casa para mí sola. ¿Qué tal si vienes y cenamos juntas? ¿Me salvas de mi soledad?—

La mirada suplicante en su rostro fue suficiente para

hacerme pensar que estaba siendo sincera y que realmente solo quería pasar tiempo juntas. Nos lo estábamos pasando bien. Y podría salir una noche. Sería mi regalo de Navidad para mí misma.

—Vale, suena bien.—

—¡Oh, genial! Estaba preocupada de que pensaras que estoy loca.—

—Bueno, un poco, pero en el mejor sentido.—

Goldie se rio. —Me conformo con eso.—

Pasamos el resto de la tarde de compras y finalmente encontré algunas cositas que creía que les gustarían a los chicos. Cuando nos despedimos, estaba sonriendo y feliz. Iban a ser unas buenas vacaciones.

La Navidad amaneció cuatro días después con muy poca fanfarria en nuestro pequeño apartamento. Me levanté temprano e hice tortitas para los chicos, una tradición que comencé cuando estaban en primaria. Preparé mi café y empecé nuestro maratón de películas. Habíamos añadido y eliminado películas a lo largo de los años según nuestros gustos, pero yo siempre comenzaba con películas románticas sensibleras que me daban esperanza de que tal vez algún día elegiría a un hombre que no me hiciera querer llorar y desear que nunca nos hubiéramos conocido.

Hudson apareció en mi mente, pero aparté ese pensamiento tan pronto como surgió. Hudson nunca iba a ser mío.

Los chicos salieron juntos de su habitación. Ambos llevaban chándal y camisetas, con los pies descalzos y el pelo revuelto. Vinieron directamente hacia mí y se acurrucaron en el sofá a mi lado, abrazándome uno por cada lado.

—Feliz Navidad —dijeron ambos.

—Feliz Navidad. Os quiero, chicos.

—Te queremos, mamá —dijeron.

Nos quedamos así un rato, los dos abrazados a mí mientras la película sensiblera se reproducía en la pantalla que apenas era lo suficientemente grande para verla desde el otro lado de la habitación. Cuando terminó la película, se movieron y se levantaron del sofá para ir a la cocina.

Sus voces amortiguadas mientras preparaban el desayuno me hicieron preguntarme de qué estarían hablando. Normalmente era una discusión que me hacía gritar, pero estaban tranquilos y no peleaban, lo cual era sospechoso.

Volvieron al sofá y se sentaron metiendo los pies debajo de ellos mientras veían la película. Para cuando esta terminó, estábamos riendo y hablando sobre nuestros recuerdos navideños favoritos.

—Me acuerdo de cuando recibimos aquellos hombrecillos verdes aquel año. Me encantaban —dijo Joey.

—Estaba tan enfadado cuando no me dejabas jugar con ellos —admitió Matty.

—Sí, no siempre he sido el mejor hermano.

Matty se encogió de hombros.

—Lo siento. Estoy intentando mejorar. Solo nos tenemos el uno al otro. ¿Verdad, mamá?

Asentí. Mis chicos eran buenos. Hudson tenía razón. Había hecho un trabajo bastante bueno.

—Ojalá pudiera daros más regalos, pero espero que os guste lo que tenéis —les dije cuando finalmente nos dirigimos hacia el patético arbolito de mesa que encontré en la basura hace un año. Las luces no funcionaban cuando lo conseguimos, y no se podía poner más de un regalo o dos a su alrededor, pero era más de lo que teníamos cuando lo rescatamos de la basura.

—No tenías que comprarnos nada —dijo Joey.

Le revolví el pelo y sonreí. —Claro que sí.

Él abrió su regalo primero y jadeó cuando vio la Guía de

Estudio para el SAT. No estaba segura de que realmente le fuera a gustar, pero la mirada en sus ojos decía que sabía que no se trataba solo del libro. Se trataba de que yo aceptaba su sueño y le apoyaba en lo que quisiera hacer.

—Gracias, mamá. Nunca pensé que me emocionaría por un examen, pero gracias.

Me reí con él. Abrió el libro y examinó algunas páginas. Frunció el ceño ante el contenido, luego asintió y cerró el libro.

—Esto me va a ayudar mucho. Gracias.

—De nada.

Matty abrió el suyo después. Sus ojos se abrieron como platos cuando se dio cuenta de que era un juego para el dispositivo que Hudson guardaba en el cajón de su escritorio. —¡Vaya, en serio! ¡Esto es genial, mamá. ¡Gracias!

—De nada. Me gustaría poder estar más tiempo en casa para que pudieras estar aquí, pero ya que pasas tanto tiempo en O'Kelley's y Hudson te deja jugar, pensé que sería bueno que tuvieras el tuyo propio.

—A Hudson no le importa. No lo usa. Lo compró solo para mí. Joey le dio un codazo a Matty, y este aclaró su garganta. —Quiero decir, sí, tienes razón. Gracias, mamá.

Le sonreí y negué con la cabeza.

Revisaron las pocas cosas que puse en sus calcetines navideños, luego me dijeron que me quedara en el sofá y que volverían enseguida.

Los susurros en su habitación me preocuparon. No estaba segura de qué esperar. Cuando regresaron, sonreían ampliamente y llevaban algo escondido tras sus espaldas.

—¿Qué habéis hecho vosotros dos? —pregunté.

—Es Navidad. Te hemos traído un regalo —dijo Joey.

Se separaron y trajeron un árbol de Navidad púrpura. Me reí. Era adorable. —¿Dónde diablos habéis encontrado eso? Es precioso.

—Hudson nos ayudó. Le pregunté si sabía dónde podríamos conseguir uno como este. Te vi mirándolo un día en esa tienda por la que te gusta pasear cerca de Cove Bakery —dijo Joey.

Me acerqué y toqué las agujas púrpuras del pino. Brillaba, exactamente como el árbol del escaparate de Island Designs. Quizás fuera hortera, pero a mí me parecía espectacular.

—Incluso se ilumina, mamá —dijo Matty con orgullo. —Nos aseguramos de ello.

—Gracias, chicos, pero no teníais que hacer esto. ¿De dónde habéis sacado el dinero?

—Hudson nos dio una prima a todos. Dijo que es dinero extra para darnos las gracias por todo el trabajo duro que hemos hecho este año. He usado una parte para comprarte este árbol porque sabíamos que te haría feliz. El resto puedes usarlo para pagar más deudas.

—No tenías que gastar tu dinero en mí —dije.

Joey se rió. —Sí, mamá, tenía que hacerlo. Porque te quiero. Los dos te queremos. Haríamos cualquier cosa el uno por el otro porque eso es lo que hace la familia.

Asentí y abracé a mis chicos. —Sí, así es. Y tengo la mejor familia del mundo.

—Sí, la tienes —dijo Matty.

Me reí. Y les besé en las mejillas. Después volvimos todos al sofá y vimos otra película mientras yo contemplaba mi precioso árbol brillante de color púrpura.

Fue un día perfecto.

14

¿Qué tal fue tu Navidad? ¿Tus hijos se divirtieron?

S onreí al leer el mensaje. No recordaba la última vez que había tenido tantas esperanzas para mi futuro. Entre mi nueva amistad con Goldie y volver a tantear un mundo que incluía al sexo opuesto, me sentía bien.

Pasaron una Navidad muy buena. Y me sorprendieron con un regalo que me encantó.

Parecen buenos chicos.

Son los mejores. ¿Qué tal fue tu Navidad?

Bien. Pasé tiempo con amigos y trabajé. Bastante típico para mí.

MIS AMIGAS ME OBLIGARON

El trabajo es como pagamos las facturas. ¿Te gusta tu trabajo?

Empezaba a caerme bien. Después de casi dos meses hablando en línea, habíamos construido definitivamente una amistad. La mayoría de los hombres habrían querido sexo a estas alturas, pero este chico ni siquiera había pedido que nos conociéramos. Era como si comprendiera lo difícil que resultaba empezar algo nuevo.

AQUÍ POR LA FUERZA

Me encanta mi trabajo. Y la gente con la que trabajo. Los horarios no siempre son ideales, pero realmente no puedo quejarme. ¿Y tú?

MIS AMIGAS ME OBLIGARON

Mis horarios son buenos y disfruto de lo que hago. Aunque no estoy segura de cuánto durará.

No le había contado esa verdad a nadie más. Finley dijo que no planeaba despedirme, pero yo entendía cómo funcionaban los negocios. Si ella no ganaba dinero, tenía que reducir costes. Y los inviernos en Cala MacKellar eran duros. Había reducido las horas de apertura porque no había tanto tránsito de clientes, lo que disminuía mis ingresos, pero incluso las horas que estábamos abiertos a veces parecían demasiadas.

AQUÍ POR LA FUERZA

¿Por qué dices eso?

MIS AMIGAS ME OBLIGARON

Ya sabes cómo es por aquí. Está todo muy tranquilo. No estoy segura de que mi jefa pueda permitirse pagarme todo el año después de este.

AQUÍ POR LA FUERZA

Esperemos que eso no ocurra.

MIS AMIGAS ME OBLIGARON

Estoy de acuerdo.

AQUÍ POR LA FUERZA

¿Crees que nos conocemos?

Una sensación de provocación me hizo cosquillas en la nuca. Me había hecho esa pregunta muchas veces. Cuando caminaba por la calle, me preguntaba si alguno de los hombres con los que me cruzaba podría ser Aquí por la fuerza. Me encontraba sonriendo a gente al azar, por si acaso alguno de ellos fuera él.

Pero en todas nuestras conversaciones, no había logrado descubrir quién era. Lo que significaba que, si nos conocíamos, no nos conocíamos bien.

MIS AMIGAS ME OBLIGARON

No lo sé. No tengo ninguna idea de quién puedes ser. ¿Crees que sabes quién soy yo?

AQUÍ POR LA FUERZA

No. Y me da miedo preguntar. ¿Y si ya me odias?

MIS AMIGAS ME OBLIGARON

Si ya te odio, quizás esto cambie mi opinión. ¿Y si tú me odias a mí?

AQUÍ POR LA FUERZA

No se me ocurre ninguna mujer a la que odie.

MIS AMIGAS ME OBLIGARON

Con suerte eso significa que estamos bien.

AQUÍ POR LA FUERZA

¿Eso significa que quieres quedar?

Todo el aire salió de mis pulmones de golpe. Sabía que esto ocurriría. Al final, uno de los dos tenía que decirlo. Habían sido semanas de charlas regulares. Tenía curiosidad. Y sería agradable tener a alguien más aparte de Hudson en quien pensar.

Solo había visto a Hudson de pasada durante las últimas semanas. Me mantuve alejada de O'Kelleys. Le enviaba un mensaje a Joey cuando llegaba para que saliera al coche. Sugería otros lugares para comer cuando Finley quería pedir comida. Evitaba cualquier posible contacto con él.

Pero quedar con otro hombre me hizo pensar instantáneamente en Hudson. ¿Qué pensaría él si yo saliera con alguien? ¿Por qué quería saberlo? ¿Quería salir con otra persona? ¿Quería salir con él?

AQUÍ POR LA FUERZA

No te preocupes. No quiero que te sientas presionada.

MIS AMIGAS ME OBLIGARON

Hace mucho tiempo que no tengo una cita.

AQUÍ POR LA FUERZA

¿Entonces qué tal una copa?

Respiré hondo y cerré los ojos. Podía hacer esto.

MIS AMIGAS ME OBLIGARON

Mañana por la noche. A las ocho. En O'Kelley's. ¿Sabes dónde está?

AQUÍ POR LA FUERZA

He estado allí un par de veces, sí.

MIS AMIGAS ME OBLIGARON

Me sentaré en la barra. Llevaré un jersey morado.

Sentí mariposas en el estómago. Sonreí.

Luego imaginé la cara de Hudson cuando me viera con otro hombre.

Mis muslos hormiguearon. Mi pulso se aceleró. Mis labios se entreabrieron.

No quería excitarme pensando en Hudson poniéndose celoso, pero así era. Quizás no le importaría. Pero quizás sí.

Esperaba que le importara.

Le envié un mensaje a Goldie, sabiendo que necesitaba el ánimo de una amiga. Estaba entusiasmada por mí y me hizo prometer que le contaría todos los detalles cuando cenáramos dentro de dos noches.

Matty se quedaba a dormir en casa de un amigo, y Joey iba a salir con Tierney y otros amigos al cine. Dejé a mis dos chicos y me dirigí al O'Kelley's.

El nudo en el centro de mi estómago se tensó cuando entré por la puerta. Estaba lleno. No tan lleno como lo había visto otras veces, pero definitivamente más concurrido de lo que esperaba. Que tanta gente fuese testigo de lo que seguramente sería un fracaso por mi parte no era algo que me apeteciera.

Tampoco me apetecía sentir la presión de irme a casa con un desconocido. Vale, concerté la cita cuando sabía que estaba libre, pero eso no significaba que quisiera algo más que tomar una copa con el chico.

¿En qué demonios estaba pensando?

Estaba a punto de darme la vuelta e irme cuando vi a Hudson observándome desde detrás de la barra. Tenía los brazos cruzados sobre el pecho y me miraba con el ceño fruncido.

¿Por qué elegí su bar para esto?

Me tragué mi inquietud y me admití a mí misma que era por la misma razón que Finley dijo que había conocido a Trent allí. Ella sabía, igual que yo sabía, que Hudson nunca permitiría que ocurriera nada malo.

Pero para mí, él podría ser lo malo que ocurriera.

Las rodillas me temblaban mientras me dirigía hacia él a través del bar. Me senté en un taburete al final, desde donde podía ver la puerta y desaparecer por el pasillo hacia los baños si necesitaba un respiro.

Hudsonno apartó la mirada ni un segundo. Cuando por fin levanté la vista, sus ojos estaban tan dilatados que parecían casi negros.

—¿Puedo tomar algo? —le pregunté.

Asintió bruscamente. No dijo nada mientras cogía un vaso y lo llenaba de hielo. Me aparté de él, sin querer mirar cómo preparaba algo que seguramente me iba a gustar demasiado. Cuando el golpe seco del vaso sonó en la barra frente a mí, me di la vuelta y lo encontré todavía sujetándolo y observándome.

Lo miré fijamente, esperando que el temblor en mi interior no se reflejara en mi cara.

—No te he visto en casi un mes —dijo. Su voz sonaba queda en el ruidoso bar, casi áspera, como si estuviera conteniendo algo.

—He estado ocupada.

—¿No demasiado ocupada esta noche?

Negué con la cabeza. —Matty está en una fiesta de pijamas, y Joey ha salido con amigos.

—Y tú estás...¿

—Quedando con alguien.

Resopló por la nariz. —¿Alguien que yo conozca?

—Lo dudo.

—¿Por qué dices eso? Conozco a mucha gente.

Consideré lo que estaba diciendo y me pregunté si Hudson conocería a Aquí por la fuerza. Si fuera así, ¿sería mejor o peor?

—¿Cómo se llama?

Casi dije su nombre de usuario pero decidí no compartir esa información con Hudson. Se burlaría de mí por usar una web de citas online. —¿Por qué?

—Me preguntaba si lo conozco. No sabía que estabas saliendo con alguien.

—¿Quién ha dicho que lo estoy haciendo?

—Pregunté cómo se llamaba. No me corregiste.

Mierda. Tenía razón. —¿Eso es un problema?

—No. Bonito jersey.

Di un sorbo a mi bebida. —Gracias.

—Supongo que te gusta el morado.

—¿Por qué dices eso?

Se encogió de hombros. —Árbol morado. Jersey morado. Parece que es tu favorito.

—¿Cómo has... Oh, olvidé que ayudaste a Joey con eso. Gracias. Fue una sorpresa maravillosa. Me encantó.

Hudson asintió de nuevo. Parecía rígido. Incómodo. Como yo me sentía.

Lo ignoré un momento más y examiné el bar. Sabía que decirle a Aquí por la fuerza lo que llevaba puesto significaba darle el poder de decidir si quería conocerme o no. Si no aparecía, no tenía más remedio que suponer que no estaba interesado.

Mi teléfono vibró en mi bolso y lo saqué. Un nuevo mensaje.

AQUÍ POR LA FUERZA

El morado te queda de maravilla.

Jadeé. Estaba aquí. Y me estaba observando.

MIS AMIGAS ME OBLIGARON

Sin duda soy fan. Ya que sabes quién soy,
¿vas a venir a saludarme?

Esperé con el corazón en la garganta. Miré alrededor para ver si podía localizar a alguien con el móvil en la mano. La gente hablaba y reía con amigos. Algunos tenían sus teléfonos fuera, pero la mayoría estaban enfrascados en conversaciones. No detecté a nadie que pudiera ser Aquí por la fuerza.

AQUÍ POR LA FUERZA

Ya lo hice.

Incliné la cabeza hacia un lado e intenté descifrar de qué estaba hablando. La única persona con la que había hablado desde que llegué era...

No.

No era posible.

Levanté la mirada hacia la suya. Me estaba observando. Tenía el móvil en la mano. Arqueó una de sus oscuras cejas. Un desafío o una pregunta. No importaba cuál. Tenía que irme.

Me bajé apresuradamente del taburete donde estaba sentada y me abrí paso entre la multitud. Hudson Grant no podía ser Aquí por la fuerza. Simplemente no. No era el hombre amable y considerado que había pasado dos meses conociéndome. No era el tipo con el que disfrutaba hablar.

Mi coche estaba demasiado lejos, así que me apresuré por la acera cubierta de nieve y recé para que él no me alcanzara antes de que yo llegara a mi vehículo. Aunque no sé por qué me preocupaba. Cuando entré en mi coche y arranqué, no vi a nadie en la acera.

No me estaba persiguiendo.

Reprimí mi decepción y me alejé de la acera. No era justo. Hudson me volvía loca de todas las formas posibles. Nunca mostraba esa faceta suya. La faceta que era amable, considerada e imposible de resistir. Por mucho que hubiera dudado sobre conocer a Aquí por la fuerza esta noche, sentía una atracción hacia él desde nuestra primera conversación.

En mi cumpleaños. Cuando le envié seis mensajes.

Gemí y negué con la cabeza. Era tan estúpida. ¿Por qué pensaba que salir con alguien era una buena idea? Incluso las citas online. Al final, todo se trasladaba a la vida real, y la vida real era complicada.

Me estuve reprendiendo durante todo el trayecto, y cuando llegué a casa, había decidido que ya no quería más citas. No merecía la humillación de que alguien como Hudson conociera todos los detalles privados que había compartido con él. Me sentía como una completa idiota.

Casi había llegado a mi puerta cuando se cerró una puerta de vehículo detrás de mí. Estaba oscuro y mi barrio no era el mejor, así que me apresuré hacia la seguridad de mi edificio. Entonces él me llamó.

—Anna. Espera. Por favor.

Suspiré profundamente. Hudson. Una parte de mí se alegraba de que hubiera venido a buscarme, y otra parte estaba completamente bloqueada. Él sabía cosas. Sabía lo que era sentirse un fracaso como padre. Sabía sobre Nick y parte de lo que me hizo pasar. Sabía que no me sentía deseable. Sabía tantas cosas. ¿Había estado jugando conmigo todo este tiempo? ¿Sabía quién era yo y quería hacerme sentir estúpida cuando descubriera quién era él?

—¿Por qué? —pregunté.

—Porque necesitamos hablar. Entremos. Ya me había alcanzado y estaba parado un escalón por debajo de mí en el hormigón agrietado. La nieve se acumulaba a ambos lados del camino. Se había derretido en su mayor parte donde habían aplicado sal generosamente, pero las temperaturas estaban bajando y venía más nieve.

Me dije a mí misma que el escalofrío que me recorrió era por el frío y no por el hombre que estaba a un paso de distancia. Di media vuelta y entré, sintiendo su fuerza silenciosa detrás de mí mientras caminaba.

Dentro de mi apartamento, quería salir. No tenía ningún interés en escuchar cómo Hudson me había engañado durante meses solo para reírse. O cómo lo había descubierto y quería hacérmelo saber para que termináramos con esto. O cualquier cosa. ¿Por qué? ¿Por qué me pasaba esto a mí?

—No tenía ni idea de quién eras hasta que entraste en O'Kelleys esta noche —dijo. Su voz rozó cada nervio de mi cuerpo—. Una parte de mí esperaba que fueras tú, pero nunca me permití completar ese pensamiento porque no era justo para la mujer con la que estaba hablando.

—¿Por qué?

—¿Por qué, qué?

—¿Por qué esperabas que fuera yo?

Se rio y se pasó una mano por la cara. —Me vuelves jodidamente loco, Anna. Me desafías de una manera que nadie lo ha hecho nunca. Dominas mis pensamientos, y cuando me acerco a ti, pierdo la puta cabeza.

El aliento huyó de mi pecho, dejándome débil. Me hundí en el sofá y me incliné hacia delante, apoyando los codos en las rodillas.

—No sientes lo mismo —dijo, dejándose caer en la silla del rincón. No era una pregunta. Estaba interpretando mis acciones. Pero se equivocaba.

—Cuando estamos juntos, o estamos peleando o follando. ¿Cómo funciona eso?

Soltó una risa y se encogió de hombros. —No lo sé, pero no hay nadie con quien prefiera hacer ninguna de las dos cosas.

Mi mirada se cruzó con la suya, y supe que estaba siendo sincero. Intenté colocarlo en la caja donde lo había metido hace un año. La caja de los capullos. Como Nick. Un hombre que creía saber lo que era mejor para todos. Pero cuanto más intentaba meterlo allí, más difícil resultaba que encajara. Hudson no era quien yo creía. Me lo había demostrado, pero yo no quería creerlo. Era amable y generoso. Era sexy y apasionado. Era inteligente y fuerte.

Y por alguna razón, me miraba como si yo fuera todo lo que deseaba.

—Anna —gimió. Sus dedos agarraban con fuerza los brazos del sillón. El mismo sillón en el que había dormido cuando me trajo a casa el día de mi cumpleaños.

—No quiero pelear contigo ahora.

Una sonrisa lenta y sexy se dibujó en sus labios al comprender lo que le estaba diciendo. Se acercó a mí como un depredador, con movimientos pausados mientras cruzaba la pequeña habitación. Se inclinó sobre mí, obligándome a echar la cabeza hacia atrás. Su cara estaba a un centímetro de la mía, con las manos apoyadas en el respaldo de mi sofá. Olía a cerveza y a hombre. Mi corazón latía con fuerza, mi respiración se hacía más ligera. Sentía como si tuviéramos todo el tiempo del mundo.

Y pensábamos aprovechar cada segundo.

Alcé la mano y agarré el borde abierto de su camisa. Su piel cálida estaba justo debajo, suplicando por mis dedos. Siseó al contacto, pero no se apartó. Deslicé mi mano hacia arriba, levantando su camisa a medida que avanzaba hasta que su torso quedó expuesto.

Mantuve su mirada mientras me inclinaba hacia delante. Él me observó hasta que el ángulo interrumpió la conexión y lamí su pezón.

Gimió. —Anna.

Pasé mi lengua por su pezón, disfrutando de los suaves

gemidos que salían de él. Me moví al otro y le di un pequeño mordisco. Sus gemidos se hicieron más fuertes.

Un segundo después agarró mis caderas y nos volteó. Caí encima de él, con los muslos bien abiertos para que pudiera colocarse entre ellos. Gemí al sentir su grosor contra mí y me moví sobre él.

—Toma lo que necesites de mí —susurró. Sus manos ajustaron mis caderas, animándome a moverme.

—Te necesito a ti —admití.

Claro, un orgasmo estaría bien, pero sería mejor si era uno que él me ofreciera voluntariamente. Yo podía darme placer siempre que quisiera, pero tener a alguien que lo hiciera no era habitual para mí.

—Yo también —susurró. Entonces reclamó mis labios y pegó mi cuerpo al suyo.

Nos besamos como adolescentes en el sofá, sin prisas por parte de ninguno. Mis caderas se movían y las suyas embestían, pero nos limitamos a besarnos y a algunas caricias mientras nos acostumbrábamos a la idea de lo que estaba ocurriendo entre nosotros.

Hudson Grant, el hombre al que había dedicado gran parte del último año a odiar, me estaba volviendo completamente loca sin ni siquiera desnudarme.

—Hudson —susurré.

—¿Sí?

—¿Necesitamos empezar a pelear?

Él se rio.—Prefiero la opción dos.

—Bien.

15

HUDSON

Cuando Anna entró en el O'Kelley's con aquel jersey morado, casi me tragué la lengua, joder. Estaba impresionante. Resaltaba sus anchas caderas y su figura voluptuosa. Y lo llevaba para mí.

No es que ella lo supiera, pero así era.

Casi se lo dije en cuanto se sentó, pero quería asegurarme de que era ella. Cuando se marchó, casi no la sigo, pero Jonathan me dijo que sería idiota si no lo hacía.

Tenía que invitar a ese tío a una copa. O a un coche. Si no hubiera dicho que se encargaría del cierre, no tendría mis manos llenas de la mujer que había protagonizado todas mis fantasías durante los últimos meses.

—¿Matty estará fuera toda la noche? —pregunté, necesitando saber si nos interrumpirían.

Ella asintió.

—¿Y Joey está con amigos? ¿Hasta cuándo?

—Su toque de queda es a las once. La madre de su amigo le traerá a casa.

—¿Así que tenemos casi tres horas a solas? —pregunté.

Ella suspiró y movió las caderas. Mi polla estaba palpitando y dolorosamente dura, pero aguantaría el desastre que provocaría si ella continuaba y yo me corría en los pantalones.

—¿Vas a dejar que te folle aquí mismo en este sofá? —le pregunté.

Se estremeció con mis palabras y se mordió el labio. —Mejor que pelearnos.

Me reí suavemente y deslicé mis manos por sus costados, levantando el suave jersey hacia arriba y apartándolo de su cuerpo. Llevaba una camiseta de tirantes ajustada debajo, una que se amoldaba a sus curvas. El tirante de su sujetador se entrelazaba con los finos tirantes de la camiseta, suplicándome que los bajara para devorar sus pechos.

No se resistió al movimiento, ayudando a desabrochar su sujetador mientras yo llevaba uno de sus pechos a mis labios como una ofrenda. Ella jadeó cuando mordí el pequeño y duro capullo, y luego movió las caderas otra vez.

Joder. Vi estrellas. Me costó todo mi autocontrol no empujar hacia arriba contra ella y perderme en su cuerpo, pero quería estar dentro de ella cuando me corriera. Solo tenía un condón en la cartera, un condón de ilusiones que nunca pensé que utilizaría después de que saliera corriendo de mi despacho la última vez que tuve la suerte de dejar de pelearme con ella el tiempo suficiente para follarla.

Pasé al otro pezón, dejando un rastro húmedo entre ambos. Ella gimió, se balanceó y se acomodó hacia donde quería ir. Yo pretendía tomarme mi tiempo. La última vez fue rápido, furioso y asombroso, pero esta vez quería llevarla justo al borde y dejarla tambaleándose allí antes de que cayera. Quería saborearla en mi lengua y sentirla en mis dedos. La quería exhausta, húmeda y tan preparada para mí que no hubiera resistencia cuando presionase dentro de ella.

—Hudson —susurró ella.

Ya estaba cerca. Joder, esta mujer podía correrse en un segundo. Me encantaba lo fácilmente que se deshacía, pero quería sentirlo.

Tiré de la tela elástica que cubría su centro y conseguí meter la mano dentro. Rocé los rizos húmedos en mi camino hacia abajo. Ella se arqueó contra mí, su núcleo buscando mis dedos mientras giraba la mano para encontrar su centro.

Cuando lo hice, gemí junto con ella. Estaba empapada, goteando y pulsando. Ignoré su clítoris y deslicé dos dedos dentro de ella, mordiendo su pezón mientras lo hacía.

Se apretó alrededor de mis dedos y se corrió con un grito casi silencioso que me hizo desear llevarla a algún lugar donde pudiera hacer todo el ruido que quisiera.

—Joder —gruñí—. —Necesito más de esto.

Ella también lo necesitaba, a juzgar por cómo sus caderas cabalgaban mi mano. Presioné mi pulgar contra su clítoris y maldije cuando se deshizo así de rápido por segunda vez.

Saqué mi mano, disfrutando del gemido de dolor que me dio cuando lo hice. —Boca arriba, Anna. Ahora.

No dudó en hacer lo que le pedí. Le quité las mallas y las bragas sobre los muslos y coloqué una almohada debajo de sus caderas. Separé sus muslos y soplé suavemente sobre su piel. Ella se estremeció y el fluido escapó de su centro. Me incliné y lo lamí, gimiendo por el sabor de ella en mi lengua.

—Por favor —susurró ella.

No tenía ninguna intención de parar pronto, pero ella no lo sabía. La lamí de nuevo y volví a introducir mis dedos en su interior. Tres esta vez. Gimió y se tensó a su alrededor, levantando las caderas para encontrarse con mis movimientos.

—Qué bueno.

Murmuré en señal de acuerdo y arrastré mi lengua alrededor de su carne suave y sensible. Mis dedos entraban y salían de ella con un ritmo lento, no lo suficiente para llevarla más alto todavía. Solo para que se acostumbrara y cuando la empujara, ella saltara.

Gemía y sollozaba, suplicando por más sin decir una palabra. Me dolía hundirme en ella y perderme, pero más que eso, me dolía ver cómo perdía la cabeza. Una cosa era hacer que una mujer tan receptiva como Anna llegara al orgasmo. Otra era mantenerla al borde y dejarla sin aliento. Yo quería lo segundo.

Mis movimientos eran lentos y perezosos. Exploré cada centímetro del espacio entre sus muslos. Besé sus piernas y mordisqueé su carne. Lamí la línea entre su pierna y su entrada y succioné su clítoris. Todo lo que hacía era pura dicha para mí y, con suerte, para ella también.

Sus sonidos pasaron del deseo desenfrenado a la frustración. Un gruñido seguido de un movimiento de sus caderas. Estaba lista para más, y yo estaba más que feliz de dárselo.

Hundí mis dedos más profundo, sorprendiéndola y obteniendo un jadeo y un gemido a cambio. Presioné mi lengua contra su piel con más firmeza. Aceleré el ritmo con el que entraba y salía de ella, embistiendo más profundo y más rápido. Se tensó a mi alrededor, su respiración acelerándose con la forma en que la follaba con mi mano.

—Por favor —susurró, la palabra apenas audible por encima de la sangre que me latía en los oídos y bombeaba con fuerza en mi polla.

Me quebré con esa palabra. Una mujer que nunca pedía nada me estaba pidiendo que la hiciera sentir bien. No era fácil para ella. Esperó hasta estar al borde, desesperada por caer pero incapaz de hacerlo sola.

Puse todo lo que tenía en llevarla más alto de lo que jamás había estado, más alto de lo que sabía que podía llegar. La azotaba con mi lengua y la follaba duro con mis dedos. Le acariciaba el punto G y le succionaba el clítoris. Empezó a caer, y cambié mis movimientos y la empujé más alto, y más alto, y más alto. Hasta que estaba jadeando por aire y sus movimientos eran espasmódicos.

Entonces la dejé caer.

Los sonidos que hacía, bajos en volumen pero intensos, eran una mezcla de sorpresa y deleite. Gruñía, murmuraba y gemía. Su cuerpo vibraba con energía, su orgasmo forzaba sus movimientos erráticos y exigía que el orgasmo continuara.

No estaba dispuesto a ceder. Me quedé con ella, succionando su clítoris y provocando su interior mientras ella descendía y volvía suavemente a la tierra. Observé su rostro mientras las lágrimas corrían por sus mejillas y una sonrisa serena se dibujaba en sus labios.

Abrió los ojos y me encontró. Extendió su mano hacia mí, acariciándome la mandíbula. Froté mi rostro contra su mano y ella dobló los dedos para indicarme que me acercara.

Me limpié la barba y la cara con mi camiseta y me incorporé para besarla. Fue un beso tierno, de esos que se dan los amantes. Sus manos acariciaron mi espalda y mis hombros, atrayéndome hasta que mi peso quedó sobre ella.

—¿Qué me estás haciendo? —preguntó, con nuestros rostros a un suspiro de distancia.

Sonreí. —Con suerte, lo mismo que tú me estás haciendo a mí.

Ella me devolvió la sonrisa y movió sus caderas. Sus párpados cayeron y gimió al sentir cómo encajábamos perfectamente.

—¿Anna?

—Por favor, Hudson.

Me puse de pie y me quité rápidamente el resto de la ropa. Me coloqué el único preservativo que tenía y la miré.

Ella estaba mirando fijamente mi miembro. Se relamió los labios.

Me acaricié, necesitando la presión para calmarme antes de hundirme en ella y perder la cabeza al instante.

Sus ojos se abrieron de par en par, y se inclinó hacia mí.

—Ahora no —dije—. Lo perderé. Y este es mi único preservativo, así que si lo estropeamos, hemos terminado.

—Entonces mejor no lo desperdiciemos —dijo ella.

Mi miembro estaba completamente de acuerdo.

Anna se movió para tumbarse sobre el sofá. Me coloqué entre sus muslos, y un muelle del sofá me dio en la rodilla mala. Me moví a una posición mejor y volví a centrarme en ella.

Estaba tendida ante mí como un regalo. Su cuerpo entero estaba expuesto, listo y esperando a que la hiciera sentir bien. Sabía que era uno de los pocos que habían tenido la bendición de contemplarla así. Y me consideraba muy afortunado.

Alineé nuestros cuerpos y froté mi miembro por la humedad entre sus muslos. Ella gimió y se retorció. Cuando presioné para entrar, se relajó y me dejó penetrar. Tras unas cuantas embestidas, me hundí completamente en ella. Ambos suspiramos.

—Qué bueno —susurró.

—Sí —dije. Acuné su rostro, y ella levantó la mirada hacia mí—. Gracias.

Sonrió. Sabía que no solo le estaba agradeciendo por el sexo. Era algo más que eso. Algo más grande. Era una oportunidad para más. Para ambos. Una oportunidad que creo que ninguno de los dos pensó que volvería a tener.

Comencé a moverme, retirándome lo justo para volver a entrar. No quería separarnos. Quería permanecer dentro de ella, enterrado profundamente y conectado, para siempre.

El pensamiento me sorprendió, pero mientras daba vueltas en mi cabeza, no lo rechacé. Anna me desafiaba. Me empujaba. Era diferente a estar con Hillary, pero igual de bueno. Igual de correcto.

Con ese nuevo conocimiento y aceptación, me perdí en Anna. Ella respondía a mis embestidas con las suyas propias. Gemía y se retorcía conmigo. Sus manos subían y bajaban por mis brazos, rodeando mi cintura y animándome a tomar lo que necesitaba de ella. Lo que ambos necesitábamos del otro.

La sentí estrecharse a mi alrededor. Sus ojos se cerraron. Su cuerpo se sonrojó. Yo estaba a punto también, pero no sabía si podría aguantar hasta que ella llegara primero. Cambié el ángulo, y ella gimió.

—Anna —gruñí.

—Estoy cerca —susurró.

Más fuerte, más profundo, más, mucho más. El sudor caía por mi rostro. Mis testículos se tensaban exigiendo liberación. Mi garganta se contrajo. Mis músculos gritaban. Todo mi cuerpo necesitaba el desahogo.

Entonces ella se dejó ir. Su interior me apretó, haciendo casi imposible mantener mi ritmo. Me arrastraba hacia dentro, tirando de mí como si nos estuviéramos cogiendo de las manos cuando ella saltó y yo no tuviera más remedio que seguirla. Y así lo hice.

Me estrellé contra ella, derramándome profundamente en su interior. Mi cuerpo se vació, temblando desde los dedos de los pies hasta las yemas de los dedos. Los colores tras mis ojos eran como un sueño, como nada que hubiera visto antes. Quería llevarla a un lugar nuevo, y ella me llevó allí con ella. A una dicha que no sabía que pudiera existir.

Mis brazos cedieron y caí sobre ella. Me apoyé en mis codos para quitarle algo de mi peso, pero ella simplemente se aferró a mí. Nuestros corazones latían juntos, el mismo pulso rápido viajando a través del resto de nuestros cuerpos.

Nos quedamos así hasta que mi polla se ablandó y

comenzó a deslizarse fuera de ella. Le besé el lateral de la cara y me incorporé. En el baño, anudé el condón y lo envolví en papel higiénico. Lo enterré bajo otra basura y esperé que Matty y Joey no hurgaran y lo encontraran.

Anna seguía estirada en el sofá cuando regresé al salón. Sonreí y me moví hacia ella, entonces vi que se mordisqueaba el labio inferior.

—¿Estás bien?

Ella me miró, su mirada deslizándose por mi cuerpo desnudo. Se detuvo en mi polla, y esta dio un respingo. Rápidamente apartó la mirada. Se incorporó y alargó la mano hacia su ropa.

—Anna, ¿qué ocurre?

—Necesito vestirme.

—Vale, ¿pero por qué?

—Porque tenemos que hablar.

Tres años de matrimonio eran suficientes para saber que esas palabras nunca eran buenas. Contuve un gemido y agarré mi ropa, poniéndomela a regañadientes. Ella se echó el pelo hacia atrás y jugueteó con sus manos, luego se sentó en el sofá.

Me senté en el sillón al otro lado de la habitación, necesitando espacio si iba a decirme que éramos un error. Otra vez.

—¿Qué estamos haciendo, Hudson?

—Creía que era bastante obvio.

Me lanzó una mirada fulminante. —Explícamelo con detalle.

Suspiré. —Vale. Me gustas. Mucho. Hablar en la aplicación me mostró una faceta diferente de ti, pero también me gusta la faceta que conocía en persona. Me desafías y me haces reflexionar sobre las cosas que hago. Me haces querer ser mejor persona.

Ella contuvo la respiración y se mordió el labio. —Esa fue una respuesta jodidamente buena.

Me reí entre dientes. —¿Eso significa que no me vas a decir que esto también fue un error?

—¿Tú crees que lo fue?

—Joder, no. Creo que ha sido uno de los mejores polvos de mi vida. No vine aquí para esto, pero no estoy decepcionado de que hayamos acabado así. No siempre hemos estado en sintonía, pero me gusta esta sintonía.

Ella se rio. —A mí también.

—Bien, entonces vamos a conocernos mejor y tener citas y decirle a la gente que estamos juntos.

—Vamos a tomar todo eso con calma—dijo ella con cuidado.

—Me parece bien.

Ella entrelazó sus manos y me miró. Sus ojos brillaban con lágrimas contenidas y preocupación. —No se me da muy bien eso de las relaciones. Nick...

—Era un completo idiota. Cualquier cosa que te haya dicho era mentira.

—Estuvimos juntos mucho tiempo.

—Y te dio dos hijos increíbles, por los que no merece ningún mérito, y un montón de deudas. No tiene derecho a hacerte sentir nada.—Hice una pausa al darme cuenta de algo—. A menos que sigas enamorada de él.

Ella resopló. —No. Creo que ni siquiera estaba enamorada de él cuando me decía a mí misma que lo estaba. Éramos unos críos cuando empezamos. Era peligroso y excitante y enfadaba a mis padres. Cuando tuvimos a Joey, pensé que empezaría a sentar cabeza, pero no lo hizo. Y después de Matty, bueno, Nick dijo que no le interesaba la felicidad doméstica con ninguno de nosotros. Dijo que nunca quiso estar atado a mí.

—Es que es un completo idiota.

Ella sonrió. —Gracias.

—La última relación que tuve fue con mi esposa. Fue

buena. La amaba. Y desde que murió, no he estado con nadie. No digo que haya sido célibe, pero no he llegado a conocer a nadie.

—Así que estás diciendo que los dos entramos en esto con mucho equipaje y muy poca experiencia.

Me reí. —Sí, supongo que sí. Vamos a tener que averiguarlo juntos. ¿Te parece bien?

—Sí, supongo que sí.

—Bien. Ahora, ¿puedo besarte otra vez?

—Solo tenías un preservativo.

—Cierto, pero puedo ser muy creativo sin preservativo.

Su boca se entreabrió formando una O y sus ojos se agrandaron. Se lamió los labios, algo que noté que hacía tanto cuando estaba excitada como cuando no sabía qué decir.

—Todavía tenemos una hora antes del toque de queda de Joey. ¿Suele llegar temprano a casa?

—No. Pero no creo que sea buena idea que te encuentre aquí.

—Lo entiendo. Nunca contestaste mi pregunta.

—¿Qué pregunta era?

—¿Puedo besarte otra vez?

Ella sonrió. —Creo que es eso o empezamos a discutir.

Me reí y me puse de pie. Me moví lentamente, disfrutando de la forma en que su mirada recorría mi cuerpo mientras me acercaba a ella. —Se nos da bastante bien reconciliarnos después de una pelea.

—También se nos da bastante bien saltarnos la parte de la pelea e ir directos a la reconciliación.

Asentí y me senté a su lado en el sofá. La subí a mi regazo, con las manos descansando en sus caderas. —Desde luego que sí.

Se inclinó hacia delante y pegó su cuerpo al mío. Nariz

con nariz, cadera con cadera. La respiré, aún oliendo nuestros aromas en el aire. —No me hagas daño, ¿vale?

Asentí y la besé con suavidad. —Te lo prometo.

Sonrió, un poco temblorosa, pero sonrió. Luego acortó la distancia entre nosotros y me besó como si tuviéramos todo el tiempo del mundo.

Con un poco de suerte, así sería.

16

*A*nna y yo pasamos tanto tiempo juntos como fue posible durante los días siguientes... que no fue mucho en absoluto. Con Joey y Matty en casa por las vacaciones escolares, ella trabajaba menos horas y estaba con ellos todo el tiempo. Hice todo lo posible para asegurarle que no me importaba en absoluto. Sus hijos debían ser lo primero. Siempre.

Le pregunté si tenía planes para Nochevieja. Joey no estaba en el horario y no había dicho nada al respecto. Pero Anna dijo que era una noche familiar para ellos. Una noche que siempre pasaban juntos, celebrando el año que terminaba y mirando con ilusión el que estaba por venir.

Quizás el año que viene podría celebrarlo con ellos.

La rapidez y la plenitud con las que me imaginé como parte de su familia me asustaron un poco. No había imaginado tener una familia desde que murió Hillary, pero estar con Anna, Joey y Matty me parecía correcto. Me hacía sentir como si la parte de mí mismo que me había faltado durante años finalmente volviera a su lugar.

—¿Tenemos más vodka en la trastienda? —preguntó

Jonathan, pillándome soñando despierto cuando se suponía que debía estar trabajando.

Asentí. —Sí. Deberíamos tener dos cajas allí atrás.

—¿Estás bien aquí mientras voy a comprobarlo? —sonrió como si supiera que mis pensamientos habían derivado hacia mi relación secreta con Anna.

Sí, era un secreto. Ella me pidió si podíamos mantenerlo entre nosotros por ahora. Hasta que tuviera la oportunidad de hablar con Joey y Matty. Acepté, aunque quería decirle a todo el mundo que estábamos juntos.

—¿Jefe? —insistió Jonathan de nuevo.

Le hice un gesto para que se fuera. —Sí, estoy bien. Ve.

Jonathan se rió por lo bajo y me dio una palmada en la espalda al pasar.

Volví a atender a los clientes y a vigilar a las personas que habían bebido demasiado. De todas las noches, la Nochevieja era la que más me preocupaba. Era una noche que hacía sentir a la gente invencible e indestructible. Y estúpida. Tremendamente estúpida.

Jonathan regresó con dos botellas y se puso de inmediato a servir conmigo. Estábamos a tope. Una hora después, nos quedamos sin vodka otra vez, y una hora más tarde, nos quedamos sin ron en la barra. Por suerte, había pedido suficiente de ambos para aguantar toda la noche, ya que había aprendido con los años cuánto bebía la gente cuando el año estaba acabando.

Finalmente tuvimos un respiro durante la noche, y Jonathan se tomó su descanso. Nadie intentaba llamar mi atención, así que saqué mi móvil y le mandé un mensaje rápido a Anna.

> Mucho trabajo aquí esta noche. Echo de menos tu sonrisa. Espero que lo estés pasando bien con los chicos.

Me respondió casi inmediatamente.

Estamos haciendo tonterías y hablando
sobre el futuro. Hacía mucho tiempo que no
sentía que pudiéramos hacerlo. Sé que tú
eres gran parte de la razón por la que un
buen futuro es posible para mis chicos.

Todo el mérito es tuyo por lo que has hecho.
Yo no he hecho nada.

Contrataste a Joey, aunque te grité. Le diste
una dirección que no tenía. Y le animaste a
soñar más grande de lo que yo estaba
dispuesta a permitirle. Lo mismo con Matty.
Gracias.

Él llegó aquí siendo el hombre que es. Y todo
eso es gracias a ti. Puede que tuvieras miedo
de dejarle soñar, pero no le impediste que lo
hiciera. Eres increíble.

Gracias.

Alguien al final de la barra pidió que le rellenara la copa, así que guardé el móvil y volví al trabajo.

Jonathan regresó justo cuando empezaba a llenarse de nuevo. Se mantuvo así hasta casi las once. Sabía que el resto de la noche iba a ser un caos y tomé una decisión rápida.

—¿Puedes encargarte unos minutos? Necesito salir. No tardaré mucho.

Jonathan asintió. —Sin problema. Ve a ver a quien sea que haya puesto esa sonrisa en tu cara esta semana.

Sonreí con suficiencia y asentí, sin molestarme en darle la satisfacción de saber que tenía razón, aunque era obvio que lo sabía.

Corrí hasta mi camioneta y la arranqué. Las calles estaban tranquilas aunque las casas tenían las luces encendidas por todas partes. Aparqué cerca del edificio de Anna y comencé a salir de la camioneta antes de darme cuenta de que no podía simplemente acercarme y llamar a su puerta.

Ella no quería contarles todavía a Joey y Matty lo nuestro, lo que significaba que aparecer en Nochevieja no era una buena idea. Pero realmente quería verla.

Cogí mi móvil y le envié un mensaje rápido, preguntándole si podía salir un momento. Tamborileé con los dedos sobre el volante, mirando fijamente mi teléfono hasta que oí cerrarse una puerta. Levanté la vista, y allí estaba ella.

La pésima iluminación proyectaba un resplandor amarillento a su alrededor, destacando los mechones ambarinos de su cabello. Llevaba un grueso jersey envuelto sobre sus hombros y botas desatadas. Los pantalones holgados ondeaban alrededor de sus piernas mientras su pelo se elevaba con la suave brisa nocturna. Su mirada escudriñaba el aparcamiento, buscando mi camioneta.

Abrí la puerta y ella sonrió inmediatamente.

Nos encontramos en el borde de la acera, lo suficientemente lejos del edificio para no bloquear la puerta, pero lo bastante cerca para que ella no estuviera demasiado expuesta al frío.

—Hola —dijo. Tembló y se ciñó el jersey más fuerte alrededor de los hombros.

—Hola —dije, pasando mis manos por sus costados para intentar calentarla.

—Pensaba que estabas trabajando.

Asentí. —Lo estoy. Solo quería verte. Para desearte Feliz Año Nuevo.

Sus labios se alzaron en una brillante sonrisa que intentó ocultar mordisqueándose el labio inferior. —Estaba decepcionada porque no iba a verte esta noche.

La atraje hacia mí, envolviendo su cuerpo con el mío. Volvió a temblar, pero era un tipo de temblor diferente. El mismo tipo que yo sentía hasta la médula cada vez que ella estaba cerca. —Hueles bien.

Se rio. —Hemos horneado galletas. Es una tradición que tenemos. Horneamos una tanda de galletas y tenemos que comérnoslas todas antes de medianoche. Luego horneamos más para mañana.

—Me gustan las tradiciones como esa. ¿Qué otras tenéis? —Froté mi nariz contra su cuello y le besé la mandíbula.

—Vemos películas y hablamos de la escuela y el trabajo, nos reímos y olvidamos que vivimos en un sitio tan asqueroso.

Murmuré contra su garganta, adorando cómo se derretía contra mí. —Suena como una noche increíble.

—Ni siquiera me estás escuchando —dijo con una risita.

—Sí que lo estoy. He oído todo lo que has dicho. Siempre es bueno olvidarse del entorno cuando este no te inspira a soñar a lo grande. Y hablar, reír y pasar tiempo juntos es la mejor forma de pasar la tarde. Ojalá pudiera estar ahí dentro contigo.

Me apretó la cintura. —Siento haber pedido que fuéramos despacio.

Me eché hacia atrás. —No. No te disculpes. Esto tiene que funcionar para los dos, y tú tienes muchas más consideraciones que yo. Joey y Matty son tu mundo, y tú sabes la mejor manera de decírselo. No tienes nada por lo que disculparte. Ni sentirte culpable.

Asintió después de un minuto. —No eres nada como me dije a mí misma que serías.

—¿Cómo te dijiste que era? —Volví a besarle el cuello.

—Pensaba que eras maleducado, egoísta y un imbécil. Que eras lo peor que le había pasado a Joey.

—¿Y ahora?

Gimió suavemente cuando le lamí la garganta. —Y ahora desearía que pudieras seguir haciendo eso toda la noche.

Le succioné con más fuerza y mordisqueé su clavícula. Echó la cabeza hacia atrás para darme más acceso, y lo aproveché. La sostuve cerca y la volví loca con una mano en su pecho y la otra sujetándola, mi lengua y dientes deslizándose arriba y abajo por su cuello.

—Te deseo —susurró.

—Tendrás que tocarte después y pensar en mí. Dios sabe que yo haré lo mismo.

—Lo siento —dijo ella.

—Nada de disculpas. Hace que el tiempo que pasamos juntos sea aún mejor, Anna. No me arrepiento de esto. De nada de esto.

Ella asintió y me atrajo hacia ella. La abracé, besándole la coronilla mientras mi polla aceptaba el hecho de que esta noche no iba a entrar dentro de ella.

—Prometo que se lo diré.

—Y yo te prometo que no estoy enfadado. Sabrás cuándo es el momento adecuado. Ahora mismo, quiero que nos besemos como adolescentes durante un minuto. Es como si tuvieras toque de queda y ya casi estamos al límite.

Sonrió y levantó la barbilla. Me tomé mi tiempo para inclinarme y encontrarme con ella a medio camino, saboreando cada segundo de anticipación hasta que nuestros labios se encontraron. La piel fría se separó para dejar paso a lenguas cálidas, y gemí. Mis manos bajaron para agarrar su culo y atraer su cuerpo aún más cerca del mío. Me dejé perder en ella, tomando tanto como daba y deseando poder avanzar hasta el momento en que fuera mía y todos lo supieran para que no tuviéramos que escondernos.

La puerta de un coche se cerró de golpe a pocos edificios de distancia, y nos separamos. Sus mejillas estaban sonrojadas y sus labios húmedos. Estaba preciosa.

—Debería volver dentro.

Asentí porque sabía que si abría la boca, discutiría con ella y le pediría que se quedara.

—No quiero irme.

Solté una risa entrecortada. —Yo tampoco quiero que te vayas.

Sin esperar a que ninguno de los dos dijera nada más, me acerqué a ella de nuevo y la atraje hacia mí, inclinándola hacia atrás para besarla como si no pudiera hartarme. Porque no podía. Ella jadeó y gimió y subió su muslo sobre mi cadera, frotándose contra mí.

Me puse más duro otra vez, preguntándome si tendría tiempo de follarla en la parte trasera de mi camioneta al mismo tiempo que sabía que nunca haría eso. Estábamos en los cuarenta, no en la adolescencia. Ella se merecía algo mejor.

Cuando finalmente nos separamos de nuevo, nuestras respiraciones salían entrecortadas, mezclándose en el aire antes de desvanecerse en la nada.

—Tengo que entrar.

—Lo sé. Piensa en mí.

Se mordió el labio. —Lo haré. Esa pequeña confesión, casi sin aliento, me tuvo a punto de suplicarle que me llamara más tarde.

—Voy a llevarte a una cita de verdad algún día, Anna.

Sonrió. —No necesito nada 'lujoso.

—'Eso es bueno porque yo no hago cosas 'lujosas. Pero mereces que te mimen un poco. Cuando estés lista, saldremos.

Asintió con la cabeza.

—Que pases buena noche. Feliz Año Nuevo.

—Feliz Año Nuevo.

Sonrió, me despidió con la mano y se apresuró a volver a su edificio. Esperé hasta que entró y luego me di la vuelta y regresé a mi camioneta.

Sonriendo.

—Os vi, me dijo Joey dos días después. —En Nochevieja. Besando a mi madre.

Mierda. Era como aquella vieja canción sobre mamá y Papá Noel, pero diferente. Peor. No tenía ninguna gracia porque Joey no solo era un adolescente que entendía la diferencia, sino también mi empleado.

—Joey, mira...

—Mi padre era un cabrón. Supongo que todavía lo es, pero no lo sé. Ella ya ha pasado por bastante. No puede 'hacerle daño. Tenía los puños apretados, pero sus ojos decían que estaba a punto de llorar.

—No pretendo 'hacerlo.

—Entonces ¿por qué te mantiene en secreto? —bramó.

—Eso es algo que tendrás que preguntarle a ella.

Negó con la cabeza. —Te lo estoy preguntando a ti. Porque ella lo negará todo. Es lo que siempre hace. Cree que todavía soy un crío y no quiere contarme cosas. No soy un crío. Soy un hombre. Soy el hombre de nuestra familia. Yo me estoy encargando de todo. Es lo que hago.

Conduje suavemente a Joey hacia el pasillo y hasta mi despacho. Estaba a punto de derrumbarse, y no creo que quisiera hacerlo delante de todos sus compañeros de trabajo.

Se dejó caer en el sofá y miró fijamente al frente. Dudé si llamar a Anna, pero ella estaba trabajando. Sabía que vendría, pero si él pensaba que ella no le iba a contar lo que estaba pasando, entonces llamarla no ayudaría.

Dependía de mí.

—Tu madre y yo estamos viéndonos. No desde hace mucho. Unas pocas semanas. Hemos estado hablando durante más tiempo, pero no sabíamos que estábamos hablando el uno con el otro.

—¿Es eso lo de la aplicación?

Asentí. —Decidimos conocernos y cuando nos dimos cuenta de quiénes éramos, decidimos darle una oportunidad a la relación. Pero ella no quiere poneros a ti y a Matty en medio. Os conozco a los dos, y creo que ella sabía que la situación podía complicarse rápidamente. Tiene que tomar su propia decisión sobre estar conmigo o no. Tú y tu hermano podríais no ponérselo fácil.

—¿Por qué? Nos caes bien. No eres como nuestro padre perdedor o los otros perdedores con los que ha salido.

—De eso es de lo que estoy hablando. Tú me ves como una buena opción, pero ella quizás no. Ella tiene que decidir.

—Entonces, ¿qué se supone que debo hacer? —Sonaba mucho más joven de lo que era. Y mantenía una conversación que estaba más allá de su edad.

—Dejarla tomar su propia decisión.

—¿Me quedo callado? ¿No le digo que os vi juntos? ¿Finjo que no sé nada?

Me pasé una mano por la cabeza. Era pedirle demasiado. Y engañar a su madre. Parecía la respuesta correcta, pero no estaba seguro de si lo era. Ella tenía motivos para no querer que él supiera sobre nosotros. Suponía que era para que pudiera tomar su propia decisión sobre nosotros, pero ¿y si no fuera así? ¿Y si lo estaba jodiendo todo por no decirle que hablara con ella?

—Sí —dije, tomando una decisión—. Eso es lo que debes hacer. Tu madre tiene que decidir cuándo quiere que lo sepas. Tiene que decidir si quiere que lo sepas. Si la presionas, se sentirá acorralada.

—No se me da muy bien mentirle.

—Eso es bueno —Esto lo hacía más complicado—. ¿Crees que deberías decírselo?

—No lo sé. Creo que por la forma en que la estabas besando, alguien debería advertirte que no la lastimes.

Una sonrisa empezó a formarse en mi boca, pero la contuve. Era un buen chico, y proteger a su madre era lo correcto. —Entiendo. Y no tengo ninguna intención de lastimar a tu madre.

—Ustedes dos no siempre se han llevado muy bien.

Me reí. Eso era quedarse corto. —Es cierto, pero ahora lo estamos intentando. Me gusta mucho tu madre. Me desafía. Y es inteligente y divertida y tiene dos hijos increíbles.

—Han hecho daño a mi madre muchas veces. Sobre todo mi padre y sus padres.

—Lo sé. Lo que ha vivido no está bien. Ojalá pudiera quitarle todo ese dolor. Pero creo que está lista para superarlo.

Joey asintió. —Ha estado más feliz en los últimos dos meses.

No pude contener mi sonrisa. —Me alegro.

—Eso ha sido gracias a ti. —No era una pregunta.

—Eso espero.

—Entonces parece que podrías ser bueno para ella.

—Eso espero.

Joey me miró fijamente durante un largo momento. No me eché atrás, simplemente dejé que se desahogara. Si iba a seguir trabajando para mí, tenía que confiar en mí, y la única manera de que eso sucediera era si sabía que podía ser honesto conmigo.

—Ojalá me lo hubiera dicho.

Entendía eso, pero no me correspondía a mí presionar por ello.

—No le diré que lo sé. Y no se lo diré a mi hermano. Pero si le haces daño, tendrás que responder ante mí.

—Y ante la señorita Finley y el señor Trent, supongo —le dije.

—Sí, ellos también.

—Entendido.

Joey se giró para salir de mi oficina.

—¿Joey?

—¿Sí?

—Gracias por no decirme que no puedo verla.

Sonrió. —De nada.

Eso fue tan bien como cabía esperar. Ahora todo lo que tenía que hacer era convencer a Anna de que se lo dijera para que no hubiera secretos.

Dos días después, Anna y Goldie vinieron a comer. Todos los niños habían vuelto al colegio y era viernes. El primero del Año Nuevo.

—Hola —dijo Anna cuando me acerqué para tomar sus pedidos.

—Hola. ¿Qué os puedo servir?

La mirada de Anna se fijó en mí y recorrió todo mi cuerpo.

Vaya, joder. Yo estaba completamente de acuerdo con eso.

Goldie se aclaró la garganta. —Tomaré un sándwich de pollo y un vaso bien grande de agua con hielo después de esa mirada.

Mis mejillas se calentaron, y agradecí que mi barba ocultara cualquier señal de sonrojo. Anna no tuvo tanta suerte y parecía como si se hubiera olvidado de la crema solar.

—Goldie —susurró ella.

Me reí entre dientes.

—¿Patatas?

—De boniato —dijo Goldie—. No te olvides del agua con hielo.

Le sonreí. —Entendido. ¿Anna?

—Tomaré lo que haya debajo de la mesa porque ahora mismo voy a esconderme.

Goldie y yo nos reímos. —Ella tomará lo mismo que yo, ya que verte le ha dejado el cerebro hecho puré.

—Goldie —volvió a sisear Anna.

—¿Qué? No es como si todos no supiéramos que os escabullís como adolescentes para daros el lote siempre que podéis. Que no es lo suficientemente a menudo si le estás mirando como si quisieras que fuera tu almuerzo.

—Dios mío. Matadme ahora —dijo Anna—. ¿Por qué acepté venir aquí a comer?

—Porque la comida es tan buena como las vistas —dijo Goldie sin perder el ritmo.

Me reí y negué con la cabeza. —Voy a poner vuestros pedidos. Volveré en un momento con esas aguas con hielo.

—Tírame la mía por encima de la cabeza, por favor —dijo Anna.

Negué con la cabeza y me reí.

Les traje el agua y escuché a Goldie hablando sobre su ayudante que coqueteaba con ella.

—Puedes despedirle por eso —le dije.

Ella negó con la cabeza. —Es simplemente un chico coqueto. Creo que le gusta provocarme. Pero es inofensivo. Su hermano es igual. Ver a los dos juntos es realmente divertido.

—Si cruza algún límite, asegúrate de hacer algo al respecto. Eso puede volverse peligroso.

—Gracias. Lo haré. Nunca ha hecho nada. Solo me dice que soy guapa y que no debería salir con perdedores y cosas así.

—Bueno, en eso estoy de acuerdo con él.

Ella me sonrió radiante. —Gracias. Eres demasiado dulce.

—Eso es lo que le sigo diciendo a esta. No estoy seguro de que me crea todavía.

Anna se rió y negó con la cabeza. —Tienes tus momentos.

—Dos sándwiches de pollo —dijo Charlie, entregando él mismo los platos. —¿Has hecho ya ese pedido?

Negué con la cabeza. —¿Necesita algo?

—Más panecillos. Empezamos a quedarnos sin existencias.

Asentí. —Lo pondré en la lista. Gracias.

Me dio una palmada en la espalda y saludó con la mano a Anna y Goldie.

—¿Conocéis a alguien que necesite trabajo? —les pregunté en tono de broma.

—¿Por qué? ¿Estás buscando contratar a alguien? —preguntó Goldie.

Me pasé la mano por la cabeza y asentí. —Sí. Necesito un gestor de negocios.

—De hecho, puede que conozca a alguien. ¿Te parece bien si tanteo el terreno?

—¿En serio? Sí. Eso sería genial. He preguntado a todos los de aquí, y nadie lo quiere. Finley me dijo que hablara contigo sobre esto, pero con las fiestas, se me olvidó por completo.

—Ya tengo a algunas personas en mente. Me pondré en contacto con ellas y les daré tu información. ¿Te parece bien?

—Sí, joder, sí. Gracias.

Sonrió. —Estás haciendo sonreír a mi amiga. Es lo mínimo que puedo hacer.

—Ella también me hace sonreír a mí —dije, mirando a Anna, que se había sonrojado.

—Puaj —dijo Goldie—. Vale, ya basta. No necesito ver en primera fila vuestro apareamiento.

Solté un bufido y negué con la cabeza. —Alégrate de que aún no lo haya contado a la gente, o la cogería ahora mismo, la inclinaría sobre esta silla y la besaría hasta dejarla sin aliento.

Anna jadeó, entreabriéndose los labios.

Goldie sonrió. —Necesito un hombre así.

—Este es mío —gruñó Anna.

—Joder, claro que lo soy —dije. Le guiñé un ojo y me alejé antes de hacer algo estúpido, como cargarla sobre mi hombro, llevarla a mi despacho y reclamarla como mía con todo el bar de testigo.

Maldita sea, quería hacer exactamente eso.

17

ANNA

Observé cómo Hudson se alejaba. Mi corazón latía con fuerza, tanto por haber estado cerca de él como por lo mucho que deseaba cumplir todas las promesas que vi en sus ojos color avellana.

—Vaya. Quiero decir, cuando me contaste que estabais juntos, no esperaba quemarme solo por estar tan cerca de vosotros. Guau. —La mirada de Goldie fue de mí a Hudson y luego de vuelta a mí.

—Creo que llevo demasiado tiempo sin sexo. Siento que no puedo controlarme cuando estoy cerca de él.

Goldie negó con la cabeza y cogió su sándwich. —No es eso en absoluto. Él irradia vibraciones de *fóllame*. Sé que hay un código que impide liarse con el ex de una amiga, pero si le dejas escapar, puede que no resista la tentación.

Me reí mientras sentía una punzada en el estómago ante ese pensamiento. Si las cosas terminaran con Hudson, y odiaba estar ya esperándolo, me dolería verle con otra persona. Nunca le diría a una amiga que no saliera con él, pero si él y Goldie acabaran juntos, me resultaría muy difícil de soportar.

—Estoy bromeando, ¿sabes? —dijo Goldie suavemente, poniendo su mano sobre mi brazo.

Forcé una sonrisa. —Lo sé.

—De verdad que sí, Anna. Es decir, la forma en que te mira es suficiente para derretirme, pero él no me atrae. Incluso si lo hiciera, nunca iría tras el ex de una amiga. Y odio admitirlo, pero me gustan más los tipos formales.

—Puedo verlo en ti. Eres un poco pulida, especialmente comparada conmigo.

Goldie negó con la cabeza, y su cabello rubio perfectamente recogido no se movió ni un milímetro. Sostenía un trozo de su sándwich de pollo perfectamente cortado, del tamaño justo para un bocado, que no se atrevía a gotear por su brazo como estaba haciendo mi sándwich entero. —No estoy pulida. Solo tengo que aparentarlo en el trabajo.

—Cené en tu casa la semana pasada. Eres pulida. Y no digo que eso sea malo. Solo que entiendo que quieras un chico así. Creo que siempre me han atraído los chicos que tienden a ser un poco más salvajes.

—Hudson no me parece un tipo duro. Es más bien como un osito de peluche gruñón.

Solté un resoplido. —Vale, sí, eso le describe perfectamente.

Goldie se rio conmigo.

Comimos y charlamos sobre los chicos y la vuelta al cole. Acordamos que en nuestra próxima cena traeríamos a los niños para que se conocieran entre ellos.

—¿Cuándo vas a contarles a Joey y Matty lo tuyo con Hudson? —preguntó Goldie mientras esperábamos la cuenta.

—No lo sé. Tengo miedo —confesé.

—¿Crees que no lo aceptarán?

Negué con la cabeza. —No he salido mucho con nadie. Hasta hace menos de un año, estaba casada con su padre. Aunque él no estuviera presente, yo no quería involucrarme con nadie por si intentaba decir que yo tenía una aventura y que debía ser compensado. Y la verdad es que tampoco quería involucrarme con nadie.

—Será un ajuste para ellos, pero les cae bien Hudson.

—Esa es parte del problema. Si las cosas no funcionan, les destrozará.

—¿Y si funcionan?

Levanté la mirada y vi a Hudson acercándose hacia nosotras. La pregunta de Goldie resonaba en mi mente.

La idea de que las cosas funcionaran con Hudson era algo que no me había permitido plantearme. La última vez que me tomé en serio a alguien, me casé con él, tuve dos hijos, y se largó dejándome con un montón de deudas.

No podía imaginar a Hudson haciendo lo mismo, pero todos tenemos defectos. ¿Cuáles serían los suyos? ¿Cuándo saldrían a la luz? ¿Sería capaz de afrontarlos?

—¿Algo más que pueda traeros? —preguntó Hudson unos segundos después. Tenía la mano apoyada en el respaldo de mi silla, con el pulgar acariciándome la espalda. Era el único contacto que podíamos arriesgarnos a tener en público. Y no era suficiente.

Levanté la mirada hacia él e intenté imaginar un futuro. Todos viviendo juntos, mis niños llamándole papá. Una valla blanca de jardín, un anillo de boda en mi dedo. Despertarme con él cada mañana y acostarme con él cada noche.

Era una especie de felicidad doméstica que nunca había conocido. Era contrario a todo lo que había experimentado antes. Y mi cerebro lo rechazó inmediatamente.

Me incliné hacia delante, alejándome del pulgar en mi espalda. Cogí mi agua y dejé que Goldie respondiera por nosotras. Ambos me miraron, intentando averiguar qué me pasaba, pero ninguno me presionó para obtener una respuesta.

—¿Puedes traernos la cuenta? —preguntó Goldie.

—Ya está todo pagado —dijo Hudson.

—¿Has pagado nuestras comidas? —preguntó ella.

—Vas a ayudarme a encontrar un gestor para el negocio, y Joey nunca come la comida gratuita que le corresponde por trabajar aquí. Os debo al menos algunas comidas a los dos.

—Puedo pagar —protesté.

—Sé que puedes —argumentó Hudson. —Nunca he dicho que no pudieras. Estoy intentando ser amable.

—Quiere decir gracias —dijo Goldie por mí. —Ambas lo apreciamos mucho, Hudson. Nos vemos pronto.

Goldie me apresuró a levantarme y salir, apenas dándome tiempo para ponerme el abrigo antes de que estuviéramos pisando la acera cubierta de nieve.

—¿Qué estás haciendo? —le pregunté.

—No voy a dejar que lo estropees. Todavía no.

—No estoy—

Alzó una ceja desafiándome a ser sincera.

Suspiré. —Vale, estaba a punto de estropearlo todo. Porque esto no va a funcionar. Él es de barrios residenciales y casitas con jardín. Es seguridad y estabilidad. Es comidas pagadas y videoconsolas. Yo no soy nada de eso. Soy una madre soltera con deudas hasta las cejas. ¿Por qué demonios querría cargar conmigo?

—Obviamente has olvidado cómo os mirabais cuando llegamos. No necesitas un motivo para querer a alguien.

—¿Querer? No. No le quiero. Deseo, quizás. Para ambos. Él estaba casado, y su mujer murió. Lleva fuera del mundo de las citas tanto tiempo como yo. Él no me quiere, y yo no le quiero. Solo estamos conociéndonos. Y de todas formas va a terminar, así que ni lo menciones. No voy a tener una vida de ensueño con Hudson Grant. Ni con nadie, pero especialmente no con él. Es demasiado bueno para mí.

—Anna...

—No, Goldie, no lo hagas. Solo... voy a disfrutar de lo que

está pasando entre nosotros, pero no puedo pensar a largo plazo. Por eso no se lo estoy diciendo a los niños. Empezarían a verle de forma diferente, y cuando termine, saldrían heridos. No puedo hacerles pasar por eso. Simplemente no puedo.

—Creo que te equivocas. En todo. Pero no estás preparada para escucharlo todavía, así que lo dejaré estar. Pero algún día comprenderás que necesitas arriesgarte si quieres conseguir algo mejor de lo que tienes ahora.

—Lo que tengo es suficientemente bueno. No necesito nada mejor. No merezco nada mejor.

—No estoy de acuerdo —dijo Goldie—. Pero podemos acordar estar en desacuerdo. ¿Vas a venir al club de lectura el domingo?

—No estoy segura.

—Deberías. Me gustaría mucho tener una amiga allí. ¿Joey trabaja el domingo?

Negué con la cabeza. —Esta semana no.

—Perfecto, entonces tienes que venir. Yo pasaré a recogerte para que no te eches atrás.

Me reí. —A veces no me caes bien.

—Me parece bien. Me lo dicen mucho.

Abracé a Goldie e intenté contener todas las emociones que pugnaban por liberarse. Ella me abrazó un poco más fuerte, como si supiera que necesitaba ese apretón extra para contenerlas de nuevo. Cuando me soltó, sonrió.

—Te veré el domingo. Por ahora, tengo que volver al trabajo.

—Saluda a Patrick de mi parte —le provoqué.

Puso los ojos en blanco. —Si solo fuera veinte años mayor, quizás no me sentiría como una pervertida por pensar que es guapo. En fin.

—No eres una pervertida. Y creo que deberías arriesgarte.

Resopló. —Lo haré si tú lo haces.

La miré con enojo. —Touché.

—Nos vemos el domingo.

Le saludé con la mano mientras ella se ajustaba más el abrigo y se dirigía a su coche. No me hacía ninguna ilusión ir al club de lectura.

—¡Ni de coña! ¿Te has casado? —gritó Willow.

Goldie y yo acabábamos de entrar en Novios Literarios Ilimitados. No sabíamos con quién estaba hablando Willow, pero Goldie me arrastró hacia delante para averiguarlo.

—Sí, lo hice —dijo Elise cuando doblamos la esquina—. —Nos fugamos en Nochevieja. Solo nosotros dos. Fue realmente bonito.

—Lo sabía —dijo Finley, sonriendo con suficiencia a todos.

—¿Cómo lo supiste? —preguntó Willow.

—Trent les ayudó a prepararlo todo —dijo Finley.

—Gracias por no contárselo a todos. Y por hacerlo tan bonito. También tenemos que dar las gracias a Trent. Fue realmente increíble por su parte hacer todo lo que hizo —dijo Elise.

—Cuéntanoslo todo. Estoy hasta las cejas de pañales y biberones —dijo Blake. —Necesito vivir vicariamente a través de personas que tienen la energía y la vagina para tener sexo.

—Mi sobrino te dará un respiro, eventualmente. Una vez que te autoricen para la diversión de nuevo, quizás Maddox pueda pasar la noche con George para que los chicos jueguen —ofreció Finley.

—Creo que no voy a dejar que Ian me toque nunca más. No si voy a estar tan agotada cada vez que tengamos un bebé.

—Se hace más fácil —dije.

Todas se giraron para mirarme.

—Lo siento. No pretendía interrumpir.

Blake negó con la cabeza. —Por favor, interrumpe y cuéntame todo sobre cuándo se hace más fácil. Ahora mismo siento que estoy flotando porque existo con tan poco sueño.

—Es así. Cuando empiezan a dormir toda la noche, es más fácil. Luego otra vez cuando comen alimentos sólidos y duermen aún más. Y de nuevo cuando pueden meterse y salirse de la cama por sí mismos y prepararse su propio desayuno. No es que sea fácil con los adolescentes, pero es un tipo diferente de desafío. Más agotador mentalmente que físicamente.

—Uy, casi me convences —bromeó Blake. —Vale, vuelvo a tener esperanza. Y Elise no nos ha contado nada porque yo estaba quejándome. Elise, cuéntanoslo todo. ¿Qué tal el hotel?

—El hotel era precioso —dijo Elise. Su sonrisa era soñadora y distante, como si lo estuviera viendo todo de nuevo. —Trent nos alojó en una suite increíble. Era demasiado cara y lujosa, pero era maravillosa. Y no nos dejó pagar nada.

—Esa es una buena ventaja —dijo Trinity.

—Muy buena. E inesperada. Creo que Colin le preguntó a Trent porque pensó que conocería un buen lugar donde alojarnos, pero ninguno de los dos esperábamos que pagara todo. Incluso nos consiguió reservas para cenar la noche de nuestra boda y pagó eso también. Nos llevaban el desayuno a la habitación cada mañana, y fue todo lo que una fuga para casarse debería ser. Elise sonrió ampliamente y juntó las manos. Llevaba una sencilla alianza con un anillo de compromiso con un diamante solitario. Le quedaba bien.

—Pareces feliz —dijo Blake.

Elise asintió. —Lo estoy. Nunca pensé que me casaría. Joder, nunca pensé que volvería a tener una relación. Pero Colin es increíble. Nunca me ha presionado ni me ha hecho sentir que era ridícula por lo lentamente que quería llevar las cosas. La mayoría de los tíos habrían sido impacientes, pero él no.

—Es perfecto para ti —dijo Willow.

Elise sonrió. —Realmente lo es. Sé que tengo suerte.

—Me alegro por ti —dijo Finley. —Todas nos alegramos. Te mereces un hombre que te ilumine y te haga sentir que vales la espera en todos los sentidos posibles.

—Todas merecemos eso —dijo Elise.

—De tus labios a los oídos de Dios —bromeó Sofia.

—¿Algún candidato? —le preguntó Trinity.

Sofia negó con la cabeza. —No. Me tomé un descanso de las citas. Nunca he salido mucho de todas formas, y estar siempre activa era agotador.

—Me siento totalmente identificada —dijo Goldie. —Tengo que estar activa para el trabajo, y cuando salgo por la tarde, lo único que quiero hacer es relajarme. Por supuesto, me encantaría tener un tío que me derrita las bragas como el que tiene Anna, pero...

—¿Te derrite las bragas? ¿Qué? —ladró Finley. Miró alternativamente a Goldie y a mí mientras yo intentaba esconderme tras mi mano—. ¿De qué estáis hablando? ¿De quién estáis hablando?

—Lo siento muchísimo —susurró Goldie—. Se me ha escapado.

—Empieza a hablar —exigió Finley—. O lo hará Goldie.

Le lancé a Goldie una mirada de ojos bien abiertos con la esperanza de que no dijera nada. Ella se mordió los labios y negó con la cabeza.

—¿De quién está hablando? —exigió Finley.

En ese momento tenía un poco de miedo de mi jefa. Me estaba fulminando con la mirada y estaba totalmente centrada en hacerme responder. No estaba preparada para contárselo a mis hijos, pero decírselo a una habitación llena de amigos de Hudson era solo ligeramente menos atractivo. Cuando las cosas terminaran, perdería gente. O al menos mis relaciones con ellos cambiarían. No lo estaba esperando con ilusión.

—Tengo una idea —dijo Elise.

—¿Quién es? —exigió Finley.

—Pensaba que Anna y Hudson acabarían juntos —dijo Trinity—. Se lo dije a Karissa hace meses.

—Eres buena —dijo Goldie antes de que yo pudiera formular una respuesta.

—¿Hudson? —gritó Finley—. ¿El de al lado?

—Me gusta. Necesita a alguien como tú. Alguien que no aguante tonterías pero que sea todo lo que siempre ha deseado —dijo Elise.

—Eso es cierto —dijo Finley—. Siempre quiso tener hijos. Me contó que él y Hillary estaban hablando de ello cuando ella murió.

—Y adora a los hijos de Anna. ¿Le habéis visto con ellos? —preguntó Willow.

—Chicas, está teniendo una crisis de un tipo muy diferente —dijo Blake.

Todas se giraron para mirarme. El pánico se había apoderado por completo de mí. ¿Hudson solo me quería porque tenía hijos?

—Cuando James y yo empezamos a salir, lo único que hacíamos era discutir. Pero era excitante. No quería estar con él a menos que estuviéramos teniendo sexo. Y todas esas peleas tuyas con Hudson me recordaron a James y a mí —explicó Trinity como si tuviera todo el sentido del mundo.

—¿Así que me odia y quiere a mis hijos? —chillé.

—Anna, no te odia —dijo Finley. —Le gustas. Me dijo que le gustas. Es un buen tipo. Y nunca estaría contigo por otro motivo que no sea que le gustas.

—¿Podemos volver a lo de derretir bragas? Porque si te

provoca ese efecto, ¿por qué te preocupas por nada? —preguntó Elise.

—Porque no ha tenido una relación desde su ex y piensa que las cosas con Hudson van a terminar. No le ha contado a Joey y Matty que está saliendo con Hudson —explicó Goldie.

—Mira, entiendo eso más que nadie —dijo Elise. —De verdad. Cuando conocí a Colin, no tenía ningún interés en una relación. Quería huir de él. Pero seguíamos coincidiendo. Y como he dicho, nunca me presionó. Me dejó sentirme cómoda con cómo progresaba nuestra relación y cómo hacíamos las cosas. Sé que otros tíos con los que intenté salir o con los que me enrollé nunca habrían sido tan pacientes. Las cosas con Hudson podrían terminar—

—¡Elise! —siseó Finley.

—Necesita saberlo. Es verdad. No podemos predecir el futuro. Podría terminar. Podrían no durar. Lo que realmente asusta a Anna es que funcione. Esa es la parte aterradora para alguien como ella y como yo. Que una relación termine es algo cómodo. No quería que lo supiéramos porque somos amigas de Hudson y si las cosas terminan, cree que vamos a elegir su lado. Lo mismo con sus hijos, supongo. Probablemente cargaste con más responsabilidades de las que te correspondían por culpa de tu ex, desde la deuda que mencionaste hasta la responsabilidad total de tus hijos, pero también teniendo que explicar su ausencia y convenciéndoles de que no es la basura sin valor que es. Has dicho muy poco sobre él, y mi conjetura es que te esfuerzas mucho por proteger su imagen por el bien de tus hijos. Harías lo mismo con Hudson. Podría engañarte y aun así dirías que simplemente no funcionó. No es que Hudson fuera a hacerlo, pero sabes a qué me refiero. Anna está llevando todo el peso. Y tener esperanza y renunciar a una parte de tu protección para dársela a otra persona es aterrador.

Todas miraron fijamente a Elise mientras hablaba. Sentí

sus palabras hasta lo más profundo de mi ser. Todo lo que dijo era la pura verdad. No era fácil admitirlo, pero era exactamente lo que había estado pensando.

—Lo que ella ha dicho —susurré.

Se volvieron hacia mí, y vi la lástima en sus rostros. Eso era peor que el malentendido.

—No —dijo Elise—. No podéis tenerle lástima. La vida es una mierda para todos. Todos tenemos nuestras batallas. Todos las afrontamos de manera diferente. A veces la vida te da una paliza y te cuesta más volver a levantarte. Pero ella está de pie. Está saliendo con alguien. Lo está intentando. Eso es más de lo que mucha gente haría.

—Pero... —dijo Finley.

—Anna, Hudson debería considerarse afortunado de tener una oportunidad contigo. Quiero a Hudson, y no lo digo a la ligera, pero eres más fuerte de lo que crees. No te menosprecies. Y habla con tus hijos. Dales la oportunidad de mostrarte lo fuertes que son ellos también, porque con una madre como tú, no tengo duda de que son más fuertes de lo que cualquiera de vosotros imagináis.

Se me hizo un nudo en la garganta ante las palabras de ánimo de Elise. Asentí, incapaz de articular palabra.

Finley se acercó y me cogió la mano. Blake me sonrió. Trinity me guiñó un ojo. Goldie articuló en silencio *lo siento*. Todos los demás volvieron a su tarta y a la conversación, dejándome asimilar todo.

—Me alegro mucho por ti —dijo Finley después de un minuto—. Y si las cosas no funcionan, voy a seguir queriendo a los dos. No quiero que pienses nunca que no lo haría.

—Gracias —susurré.

Dejé que las emociones fluyeran a través de mí y tomé una decisión que debería haber tomado hace mucho tiempo. Iba a contarles a mis chicos sobre Hudson. E iba a intentar dejarle entrar en algo más que solo mi cuerpo.

Si era sincera conmigo misma, él ya se estaba abriendo camino en mi corazón, pero no estaba segura de que mi corazón fuera lo suficientemente fuerte. Pero con estas mujeres increíbles y valientes a mi alrededor, quizás algún día lo sería.

18

Salí de Novios Literarios Ilimitados junto con todos los demás. Como había llegado con Goldie, ella era quien me llevaría a casa, pero no estaba completamente lista para irme todavía.

—¿Estás bien? —preguntó Goldie.

Me quedé en la acera mirando hacia O'Kelley's. Todavía tenía miedo. Había muchas incógnitas. Pero quería ser valiente y darnos una oportunidad.

—Creo que sí —dije después de un minuto.

—¿Quieres que te espere? No me importa. Pero si él va a llevarte a casa, también está bien.

—Ni siquiera sé si está aquí.

—Siempre está ahí. Y si no estuviera, creo que aparecería si se lo pidieras.

—¿Estoy loca? —le pregunté. Me sentía loca. Me sentía como no me había sentido desde que tenía la mitad de mi edad y estaba con Nick. Cuando era joven y libre y pensaba que tenía todo el mundo por delante. Había cambiado en veinte años. Tenía dos hijos en los que pensar, y toda una vida de dolor y traición que superar. ¿Era realmente buena idea involucrarme con alguien? Especialmente con alguien que era realmente un buen hombre y merecía mucho más que yo.

—Creo que a nuestra edad, nos acostumbramos a la estabilidad. No nos gusta cambiar las cosas. Si nada cambia, nada cambia. No hay nada malo en eso, pero si no estás dispuesta a salir de tu zona de confort y ver si hay algo mejor ahí fuera para ti, nunca sabrás si puedes ser más feliz.

—¿Es realmente tan simple? ¿Y si lo que está fuera de mi zona de confort me hace menos feliz?

—Podría ser. Pero entonces vuelves a tu zona de confort y no lo intentas de nuevo hasta que creas que hay una posibilidad de que sea mejor.

—Tengo miedo.

—Todos tenemos miedo. Él también.

Tomé una profunda respiración del aire frío y lo solté lentamente, viendo cómo se formaba una nube frente a mí antes de disiparse y desaparecer. Yo quería algo mejor. Era fácil buscarlo para mis hijos, pero para mí misma era un desafío mayor. Para mí misma, había pasado años diciendo que no lo merecía.

¿Y si tenía razón?

—Entraré contigo. Si está allí, puedes hablar con él. Si no está, te llevaré a casa.

—No me dejes —supliqué, agarrándole el brazo.

—Te lo prometo.

Me aferré a la confianza de Goldie y dejé que me guiara al interior. Dentro estaba oscuro y no muy concurrido. Un grupo de personas jugaba al billar y se lo estaba pasando en grande. Más gente se encontraba dispersa por las mesas y algunos sentados en la barra.

Apenas vi a ninguno de ellos porque en el momento en que entramos, mi mirada se posó en Hudson. Estaba sonriendo por algo que un hombre le había dicho. Su sonrisa transformaba su rostro, suavizando sus rasgos duros y haciéndole parecer más accesible y amigable.

Alzó la mirada y me vio, una lenta sonrisa curvando sus labios mientras el deseo se hundía en sus ojos.

Goldie me empujó hacia delante, su fuerza sólida a mi lado.

Hudson no apartó la mirada de mí ni una sola vez. Le dijo algo al hombre con el que había estado hablando, y luego me encontró al final de la barra. —Hola.

Me limité a mirarlo. Estaba tan segura hace una hora, luego completamente aterrorizada hace unos minutos, y ahora lo único que quería era que me rodeara con sus brazos y dijera todas las palabras por mí.

—Anna quería hablar contigo. ¿Podéis ir a tu despacho? —dijo Goldie por mí.

Hudson asintió. —Por supuesto.

Goldie se deslizó en un taburete y llamó la atención del otro camarero. Hudson me indicó con la mano que pasara delante de él por el pasillo hacia su despacho.

Cerró la puerta tras nosotros y se dirigió al otro extremo. Cruzó los brazos y se quedó allí, esperando a que hablara.

—Quierohablarlesaloschicosdeenosotros —solté de golpe. Todas las palabras salieron atropelladamente, apenas inteligibles.

—¿Qué?

Tomé aire e intenté de nuevo. —Quiero contarles a los chicos sobre nosotros. Quiero que sepan que estamos saliendo.

—¿En serio? —Soltó una risa y negó con la cabeza.

—Sí. Es hora. No me gusta mentirles a ellos, ni a todos los demás que conozco, y quiero contárselo.

—Mierda, pensaba que habías venido para terminar lo nuestro.

—¿Por qué pensaste eso?

—Porque parecía que ibas a vomitar. Supuse que no querías ser tú quien dijera que lo nuestro se ha acabado.

Negué con la cabeza. —No quiero eso. Pero si tú quieres...

—No —soltó de golpe. Se acercó a mí cruzando la habitación. —Ni hablar. Se detuvo justo antes de tocarme. Su cuerpo estaba lo suficientemente cerca como para sentir su calor por todas partes, rodeándome pero sin llegar a tocarme. —Estoy comprometido con esto, Anna. Quiero que lo nuestro tenga una oportunidad real.

—Yo también.

Asintió y se inclinó, deteniéndose de nuevo antes de que nos tocáramos. —¿Puedo besarte ahora?

—Sí, por favor.

Sonrió y cerró el último espacio que quedaba entre nosotros. Fue un beso de alivio, deseo y exigencia. Un beso que reacomodó partes de mí y las llenó con partes de él. Admitir ante él que quería darnos una oportunidad daba miedo, pero no se rio de mí ni me rechazó. Quería lo mismo que yo. Y eso era bueno.

Sus manos se mantuvieron en zonas neutrales, aunque el beso se tornó casi obsceno. Si hubiéramos estado en cualquier otro lugar, habríamos acabado desnudos sellando nuestro acuerdo de otra manera. Pero él estaba trabajando, y yo tenía que volver a casa.

Se apartó después de un tiempo que no fue ni de lejos suficiente. Se lamió los labios y respiró profundamente, su aliento cálido acariciando mis mejillas mientras se obligaba a calmarse.

—Estoy realmente feliz de que vayas a seguir viéndome. Tengo una petición.

—¿Cuál?

—Déjame llevarte a una cita. Una cita de verdad. Con cena y lo que tú quieras. Bailar, una película, bolos, me da igual mientras podamos salir y pueda mostrarle a todo el mundo que soy el hijo de puta con suerte que puede abrazarte, tocarte y besarte.

Mis labios se fueron elevando cada vez más con sus palabras hasta que sentí que mis mejillas iban a partirse. Asentí, y él me besó de nuevo, el tipo de beso que me robó el aliento, el cerebro y un trozo de mi corazón, y se los entregó todos a él.

Cuando se separó esta vez, simplemente sonrió. —Gracias.

—Yo debería agradecerte a ti. Tú eres quien me invitó a salir.

—Créeme, yo soy el afortunado aquí.

Solo negué con la cabeza.

—Desafortunadamente, tengo que volver ahora al trabajo. Jonathan tiene que irse temprano esta noche.

—Oh, lo siento.

—No tienes que sentirlo. Me gustaría poder pasar más tiempo contigo. Dime cuándo quieres salir. Cualquier noche. Me las arreglaré.

—Necesito que Joey esté en casa con Matty.

—Lo entiendo.

—Los fines de semana suelen ser difíciles para mí.

—No me importa qué día sea.

—Creo que el jueves funcionará. ¿Te parece bien?

—Por supuesto. Confírmalo y avísame. Estoy libre cuando tú lo estés. Me aseguraré de ello.

—Tienes un negocio que dirigir. No puedes ausentarte en cualquier momento.

—Por ti, lo haré.

—Hudson.

—Mis empleados son increíbles, y yo siempre estoy aquí. Pueden encargarse de todo durante unas horas. Lo hacen constantemente.

Asentí. —Vale. Si estás seguro.

—Definitivamente. Comprueba tu agenda y la de Joey y

hazme saber. Me besó de nuevo rápidamente, luego se apartó y se dirigió hacia la puerta.

Le seguí de vuelta al bar. No me tocó ni nada cuando estábamos a la vista de los demás, pero sentí su mirada sobre mí como una caricia. Goldie estaba sentada al final de la barra con una bebida rosa que tenía buena pinta. Cogí su vaso y di un sorbo.

—Es agua con gas —dije, poniendo una mueca.

—Eh, sí. Estoy conduciendo. Jonathan le añadió un chorrito de granadina para que sea bonita.

Me reí. —Mientras sea bonita.

Goldie me guiñó un ojo. —¿Todo listo?

Asentí. —Vamos a tener una cita el jueves por la noche.

—Me alegro por ti.

—Siempre que a mis chicos les parezca bien todo esto, entonces sí.

—Les parecerá bien. Estoy segura.

—Eso espero.

AMBOS CHICOS ESTABAN en el sofá viendo una película cuando llegué a casa. Apenas me miraron cuando entré. Dejé mi bolso y puse mis botas en el armario, luego me senté en el sillón donde Hudson se había dormido más de dos meses antes.

Estaba tan avergonzada ese día, al despertar y darme cuenta de que él estaba allí. Arremetí contra él, pero seguía volviendo. Siempre volvía. Algo que Nick nunca hizo.

—¿Estás bien, mamá? —preguntó Joey cuando apareció la publicidad.

—Sí. Quería hablar con vosotros sobre algo.

Joey y Matty intercambiaron una mirada y se movieron

en sus asientos. La publicidad sonaba de fondo, confundiendo mis pensamientos.

—Estoy saliendo con alguien. Nos hemos estado viendo durante unas semanas, pero empezamos a hablar antes de eso. Es muy amable, inteligente y divertido. Me gusta pasar tiempo con él.

—¿Podremos conocerle? —preguntó Matty.

Asentí. Esta era la parte difícil. Admitir quién era. —Ya le conoces, en realidad. He estado saliendo con Hudson.

—Oh, genial. Hudson es increíble —dijo Matty.

Miré a Joey. No había dicho nada. No parecía contento, pero tampoco parecía enfadado. No estaba segura de lo que estaba pensando.

—Estamos llevando las cosas muy despacio ahora mismo. Nada va a cambiar aquí. Pero quería que lo supierais.

—Me cae bien Hudson —dijo Matty. —¿Vas a besarle?

—Ya lo ha hecho —dijo Joey.

—Sí, lo he hecho, pero ¿cómo lo sabes?

—Os vi a los dos en Nochevieja —confesó Joey. —Cuando saliste, fui a ver qué te estaba llevando tanto tiempo y os vi a los dos. Le pregunté al respecto...

—¿Le preguntaste a Hudson? —¿Por qué no me lo habría dicho?

—Sí. De hombre a hombre. Necesitaba explicar cuáles eran sus intenciones hacia ti.

Mi corazón se derritió por mi pequeño. Quería protegerme. Asegurarse de que estaba bien. En lugar de hablar conmigo, fue al hombre que me besó.

—¿Qué dijo Hudson?

—Dijo que le gustas mucho y que no va a hacerte daño.

Solté una risa, sin querer admitirme a mí misma lo aliviada que me sentía.

—¿Estás bien con que salga con él? —le pregunté directamente a Joey. Él tenía más contacto con Hudson que Matty y le conocía de una manera diferente. No quería que fuera incómodo para Joey en el trabajo.

Joey lo pensó durante un minuto y luego asintió. —No estaba seguro al principio. Pensé que tal vez se comportaría de forma extraña conmigo. Hasta ahora ha sido el mismo. Si alguien en el trabajo dice algo, no creo que lo ignore.

—¿Qué quieres decir?

—No lo sé. Si otro camarero dice que me dan turnos extra porque Hudson está saliendo contigo o si un camarero dice que recibo más propinas o algo así.

—¿Has tenido problemas con alguien que haya dicho algo?

—No, mamá, solo estoy... sé cómo funciona este pueblo, ¿vale? Sé lo que dice la gente. No siempre es fácil ser el hijo del tipo que se fue del pueblo o el nieto de la gente que se llevó tu dinero y huyó. La gente ha hablado de nosotros toda mi vida. Todo se está calmando, pero que salgas con el dueño del bar local va a hacer que estos imbéciles empiecen a hablar de nuevo.

—Ese vocabulario —gruñí.

Joey suspiró. —Lo siento.

Respiré hondo y miré a mi hijo. Me recordaba tanto a su padre a veces que dolía, pero Nick nunca tuvo la compasión o el cuidado por los demás que tiene Joey. Joey cogió todas las partes buenas de ambos y las convirtió en un chico que se estaba haciendo un hombre con una buena cabeza y una fuerza sólida. Era alguien a quien me enorgullecía llamar mi hijo.

—No sabía que oías todas esas cosas que decía la gente —admití—. Vivir aquí nunca fue fácil para mí mientras crecía. La gente no esperaba mucho de mí, y yo cumplí sus expectativas. Mis padres no tenían dinero para que fuera a la universidad, así que me dijeron que era demasiado tonta para siquiera pensarlo. Cuando empecé a trabajar, se burlaban de mí por querer algo más para mí misma que trabajos con el salario mínimo. Les daba dinero porque pensaba que verían que estaba trabajando duro y quería ayudarles. Apenas podían permitirse quedarse aquí porque bebían, fumaban y malgastaban su dinero en cosas estúpidas. Quería que estuvieran orgullosos de mí y de cuánto dinero estaba ganando, pero solo eran personas horribles que odiaban a todo el mundo y todo. Cogieron el dinero que les di, y el dinero que no les había dado, y se fueron del pueblo mientras yo estaba en el trabajo un día. Simplemente desaparecieron. No podía permitirme pagar este lugar yo sola, así que me mudé con tu padre.

—Todos sabemos la joya que era —dijo Joey con sarcasmo.

—Lo sé. Pero es tu padre, y con todos sus defectos...

—Todo lo que tiene son defectos —dijo Joey.

—Sigue siendo tu padre, Joey. No fue bueno conmigo, pero nunca fue abusivo. Simplemente no estaba interesado en ser padre. Pero él es quien se perdió al no formar parte de vuestras vidas. Y toda esa gente ahí fuera a la que le gusta hablar como si supieran algo, no tienen ni idea de lo que realmente pasó en cualquiera de las dos situaciones.

—¿Por qué no se lo cuentas? —preguntó Matty.

Negué con la cabeza. —No merece la pena. Ellos no lo merecen. ¿Conoces al padre de Jeremy?

Matty asintió al mencionar a su mejor amigo.

—¿Sabes a qué se dedica?

Matty negó con la cabeza.

—Porque no importa. Si es un buen padre para Jeremy, no importa cuál sea su trabajo. Porque sabes que una persona es mucho más que la cantidad de dinero que gana.

—No todo el mundo piensa así —dijo Joey.

—Lo sé. Y siempre te encontrarás con personas que te menospreciarán por haberte criado aquí. Yo quería irme de aquí cuando era adolescente, y si hubiera ahorrado el dinero que ganaba en vez de dárselo a mis padres, lo habría hecho. La única forma en que lo conseguí fue mudándome con vuestro padre. Cuando él se fue, no podía permitirme seguir viviendo donde estábamos y tuve que volver aquí. Nunca creí en mí misma, y estoy muy feliz de que hayas superado mis miedos, de que creas en ti mismo y quieras ir a la universidad. Me da miedo, pero quiero que tengas todo lo que deseas en la vida. Y si eso significa alejarte de aquí y encontrar tu propio camino, quiero que lo hagas. Pero hazlo por ti, no por ellos. He pasado muchos años intentando huir de mi pasado y tratando de estar a la altura o superar las cosas que otros decían de mí. No es una buena vida.

—¿Es por eso que te gusta Hudson? ¿Porque él no trata a la gente de esa manera? —preguntó Joey.

Lo pensé un minuto y asentí. —Supongo que eso es parte. Hice suposiciones sobre él cuando empezaste a trabajar allí, y le he tratado mal por quién pensaba que era, pero he llegado a conocerle y sé que es un buen hombre.

—Me compró videojuegos —dijo Matty.

Joey y yo nos reímos ante el asombro en la voz de Matty.

—Sí, lo hizo. Es amable y generoso, y trata a la gente con compasión. Me gustan todas esas cosas.

—Te mereces a alguien así, mamá. No importa lo que tus horribles padres o nuestro horrible padre te hayan dicho o hecho —insistió Joey.

—Gracias. A los dos. Siento que la vida no haya sido fácil para vosotros, chicos, pero creo que estamos mejorando. Creo que este va a ser un buen año para nosotros.

—Definitivamente —dijo Joey.

—Sí, lo es. Quizás Hudson me compre otro videojuego si seguís saliendo —dijo Matty.

—¡Matty! No voy a salir con él para que tú puedas recibir regalos —dije.

Se encogió de hombros. —Valía la pena intentarlo.—
Joey y yo nos reímos.

—Eres demasiado, chaval— le dije a mi hijo menor.

—Qué va. Creo que soy justo lo necesario.— Matty sonrió con suficiencia.

Tenía razón. Todos éramos justo lo necesario.

19

HUDSON

Nueve candidatos. Joder. Le debía unas copas a Goldie. No tenía ni idea de por dónde empezar, y en unas pocas semanas ella me entregó más que suficientes opciones, todas ellas cualificadas.

Pasé unos días contactando con todos ellos y programando entrevistas para la semana siguiente. Sabía que lo pospondría si no lo hacía de inmediato, y sabía que el negocio iría mucho mejor si otra persona se encargaba de las cosas que involucraban números.

Además, sabía que necesitaba dejar de lado todas las distracciones para poder disfrutar de mi cita con Anna esa noche.

Habíamos hablado varias veces durante la semana. Ella dijo que las cosas fueron bien con sus chicos y que Joey confesó que nos vio besándonos y me preguntó al respecto. Me pidió que en el futuro acudiera a ella con cualquier cosa relacionada con sus hijos, y le aseguré que lo haría. Tenía que aprender dónde estaban los límites, y lo haría.

Me tomé la tarde libre para poder ducharme, cambiarme y estar presentable cuando fuera a recoger a Anna para nuestra cita. Ella me dijo que estaba abierta a una sorpresa, así que tenía toda una velada planeada. No sabía qué le gustaba hacer, pero tenía la esperanza de que disfrutaría de la noche que tenía en mente.

Sabía que si no aparecía en la noche de chicos, me acosarían por ello, así que una vez estuve listo para mi cita, me dirigí de vuelta a O'Kelleys para ver a mis amigos y aceptar cualquier mierda que fueran a soltar.

James silbó. —Mírate. Ni siquiera sabía que tenías cabeza debajo de esa gorra. Aunque no me sorprende que brille.

Le hice un corte de mangas.

—Bonita camisa —dijo Ian—. Te ves un poco más elegante de lo normal esta noche.

—¿Cuál es la ocasión? —preguntó Sebastian.

—Tiene una cita —informó Knox.

—Puedes sentarte con James —le dije.

Knox se rio. —Ya sabes que los viejos que vienen a mi ferretería no tienen nada mejor que hacer que hablar de los demás. Te juro que saben más sobre este pueblo que todos nosotros juntos.

—Excepto tú, por lo que parece —dijo Rowan—. ¿Con quién vas a tener una cita?

—Anna Charlotte —le dije.

—¿En serio? —preguntó Rowan.

Asentí. —¿Te parece bien, agente?

Rowan me sonrió con suficiencia. —Por supuesto. Me cae bien Anna. Lo ha pasado mal, pero siempre está sonriente y es amable. No se echa atrás.

—¿Seguro que puedes con ella? —preguntó Sebastian.

—Estoy seguro —le dije.

—Más te vale tratarla bien —dijo James, sin rastro alguno de humor.

Sostuve su mirada con firmeza y asentí. —Esa es mi intención. No estoy jugando con ella. Llevamos hablando durante meses y saliendo algunas semanas. No es un simple rollo.

James mantuvo mi mirada. Cuando me tendió la mano, supe que era lo más parecido a darme su bendición. James y Trinity eran amigos de Anna y habían pasado tiempo con ella durante los últimos años. Anna y James crecieron en el mismo barrio. Él había hecho lo posible para velar por ella. Pero ahora ese era mi trabajo.

Me sentía bien al dejar que ese pensamiento diera vueltas en mi cabeza. Quería ser responsable de Anna, Joey y Matty. Me importaban todos ellos. No me gustaba la idea de que otro hombre estuviera en sus vidas, incluso si solo fuera un amigo. Quería ser yo a quien acudieran cuando necesitaran algo. A quien llamaran pidiendo ayuda.

Y lo sería.

—¿Quién quiere una copa? —les pregunté.

—Yo. ¿Hay una para mí? —preguntó Brantley Pierce.

—Siempre. ¿Qué tal estás? Brantley y yo jugamos juntos al béisbol en el instituto. Iba dos cursos por delante de mí, y aprendí mucho de él. Incluso entonces ya quería ser profesor, y el instituto tenía suerte de tenerlo como entrenador de béisbol y también de campo a través.

—Bien. Aunque aburrido como una ostra. No sabía que me estaba perdiendo la fiesta de los jueves por la noche. Brantley miró a lo largo de la barra y levantó su cerveza hacia los demás. La vida en un pueblo pequeño significaba que aunque no se conocieran, se conocían entre sí.

—¿No tienes como doce trabajos? ¿Cómo puedes estar aburrido? —preguntó Knox.

Brantley se encogió de hombros. —Soy soltero en un pueblo donde ya he salido con la mayoría de las mujeres solteras o les estoy dando clase a sus hijos. Entreno para no quedarme en casa rompiendo cosas solo por mantenerme ocupado.

—Desde luego rompiste suficientes cosas cuando la compraste —bromeó Knox.

Brantley se rio. —Eso es lo que pasa cuando compras una casa para reformar y no tienes ni idea. Hablando de eso, sus bebidas van a mi cuenta. Creo que aún te debo unas cuantas docenas de copas por toda la ayuda.

—Me parece bien —dijo Knox.

—¿Cuándo empiezan los entrenamientos de béisbol? —le pregunté a Brantley.

—No hasta marzo. Puede que pierda la cabeza.

—¿Tienes buenas promesas? —pregunté.

Brantley asintió. —Algunas muy buenas. Unos cuantos que probablemente conseguirán becas si deciden ir a la universidad para jugar al béisbol. Oye, deberías venir y ayudar. Un gran atleta como tú.

Negué con la cabeza. —Hace mucho tiempo que no piso un campo.

—Entonces ya es hora. Eras tercera base, ¿verdad?

—Hace toda una vida.

—Da igual. Hiciste algo con lo que algunos de estos chicos están soñando. Les vendrá bien ver que es posible.

—Sí, pero me lesioné. Me reventé la rodilla y tuve que dejarlo.

Brantley negó con la cabeza. —Da igual. La vida es así. Algunos de estos chicos necesitan verlo para creerlo, y otros necesitan ver que hay vida después del béisbol. En cualquier caso, te vendrá bien volver a pisar un campo.

Asentí. —Me lo pensaré.

—Tiene una cita —le informó Knox.

—¿Ah, sí? ¿Con alguien que conozco?

—¿Conoces a Joey Charlotte? —preguntó James.

—Por supuesto. Jugó para mí el año pasado. Mucho talento pero poca confianza. Espero que este año eso cambie ya que es su tercer año y tiene experiencia en el equipo titular.

—Hud está saliendo con su madre —le dijo Ian a Brantley.

Las cejas de Brantley se alzaron. —No me jodas. Anna siempre está dispuesta a hacer lo que sea para ayudar a todos. Me cae muy bien.

—A Hudson también —dijo Knox.

—Sois como críos. Me largo. Voy a pasar tiempo con mi chica —dije, tirando el paño de la barra al cubo.

Se rieron como los adolescentes que parecían ser.

—Su chica. Espera a que Anna oiga eso.

—Está totalmente dominado.

—Es un cabrón con suerte.

Saludé a ese con la mano. Le asentí a Jonathan y me dirigí hacia la parte trasera para poder llegar a mi camioneta en la plaza sin interferencias.

Aparqué frente al edificio de Anna's con dos minutos de antelación. Salí de la camioneta y me dirigí a su puerta, sin querer llegar tarde. En cuanto se abrió, nada más importó.

Anna llevaba unos vaqueros que abrazaban sus abundantes curvas y resaltaban sus gruesos muslos y su trasero redondeado. Llevaba botas que le llegaban hasta las rodillas y un jersey que le cubría la mitad del trasero. Un abrigo colgaba de su brazo y un bolso cruzaba su cuerpo. Su pelo caía en suaves ondas en lugar de la coleta que solía llevar. Y sus ojos estaban delineados con algo oscuro que la hacía parecer misteriosa y sexy, y lo único que quería hacer era caer de rodillas y agradecer a Dios que esta mujer me considerara lo suficientemente bueno como para salir con ella una noche.

—Joder —respiré.

Ella soltó una risita y sonrió. —Estaba pensando lo mismo.

Yo también llevaba vaqueros y una camisa nueva que

Finley me obligó a comprar hace un año. Nunca me la había puesto porque no tenía dónde llevar una camisa de botones, pero la mirada en los ojos de Anna me decía que Finley tenía razón y que era una buena camisa.

—¿Estás lista para irnos? —le pregunté a Anna.

Ella asintió y alcanzó la puerta. —Me voy —gritó hacia dentro del apartamento.

Unos pasos resonaron hacia ella, y ambos chicos la agarraron por cada lado. La estrujaron con fuerza como si fuera lo más precioso en su mundo y no quisieran dejarla marchar.

Entendía ese sentimiento.

Joey me miró y asintió una vez. Matty me miró y me fulminó con la mirada. —Más te vale ser bueno con ella.

Asentí solemnemente. —Lo prometo.

Matty se señaló con dos dedos a sí mismo y luego a mí. —Te estoy vigilando —dijo con voz amenazante.

Asentí de nuevo, intentando no reírme. Era tierno lo mucho que adoraban a su madre, y no iba a reírme de eso.

—Muy bien, dijo Anna. —Volveremos en unas horas. Portaos bien. Y acostaos a la hora.

—Sí, mamá, dijeron al unísono. Era obvio que lo habían escuchado más de unas cuantas veces.

Anna se giró y me dirigió una sonrisa nerviosa, luego me acompañó hasta la puerta. La cerró con llave y me siguió fuera del edificio hasta mi camioneta.

—¿Puedo besarte ahora? preguntó cuando le abrí la puerta.

Exhaló como si hubiera estado conteniendo la respiración desde que llegué. —Lo siento. Sí. No estaba segura de cómo iría.

Odiaba que pensara que no iría bien, pero yo tampoco estaba muy seguro, así que no la culpaba. Me incliné y la besé suavemente, sin lengua, ajustando mi posición hasta que ella suspiró y se dejó caer contra mí.

—Creo que lo necesitaba.

Sonreí y le aparté el pelo de la cara. —Yo también. ¿Estás lista para cenar?

Asintió. —Estoy muerta de hambre.

—Genial. Yo también.

Corrí alrededor de la camioneta y la puse en marcha. Nos quedamos sentados un minuto mientras se calentaba, luego nos dirigimos hacia nuestra primera parada de la noche.

—¿Me vas a decir adónde vamos? preguntó Anna una vez que tomamos el Parkway de Saint Lawrence en dirección norte.

—Pensaba que estabas dispuesta a dejarte sorprender.

—Lo estoy, pero también tengo curiosidad. Especialmente porque no vamos hacia el centro.

Extendí la mano y cogí la suya. —Pensé que si íbamos al centro, todo el mundo estaría observándonos y podrías sentirte incómoda. Decidí ir a un sitio un poco diferente. Si te parece bien.

—Oh. Em, sí. Por supuesto.

Eso no sonaba muy seguro. Le eché un vistazo, pero ella estaba mirando por la ventana hacia la oscuridad.

Seguí charlando. —Cuando Finley estaba embarazada, la traía aquí para sus citas. No me parecía bien entrar muchas veces, así que solo la dejaba y daba vueltas en coche. Encontré este pequeño local en una de mis visitas y he estado viniendo desde entonces. Es pequeño y realmente no tiene mucho que ver, pero la comida es increíble y la gente es aún mejor.

—¿En serio? preguntó ella.

Asentí. —Supongo que debería haberte preguntado dónde querías ir, pero pensé que sería bueno tener un poco de distancia entre nosotros y el resto de los curiosos del pueblo.

—¿No estabas intentando esconderme de tus amigos? preguntó Anna, con voz tímida y asustada.

Solté una carcajada. —¿Esconderte? Jamás. Lo siento. No debería haberme reído de eso, pero te prometo que no. Estuve en O'Kelley's esta noche, vestido así. Todos saben que íbamos a salir.

—¿Todos? chilló.

—¿Eso es un problema? pregunté, aparcando frente al Thai Cafe.

Exhaló sonoramente. —No. No es un problema. Solo estoy... Todo esto es nuevo para mí.

Le apreté la mano. —Para mí también.

Sonrió y suspiró. —No había pensado en eso.

—¿Estás lista para cenar?

Asintió y miró el lugar donde estábamos. —Oh, me encanta la comida tailandesa. Los chicos la odian, así que nunca puedo comerla.

—Bien. Era un riesgo, pero esperaba que fuera bueno. Vamos a entrar. Te va a encantar este sitio.

Salió y se apresuró hacia la puerta. Cuando entró, jadeó y miró a su alrededor. Era un restaurante oscuro con velas en cada mesa. Apliques de pared bordeaban las paredes, proyectando suaves destellos por todas partes. El suelo tenía baldosas en la entrada pero moqueta donde estaban las mesas. Tenía un ambiente acogedor sin resultar demasiado cerrado.

—Hudson —dijo la señora Woo, una de las propietarias—. ¿Cómo está usted?

—Estoy bien, señora Woo. —La abracé cuando se acercó —. Parece una buena noche.

—Lo es. Has elegido un buen momento para venir. Está empezando a tranquilizarse. Tenemos vuestra mesa lista. ¿Quién es ella?

—Esta es Anna.

—Encantada de conocerla, Anna.

—Igualmente.

—¿Cómo ha acabado una mujer tan agradable con un tipo como él?

Anna se rio y dejó que la señora Woo la guiara hacia la mesa.

—Me pilló desprevenida y me conquistó.

—Ah, eso tiene sentido. Los buenos suelen sorprenderte. —La señora Woo se situó junto a la mesa más cercana a la cocina—. Tenemos un menú especial para vosotros esta noche.

—No tenía que hacer eso —protesté.

—Oh, por favor. No es todos los días que haces una reserva. Sabíamos que Anna era alguien especial si la traías hasta aquí.

—Actúas como si viniéramos de otro planeta.

—Quizás solo te echo de menos y quiero que vuelvas pronto. Si te mimo, vendrás más a menudo.

Le besé la mejilla. —Lo haré. No he sido bueno con muchas cosas últimamente. Pero espero contratar a alguien pronto y voy a tomarme un tiempo libre.

—Más te vale—dijo la señora Woo. Se volvió hacia Anna. —Este se quedó dormido un día. Justo en medio de su almuerzo. Siempre da a los demás y nunca toma nada para sí mismo. Asegúrate de que se tome un día libre de vez en cuando, ¿de acuerdo?

—Haré todo lo posible, aunque debo admitir que yo tampoco se me da muy bien eso.

La señora Woo gimió. —¡Ay, vosotros dos! Tenéis que mejorar. Cuidaos. Si no, no podréis disfrutar de vuestra jubilación.

—¿Como lo hace usted?—le tomé el pelo.

—Ya sabes que nos encanta estar aquí. Y cerramos medio semana, así que ya está.

Le sonreí. Tenía razón. Pero eso no lo hacía más fácil.

—Vale, sentaos. Traeré el primer plato. Anna, ¿qué tan picante te gusta la comida?

—Un poco picante está bien.

—A mí también. Le diré al señor Woo que se asegure de que todo esté perfecto. Así podréis volver a visitarnos.

Anna sonrió y asintió. —Me gustaría.

—Bien.—La señora Woo desapareció en la cocina, pero aún podíamos oírla gritar a través de la puerta.

—Es maravillosa—dijo Anna.

—Estoy de acuerdo. Cuando vine aquí por primera vez, me miró una sola vez y me dijo que le pediría al chef que preparara algo que me animara. No sabía entonces que el chef era el señor Woo. Todavía no estoy seguro de qué me preparó aquel día, pero funcionó. Desde entonces vengo aquí.

—Es agradable. Muy acogedor.

—Especialmente si tu hogar incluye a una mujer tailandesa entrometida y sarcástica.

Anna se rio.

—Gracias por aceptar tener una cita.

—Gracias por pedírmelo.

Compartimos una sonrisa. Extendí la mano por encima de la mesa para tomar la suya y acaricié su muñeca con el pulgar. —Va a ser difícil mantener mis manos alejadas de ti toda la noche.

—¿Quién ha dicho que debas hacerlo?

—Bueno, no planeé ningún momento íntimo, así que creo que es mejor que lo haga.

Anna negó con la cabeza. —No sé en qué estabas pensando.

Me reí. —Estaba pensando que quería demostrarte que no estoy en esto solo por el sexo increíble, aunque eso sea una ventaja muy agradable. También quiero conocerte.

Ella sonrió y bajó la barbilla. —Yo también quiero eso.

—Bien.

—Y, ¿qué dijeron tus amigos cuando les contaste que íbamos a salir?

—Creo que James iba a darme una paliza. Le aseguré que mis intenciones eran buenas. Todos los demás estaban más sorprendidos de que estuviera saliendo con alguien. Excepto Knox. Él ya lo sabía, al parecer.

—Creo que no conozco a Knox.

—Es el dueño de la Ferretería Al's.

—Ah, vale. No le conozco, pero sé de quién hablas. ¿Cómo sabía que íbamos a tener una cita?

Negué con la cabeza. —Los cotilleos del pueblo pasan directamente por su tienda. Creo que los viejos del pueblo hablan más que las mujeres.

Anna resopló. —Me lo creo. Hay hombres en mi barrio que se sientan en los portales unos de otros para hablar de todos los vecinos. Las mujeres están demasiado ocupadas trabajando y haciendo otras cosas. Los hombres se sientan y no paran de hablar.

—Hablas como Knox.

—Él tiene razón.

—Bueno, no vamos a preocuparnos por ninguno de ellos. Estamos aquí para conocernos y tener una buena primera cita.

—¿Realmente cuenta como primera cita si ya nos hemos acostado?

—Yo la estoy contando. Pienso llevarte a muchas más citas, sin importar cuántas veces nos hayamos acostado.

Sus mejillas se sonrojaron ante mi declaración. Se mordisqueó el labio inferior y me miró a través de esas oscuras pestañas. La mirada en sus ojos fue directa a mi miembro.

—Anna —gemí.

—¿Estás seguro de que no podemos reorganizar un poco nuestra velada?

—Creo que tendremos que hacerlo si sigues mirándome así.

—Entonces supongo que tendré que hacerlo.

Gemí y me incliné, sujetando la parte posterior de su cabeza para acercarla a mí. Deslicé mi lengua entre sus labios, disfrutando de los pequeños jadeos que emitía. Ella extendió la mano y agarró mi camisa con el puño.

Alguien se aclaró la garganta y un plato golpeó la mesa. —Este es un sitio familiar —nos amonestó la señora Woo—. Dejad eso para el postre.

Sonreímos y asentimos. —Sí, señora.

20

La señora Woo cumplió su palabra y nos trajo una increíble comida de cuatro platos. Pero a pesar de toda la comida y lo deliciosa que estaba, Anna seguía siendo mi parte favorita.

No podía mantener mis manos alejadas de ella mientras comíamos. Me encantaba cómo disfrutaba de la comida. Cuando probaba algo nuevo, cerraba los ojos y se concentraba únicamente en la comida. Sonreía, ladeaba la cabeza y respiraba profundamente, como si cada bocado fuera especial y necesitara ser saboreado.

Yo ya estaba más que listo para el postre.

—Ha sido increíble —le dijo Anna entusiasmada a la señora Woo cuando nos trajo la cuenta—. Creo que nunca he disfrutado tanto de una cena.

La señora Woo sonrió ampliamente. —Es usted muy amable. Se lo diré al señor Woo. Él es el maestro detrás de todo esto. Le encanta cocinar y compartir su don con la gente. A mí solo me gusta hablar.

—Bueno, hacéis la pareja perfecta. Usted ayuda a que la

gente se sienta cómoda y bienvenida, y él les da de comer hasta que no pueden moverse.

La señora Woo se rio con fuerza. —Es una buena combinación.

Anna rio con ella. —La mejor.

—Espero que vuelvan por aquí alguna vez.

—Definitivamente lo haremos —dijo Anna, encontrándose con mi mirada sonriente.

La señora Woo me miró y asintió. Sonreí. Ella la aprobaba. Era bueno saberlo. No es que eso hubiera cambiado mi opinión sobre Anna, pero la señora Woo era importante para mí. Y tenía buen ojo para juzgar a las personas.

Anna soltó un gemido cuando llegó el momento de levantarse y se frotó la barriga. —Dios mío, creo que he comido demasiado. No podía parar.

—Me siento así cada vez que vengo aquí. Todo está tan bueno.

—Ha sido increíble. Gracias por traerme aquí.

Le sonreí. —De nada.

Cruzamos el helado aparcamiento frotándonos las manos. Ella sopló su aliento cálido entre sus dedos. Yo encendí la calefacción, que aún no calentaba, y tomé sus manos entre las mías, frotándolas juntas y soplando mi aliento sobre ellas.

Su mirada chocó con la mía. Tomó aire bruscamente. Ya no hacía frío dentro de la camioneta.

Nos inclinamos el uno hacia el otro en el mismo instante, estirándanos por encima de la consola que nos separaba. Mi mano se hundió en su cabello, ladeando su cabeza para tener acceso a su boca ansiosa. Ella agarró mi chaqueta y me atrajo más cerca. Mi cadera golpeó contra la consola, el duro plástico se clavó hasta hacerme daño, pero no me importó. Tenía mis manos sobre Anna, y después de la tortura de verla saborear su comida, no estaba seguro de tener la fuerza suficiente para detenerme hasta poder saborearla a ella.

Nos besamos como adolescentes, con las manos recorriendo por encima de la ropa y el calor envolviéndonos por completo. Le acaricié la cadera y sinceramente debatí saltarnos nuestra segunda parada de la noche, o simplemente adorar a Anna en la parte trasera de mi camioneta. Pero le había prometido una cita, y no iba a dejar que mi entrepierna tomara el control y lo arruinara. Ni para ella ni para mí.

Me aparté, jadeando y odiándome por no continuar. Ella respiraba con la misma dificultad y se mordió el labio. No nos soltamos, nuestras manos manteniendo nuestros rostros cerca.

—Tenemos otra parada —dije con voz entrecortada.

—Por favor, dime que es tu casa.

Me reí ante su tono suplicante y negué con la cabeza. —Todavía no.

—Me estás torturando.

—Créeme, no eres la única que se siente torturada.

—Bien —dijo ella.

Me reí y me separé de ella. Las ventanas estaban empañadas y toda la cabina estaba llena de vapor por nuestra sesión de besos. Encendí el desempañador y limpié el cristal frente a nosotros, luego me dirigí hacia nuestra segunda parada.

Anna me miró de reojo cuando aparqué frente a una iglesia. —¿Crees que necesito algo de religión en mi vida?

Me reí. —No estamos aquí para la misa.

Ella vio a la gente dirigiéndose hacia la puerta trasera y me miró arqueando una ceja. Éramos más jóvenes que todos ellos por lo menos dos décadas. —¿Qué es esto?

Sonreí. —Ya lo verás.

Fue buena deportista y se bajó de la camioneta conmigo. Busqué su mano y ella gustosamente agarró la mía. Seguimos a los demás por la puerta de la parte trasera de la iglesia y bajamos las escaleras hasta el sótano.

—¿Bingo? —jadeó ella.

Asentí. —No te dejes engañar por estas personas de aspecto amable. Te acribillarán a golpes con los rotuladores si estropeas su partida de bingo.

Soltó una risita y trató de taparla con la mano.

—¿Vais a jugar o solo a mirar? —dijo una mujer detrás de nosotros.

Nos apartamos a un lado para dejar pasar a la mujer con su andador y su bolsa de rotuladores de bingo. Tenía todos los colores del arcoíris allí dentro, y probablemente algunos más.

—Esto es una locura.

—Es divertido. Vamos. —La arrastré hacia la mesa de entrada y pagué nuestra entrada. Era un cuarto de dólar por cada cartón. Te dejaban jugar con tantos como quisieras, pero una vez que jugabas con un cartón, ya estaba. Entregué un billete de veinte y cogí el montón que nos dieron. Era otro dólar por cada rotulador de bingo. Cogimos dos para cada uno.

Anna simplemente contemplaba la escena con los ojos muy abiertos y una sonrisa.

Encontramos dos asientos vacíos en una mesa en el centro. La mayoría de las mesas de delante estaban llenas. Nos unimos a tres hombres y una mujer, todos los cuales asintieron una vez, y luego volvieron a su juego sin dirigirnos ni una palabra.

—Esto es intenso —susurró Anna.

—Son despiadados aquí. Presta atención y no hables durante una partida.

La mujer sentada frente a nosotros nos lanzó una mirada fulminante. Se cantó otro número, y ella se concentró en marcar las diez cartillas que tenía delante.

Anna se volvió hacia mí con los ojos muy abiertos y una sonrisa. Intenté no reírme.

Nos unimos cuando empezaron una nueva partida, cada uno usando solo una cartilla para nuestro primer turno. Le cogimos el tranquillo y añadimos una segunda cartilla para la siguiente partida. Anna estuvo cerca de cantar línea en la tercera partida, pero uno de los hombres de nuestra mesa ganó antes que ella.

Hicieron un descanso después de seis partidas. La gente se levantó y habló con conocidos. Sirvieron café y aparecieron galletas de la nada.

—¿Quieres algo? —le pregunté.

Anna negó con la cabeza. —Todavía estoy llena de la cena.

—Yo también.

—Esto es divertido —admitió ella.

—Bien. Esperaba que no te pareciera mal.

Asintió. —¿Puedo hacerte una pregunta?

—Claro.

—Dijiste que no se te dan bien los números, ¿verdad?

Inspiré profundamente y asentí. —Así es.

—No parece que tengas problemas con esto.

Negué con la cabeza, sintiéndome incómodo por todas partes. No me gustaba hablar de mi discapacidad. No porque me avergonzara, sino porque la mayoría de la gente no lo entendía realmente. Pensaban que debería esforzarme más o concentrarme mejor en lugar de comprender que nada funcionaba para que tuviera sentido en mi mente. Si estaba cansado, era un caso perdido. Y cuantos más números, peor era siempre.

—Algo como esto es más cuestión de patrones que otra cosa. Puedo mirar lo que cantan y relacionarlo con lo que hay en mi cartilla. Mi cerebro no ve esto como números, aunque lo sean. Son más bien como imágenes.

—Eso es interesante. ¿Te ayuda con los números?

—No. Simplemente es diferente.

—Oh.

No le pregunté por qué quería saberlo. No estaba seguro si intentaba averiguar cómo hacerme más listo o qué. Yo no iba a cambiar, y si estaba intentando descubrir cómo cambiarme, tal vez no éramos tan compatibles como pensaba.

—¿Sabías que Joey también es disléxico?

—¿Lo es?

Asintió. —No estaba segura de si lo sabías. Pensé que por eso me contabas que tú lo eras. A sus profesores les llevó mucho tiempo descubrirlo. Durante años, me dijeron que simplemente no era muy listo, pero yo sabía que sí lo era. Solo que no podía entender los números y algunas letras.

—Me pasó lo mismo. Me retrasaron en primaria porque creían que no era lo suficientemente listo para avanzar. Tuve una profesora muy buena un año que lo descubrió y fue capaz de enseñarme algunas formas de entender mejor. Ahora saben mucho más y tienen herramientas que lo hacen más fácil, pero sigue sin ser sencillo.

Anna negó con la cabeza. —No lo es. Como madre, tampoco. Siento que le he fallado. Constantemente. Debería haber descubierto lo que pasaba para haberle conseguido la ayuda que necesitaba antes.

—Eso no es culpa tuya. Una madre debe pensar que su hijo es perfecto. Y Joey lo es. Matty también. Me llevó mucho tiempo aceptar que solo porque mi cerebro funcione de manera diferente a la de otras personas no significa que yo no sea inteligente.

—Eres muy inteligente —dijo ella.

Sonreí. —Gracias. Y Joey también lo es.

Asintió y bajó la mirada hacia sus manos. —¿Puedo hacerte otra pregunta?

—Claro.

—¿Crees que tendrá éxito en la universidad?

Me tomé un minuto para considerar mi respuesta porque no quería asegurarle que todo iría bien cuando sabía que sería más difícil que para la mayoría de los chicos. —La universidad no es fácil. Aunque yo sabía a lo que me enfrentaba, no pedí ayuda hasta que estaba suspendiendo y mis entrenadores me obligaron a aceptarla. E incluso entonces, me resistí. La gente puede ser cruel. Pero hay recursos, así que si Joey está dispuesto a aceptar ayuda, creo que puede tener mucho éxito.

Anna suspiró profundamente, como si eso le hubiera estado preocupando.

—¿Estabas preocupada?

Ella asintió. —Ahora mismo, puedo ayudarlo. No siempre, pero a veces. Lo suficiente para intentar explicarle las cosas si está teniendo dificultades. Cuando vaya a la universidad, no podré hacer eso.

—Estará bien. Es ingenioso.

Ella sonrió. —Sí, lo es.

—¡Cinco minutos! anunció el hombre en la parte delantera de la sala.

—¿Quieres coger algo antes de que empecemos otra vez? le pregunté.

Ella negó con la cabeza. —Gracias por dejarme hacerte preguntas. Joey no lo sabe, pero su padre siempre decía que era estúpido. La última vez que nos visitó, Joey estaba empezando a aprender a leer y Nick puso los ojos en blanco y se frustró cuando Joey adivinaba la palabra incorrecta. Nunca quiero que lo sepa, pero siempre me he sentido mal por eso. Se merece algo mejor.

—Tiene algo mejor. Te tiene a ti. No necesita a su padre.

Ella sonrió. —Gracias.

Me incliné y la besé suavemente, permitiéndome disfrutar del momento mientras las personas a nuestro alrededor se acomodaban en sus asientos para otra ronda de bingo.

La mujer al otro lado de la mesa golpeó con su bastón contra el lateral y negó con la cabeza. —Nada de eso aquí. Estamos en una iglesia.

Anna y yo compartimos una sonrisa y asentimos. Preparamos nuestros cartones y esperamos a que comenzara la ronda.

—No puedo creer que haya ganado —dijo Anna con una risa durante el viaje de regreso a casa. Resplandecía de emoción, la misma emoción que mostró en su rostro cuando se dio cuenta de que tenía bingo.

—Casi te gano —dije.

Ella se rio. —Sí, pero no lo hiciste.

Agitó sus cinco dólares frente a mi cara, rozándome la mejilla con su premio. Me reí y negué con la cabeza. Era bueno verla tan feliz.

—Entonces, ¿eso significa que me dejarás invitarte a salir otra vez? ¿Te has divertido?

Su risa se desvaneció, y me preocupó haberla presionado demasiado. La miré de reojo y tenía una expresión soñadora en los ojos. —Sí, me he divertido. Gracias.

—Bien. —Hice una pausa—. No has contestado a la pregunta.

Se rio. —Sí, te dejaré invitarme a salir otra vez. Pero la próxima vez no tienes que gastarte tanto dinero.

—¿El bingo de veinticinco centavos fue demasiado? —bromeé.

Volvió a reír, un sonido que me llenaba por completo. Quería escuchar ese sonido todos los días. —Sabes a lo que me refiero.

—Sé que el dinero es un problema para ti. Necesito que entiendas que no lo es para mí. Tengo un negocio próspero y he estado soltero la mayor parte de mi vida. Hillary tenía una pequeña póliza de seguro de vida a través de su trabajo, así que heredé algo de dinero, que utilicé para comprar O'Kelley's. Soy propietario de mi casa, y de mi camioneta, y no tengo deudas. Sé que no es lo que estás preguntando, pero es importante para mí que sepas que estoy económicamente estable, no como Trent, pero estable, y disfruto gastando mi dinero en personas que me importan.

Ella jadeó, en voz baja. Sabía que era porque dije que me importaba. Extendí la mano y cogí la suya, necesitando sentir su piel contra la mía.

—Me importas, Anna. Y Joey y Matty. Sois importantes para mí.

—Gracias —susurró ella.

Recorrimos el resto del camino hasta Cala MacKellar en silencio. Ella no se apartó de mí, y no resultó incómodo. Solo el tipo de silencio confortable que únicamente puedes encontrar con alguien en quien confías.

—¿Quieres que te lleve a casa? —pregunté. Esperaba que dijera que no, pero no iba a tentar a la suerte.

—No. Una sola palabra. No hacía falta explicación. Capté el mensaje. Todo mi ser captó el mensaje.

Aparqué en mi garaje y cerré la puerta tras nosotros. El viento silbaba por las rendijas, pero dentro estábamos protegidos. Nos dejé entrar en la casa, desde el garaje se accedía a un pequeño vestíbulo. Mi corazón latía con fuerza, y mis palmas empezaron a sudar.

Me quité el abrigo y ayudé a Anna a quitarse el suyo. Ambos nos sacamos las botas mojadas, y luego caminamos en calcetines hasta doblar la esquina hacia la cocina. Me detuve en la isla, sin saber qué hacer a continuación. Llevarla directamente a mi cama me parecía un gesto de capullo, pero habíamos estado bailando alrededor de la idea de acabar en la cama toda la noche.

—Me encanta tu casa —susurró.

—Gracias. Ha sido mucho trabajo, pero me encanta.

—¿La has reformado tú?

Asentí. —No estaba mal cuando la compré, pero estaba anticuada. Había una pared aquí entre la cocina y el comedor. La chimenea era de azulejos negros brillantes con una repisa dorada. Los baños tenían accesorios verdes y suelos de vinilo barato que se estaban pelando y levantando. Me llevó años conseguir lo que quería, pero ha valido la pena.

Ella asintió y se mordió el labio. Su mirada vagó por el espacio, asimilándolo todo. Cuando me miró, sonrió tímidamente. —¿Por qué estoy tan nerviosa?

Me reí y me acerqué a ella. —No lo sé, pero yo también lo estoy.

Ella soltó una pequeña risa. —No estoy segura si eso me hace sentir mejor o peor.

—Puedo enseñarte la casa y después llevarte a tu casa. O no, si no quieres. No tiene por qué pasar nada. No había planeado esto.

Ella asintió y se acercó a mis brazos. Permanecimos así durante un largo momento, luego ella dio un paso atrás y sonrió. —Guíame.

La conduje hacia el vestíbulo y le mostré las dos habitaciones de invitados y el baño para esas habitaciones. Ambas estaban equipadas con camas dobles aunque rara vez se usaban. Volvimos a la cocina y observamos el comedor y la sala de estar abiertos. Le encantó la piedra que había utilizado para la chimenea cuando la renovó, y dijo que esperaba ver la terraza trasera cuando hiciera mejor tiempo.

Me gustó esa idea.

La única habitación que quedaba por mostrarle era mi dormitorio. Nunca había llevado a una mujer a mi habitación. Las pocas con las que me había acostado a lo largo de los años, o bien íbamos a su casa o usábamos una de las habitaciones de invitados. Pero llevar a Anna a mi habitación me parecía correcto.

Mi corazón volvió a latir con fuerza, pero esta vez supe que no era ansiedad. Era anticipación. Ella pasó su mano por mi suave edredón gris. Miró el baño y jadeó al ver la bañera de gran tamaño. Luego se volvió hacia mí.

Me apoyé contra la cómoda y la observé. No iba a presionarla. Si algo iba a suceder, dependería de ella.

Se sentó en el borde de mi cama. Mi corazón latía más rápido. Me miró. —Hudson.

Me aparté de la cómoda y crucé la habitación hacia ella. Acuné su mandíbula y levanté su rostro mientras me agachaba para encontrarnos a medio camino. Ella jadeó cuando nuestros labios se tocaron, dejándome entrar. Deslicé mi lengua por su boca y la enredé con la suya. No luchamos. Alternamos quién tenía el control.

Levantó mi camisa, presionando su mano plana contra mi estómago. Suspiró y deslizó su mano alrededor de mi espalda, atrayéndome hacia abajo mientras se recostaba en la cama.

Apoyé mi peso sobre ella, presionando mi erección contra su centro. Ella separó más los muslos y envolvió mis caderas con sus piernas.

—Por favor —susurró contra mis labios.

—¿Sigues nerviosa?

Ella negó con la cabeza. —Solo de que pudieras haber cambiado de opinión.

—Ni hablar.

Se incorporó y me besó, atrayéndome de nuevo sobre ella. Tiró de mi camisa, levantándola para exponer mi piel a la suya.

Extendí mis manos sobre su cuerpo. Nos movimos juntos

para ponernos de pie, con las manos sobre el otro, tirando, estirando, arrancando la ropa hasta que nada se interponía entre nosotros.

—Condón.

—En la mesita de noche. Pero aún no estoy lista para eso.

Me miró, con los ojos velados por el deseo. Quería lamer cada centímetro de ella, saborear su cuerpo y conocer su alma. Una noche no era suficiente. No había sido suficiente la primera vez, y estaba seguro de que nunca lo sería.

Pensé que nunca volvería a enamorarme. En parte estaba siguiendo el guion cuando dije que estaba listo para salir con alguien de nuevo. Echaba de menos tener una compañera, alguien con quien compartir mis días y mis noches, pero no creía que encontraría a alguien de quien no pudiera tener suficiente. Nunca más. Jamás.

Anna Charlotte irrumpió en mi vida y me volvió loco. Me cabreaba, me gritaba y me desafiaba, y me hizo quererla a ella y a sus hijos. Me hizo querer ser un hombre mejor. Me convirtió en un hombre mejor.

Y tenía la intención de mostrarle exactamente cuánto significaba eso para mí. Un beso, una caricia, un polvo a la vez.

ANNA

La mirada en sus ojos era suficiente para excitarme. Ningún hombre me había mirado nunca de esa manera. Cada vez me hacía sentir como si mis curvas y mis redondeces fueran perfectas. Como si mis muslos no fueran demasiado gruesos y mis caderas no fueran demasiado anchas. Como si no pudiera imaginarme siendo diferente a como era. Si eso no bastaba para hacerme desearlo, la manera en que me volvía loca sí lo era.

Me besó, y juré que lo sentí hasta en los dedos de los pies. Todo mi cuerpo hormigueaba. Sus manos se deslizaban por mi cuerpo, apretando y acariciando, encendiéndome. Me empujó suavemente hacia atrás hasta que choqué con el borde de su colchón.

—A la cama —dijo. Su voz era áspera, no cruel, solo inestable, como si estuviera tan cerca de perder el control como yo.

Me senté en el borde y empecé a subir, pero él me agarró por el tobillo. Lo miré. Su mirada estaba fija en un punto bajo, entre mis piernas. Donde no me había depilado en décadas y donde, de todas formas, no alcanzaba a ver. Ya había estado allí y no había dicho nada al respecto, pero aquella vez no estaba planeada. Esta vez…

¿Se iba a decepcionar?

—No puedo esperar a saborearte otra vez —gruñó—. Si me lo permites. ¿A qué hora tienes que volver a casa?

Negué con la cabeza. —No tengo toque de queda.

Sonrió y me agarró el otro tobillo. —Bien. Porque nunca tomamos el postre.

Me arrastró hasta el borde de la cama y se dejó caer de rodillas. No podía verlo por encima del abultamiento de mi vientre. Soltó mis tobillos y deslizó sus manos por la cara interna de mis piernas. Temblé ante su tacto, cerrando los ojos y dejando que mi cuerpo sintiera la excitación que se acumulaba.

Un dedo trazó mi entrada, extrayendo la humedad que se acumulaba justo dentro. Cuando me abrió, fue como una compuerta. Sentí cómo fluía de mí, deslizándose entre mis piernas.

Entonces su lengua estaba allí, lamiéndome. Di un respingo, sorprendida por el suave contacto.

—Tan buena, —susurró.

Lamió hasta mi entrada y deslizó su lengua dentro de mí, pulsando dentro y fuera varias veces antes de recorrer mis pliegues hasta llegar a mi clítoris. Sus manos presionaron mis muslos para abrirlos más, dándole más espacio para trabajar. Sus pulgares rozaron donde mis muslos se encontraban con mi entrada y enviaron ondas de choque a través de mi cuerpo.

Estaba tensa y lista. La anticipación fluía por mi cuerpo, preparándome para el placer que sabía que me iba a dar. Cuando presionó un dedo grueso dentro de mí, mi cuerpo lo atrajo más profundamente y palpitó a su alrededor.

—Joder, Anna. Ya estás lista, ¿verdad? —preguntó, sus labios rozando mi piel con cada palabra.

—Hudson —gemí.

—Quiero oírte esta noche, Anna. Quiero que grites mi nombre. No voy a parar hasta que estés tan fuera de ti que grites. ¿Estás lista?

—Hudson.

No esperó a que dijera nada más. Añadió un segundo dedo al que había estado bombeando dentro y fuera de mí mientras hablaba, empujándolos profundamente y desencadenando los primeros temblores en mi interior. Tenía una manera de llevarme al límite en un instante. Mi cuerpo lo deseaba, suplicando más de él, y estaba listo para aceptar todo lo que me daba.

Mi primer orgasmo fue pequeño, pero Hudson estaba lejos de terminar. Añadió un tercer dedo, estirando mi entrada al límite y follándome duramente con su mano. Mi centro ardía. Las chispas se disparaban a todas las zonas de mi cuerpo. Años de orgasmos silenciosos en mi sofá me impedían abrir la boca y dejar salir todos esos sentimientos.

Lamió mi clítoris y succionó con fuerza cuando me sintió palpitar a su alrededor. Jadeé y me retorcí. Me sacudí contra su cara. Supliqué en susurros.

Y siguió. Más fuerte. Más rápido. Más profundo. Mi cuerpo aceptaba todo lo que me daba. Presionó mis muslos para abrirlos más cuando se cerraron sobre su cabeza. Entonces me empujó hasta mi límite.

—Me encanta verte así —susurró. —Ver cómo pierdes la cabeza. Mi mano llena de tu humedad, mi cara empapada de ella. No puedo esperar a sentirte correrte en mi polla. Dios, estoy tan jodidamente duro ahora mismo. Quiero masturbarme y correrme contigo, pero quiero estar dentro de ti. Quiero sentir cómo te pierdes conmigo enterrado profundamente dentro de ti. Eres tan hermosa, Anna. Tan jodidamente hermosa. ¿Cómo he tenido tanta suerte?

Sus palabras susurradas, la convicción en ellas, me

llevaron al límite. Lo escuché, lo creí, y perdí todo sentido de todo excepto de él.

Puntuó sus palabras con lametones y succiones, elevándome cada vez más con cada embestida de su mano en mi interior. Y cuando mordió mi clítoris y lo succionó con fuerza en su boca, perdí la batalla que no estaba intentando librar y grité su nombre.

—¡Hudson! Oh, joder. Qué bueno. Qué jodidamente bueno. Sí. Sí. ¡Sí!

No pude contener los gemidos que brotaban de mi garganta ni la forma en que mis caderas se arqueaban contra él exigiendo más. Me llevó a un segundo orgasmo, sin darme tregua entre uno y otro. Mi corazón latía con fuerza. Mi cuerpo temblaba. Cada centímetro de mí ardía como si hubiera atravesado el fuego.

Estallaron colores tras mis párpados y todo el aire de la habitación desapareció. No podía respirar. No podía pensar. Lo único que podía hacer era cabalgar la ola y rezar para no morir en su cama. Porque quería más de aquello.

Cuando abrí los ojos, él estaba de pie. Se había colocado entre mis muslos, con sus manos recorriendo arriba y abajo la sensible piel que temblaba bajo su tacto.

—¿Has vuelto conmigo? —preguntó suavemente.

Asentí. —Nunca me he corrido tan fuerte.

—Bien. ¿Lista para correrte otra vez?

—Hudson...

Embistió dentro de mí de una sola estocada, siendo el encuentro de nuestros cuerpos lo único que le impidió penetrar más profundo. Gemí al instante, mi carne sensible palpitando a su alrededor.

—Oh, Dios.

—Joder, Anna. Me estoy muriendo aquí. Quiero ir despacio, pero—

Le miré directamente a los ojos y dije: —Fóllame, Hudson.

Esas palabras rompieron algo en él, y perdió el control. Sus caderas golpeaban con fuerza, llevándome arriba y arriba y arriba hasta que me tambaleé una vez más al borde. Su mirada perforó la mía, nuestros ojos fijos y conectados.

Su rostro se contrajo. Su boca se tensó. Sus ojos se cerraron por un segundo, luego se abrieron y encontraron los míos de nuevo.

—Anna —gruñó.

—Hudson.

Él lo sabía. Sabía que eso significaba que estaba cerca. Estaba lista para él. No tenía que contenerse porque yo estaba justo ahí, al borde del precipicio, igual que él.

Alcanzó el espacio entre nosotros y presionó su pulgar contra mi clítoris, y perdí completamente la cabeza. Mi cuerpo, ya sensible, saltó en el aire, sabiendo que Hudson me atraparía y me mantendría a salvo.

Se corrió con un grito, mi nombre rugiendo mientras movía sus caderas, luego se quedó quieto dentro de mí y pulsó con su orgasmo.

Mi respiración salía en jadeos entrecortados. Mis muslos temblaban como si fueran gelatina. Mi interior se estremecía de la mejor manera posible. Y el hombre sobre mí me miraba como si yo fuera todo lo que necesitaba en la vida.

Se inclinó y me besó con fuerza. Su aliento se agitaba contra mi mejilla mientras saboreaba mi esencia en su lengua. Sujetaba mi cabeza inmóvil, aunque yo no tenía intención de apartarme de él.

Cuando me soltó, me abrazó con fuerza, nuestros cuerpos aún conectados. Su mano subía y bajaba por mi columna. Su corazón latía fuerte bajo mi oído. Nos quedamos así hasta que se ajustó y se deslizó fuera de mi cuerpo.

—Vuelvo enseguida —dijo, caminando con el culo al aire hacia el baño.

Le vi marcharse y me pregunté cómo podría volver a una vida sin Hudson Grant.

Aparté ese pensamiento. No iba a pensar en eso. No ahora. No cuando todavía estaba con él. Cuando terminara, ya lo resolvería. No tenía otra opción.

Regresó y se inclinó sobre mí, besándome una vez más como si no pudiera tener suficiente. —Siento que soy adicto a ti. Y no solo al sexo, sino a ti. Me siento más yo mismo cuando estoy contigo de lo que me he sentido en mucho tiempo.

Le sonreí y acaricié su mandíbula. Este hombre hermoso, amable y maravilloso era adicto a mí. Vaya. —Siento lo mismo.

Me besó de nuevo, luego se apartó y dijo que debería llevarme a casa.

No quería irme. Su enorme cama, su baño privado y la cocina que tenía el tamaño de todo mi apartamento me llamaban. Nunca había vivido en un lugar como su casa. Y era todo suyo.

Era otro recordatorio de que proveníamos de mundos diferentes. Aunque teníamos el mismo código postal, nos separaba un abismo. Él vivía la vida con la que yo solo había soñado. Estable, sólida, segura. Esas palabras nunca habían descrito mi existencia.

Cuando me dejó en casa, me costaba recordar por qué querría estar conmigo. Me acompañó hasta la puerta del edificio y se detuvo.

—¿Estamos bien?

Asentí.

—Algo ha cambiado. ¿Estás segura?

No estaba segura de que me gustara lo perceptivo que era.

Me reí. —Solo pensaba que tu mundo es muy diferente al mío.

—¿A qué te refieres?

—No es nada. Solo estoy siendo rara. Me lo he pasado muy bien esta noche.

—¿Anna? No quiero que pienses que no puedes hablar conmigo.

Sonreí. —Sé que puedo. Es solo que me cuesta confiar en ello. Nunca he tenido a nadie en mi vida en quien pudiera apoyarme.

—Eso ya no es así. Me atrajo hacia él y me besó en la cabeza. Decía todas las cosas adecuadas y hacía todas las cosas correctas. Quería creer que era real y que duraría, pero había aprendido a esperar que cayera la otra zapatilla. A esperar que todo se fuera al garete y que terminara. Lo haría. Siempre ocurría. Solo esperaba sobrevivir esta vez porque cuanto más tiempo pasaba con él, más tiempo quería pasar con él.

—¿Te veré mañana?

—¿Qué hay mañana?

Se encogió de hombros. —No me importa. Solo quiero verte.—

Me reí. —Me parece bien.—

Me besó de nuevo y luego me abrió la puerta para que entrara al edificio. Se quedó ahí hasta que abrí mi puerta y entré en mi apartamento.

Me apoyé contra la puerta y suspiré. ¿Esa sensación extraña que tenía? Era felicidad. No estaba segura de cuándo fue la última vez que la sentí, pero ahí estaba. Y empezaba a llenar todo el espacio dentro de mí.

Solo esperaba que se quedara porque si no lo hacía, todo ese espacio se sentiría condenadamente vacío sin la felicidad que Hudson me proporcionaba.

HUDSON ESTUVO OCUPADO con entrevistas durante la semana siguiente, y yo estuve ocupada con el trabajo. Nos enviábamos mensajes o hablábamos todos los días, y conseguimos algunos momentos íntimos robados, pero aún no habíamos logrado tener otra cita.

—¿Cómo van las cosas con Hudson?— preguntó Finley una mañana. Estaba haciendo un pedido de más libros y yo la estaba ayudando con el inventario. No había preguntado mucho sobre Hudson, pero estaba segura de que sentía curiosidad.

—Bien. Por ahora.

—¿Qué quieres decir?—

Me encogí de hombros. —Me gusta mucho. No es quien yo pensaba que era en absoluto. Es muy bueno con mis hijos, y nos divertimos mucho juntos.—

—¿Pero?—

—Pero se va a aburrir. O se dará cuenta de que no valgo la pena. O encontrará a otra persona.—

—¿Por qué piensas eso?— preguntó Finley, ignorando su ordenador.

—Es lo que siempre ocurre.—

—No siempre. Estamos rodeadas de mujeres en el club de lectura que tienen relaciones felices, sanas y seguras. ¿Por qué no puedes tener una tú?

—Simplemente no sé si está escrito en mi destino.

—Lo está. Sé que lo está. Nunca he visto a Hudson como está contigo. Él no sale con nadie, en absoluto, y está loco por ti.

—De eso es de lo que hablo. No ha salido con nadie desde que murió su esposa. Quizás quiera descubrir qué más hay por ahí.

—No es ese tipo de hombre. No salió con muchas mujeres antes de Hillary. Sabe lo que quiere. Y eso eres tú.

—Supongo.

—¿Qué quieres tú? ¿Quieres estar con él?

—Sí, quiero. Nunca he salido con nadie como él. Me gusta mucho.

Finley sonrió, con esa expresión en la que sus ojos se ablandaban y se arrugaban en los bordes, y parecía que no podía contener tanta felicidad. —Bien. Trent y yo seguimos hablando sobre ese puesto de marketing. Implicaría algunos viajes, pero creo que la mayoría se hará de forma remota. Creo que será realmente bueno.

Asentí, sin entender por qué me lo seguía mencionando. Ella decía que no tenía intención de dejarme marchar, pero cuando trajeran a alguien para encargarse del marketing, podría cambiar de opinión. No era lo suficientemente valiente como para preguntarle si ese era el plan. Todavía no. —Parece que será una buena opción.

—¿Sí? Me alegra oír eso. Volvió a su ordenador. —¿Quieres ir a buscarnos algo para comer? Hudson dijo que podría tener algo listo en quince minutos.

—¿Estás haciendo de casamentera?

—Definitivamente.

Me reí y negué con la cabeza, pero ambas sabíamos que haría lo que me pedía e iría a verle. Finley sonrió cuando me puse el abrigo y me dirigí hacia la puerta.

—¡Gracias!

Saludé con la mano. —Volveré pronto.

—No hay prisa por mi parte.

Negué con la cabeza mientras salía.

El viento se arremolinaba a mi alrededor durante el rápido paseo hasta el local de al lado. No había mucha gente fuera, a pesar de ser sábado. Joey estaba trabajando, y Matty iba a pasar unas horas con Hudson, así que sabía que no tendríamos mucho tiempo juntos, pero aun así quería verlo.

O'Kelley's estaba caldeado. Todavía había tranquilidad, pero algunos grupos estaban comiendo y disfrutando del calor del local. Matty estaba en la barra. No vi a Joey, pero eso no me preocupó.

Hudson estaba al otro lado de la barra frente a Matty y levantó la mirada cuando entré. Me sonrió y le dijo algo a Matty. Caminé hacia ellos, con la mirada fija en los ojos de Hudson.

—Buenas tardes —dijo.

—Buenas tardes. He oído que hoy nos preparas la comida.

—Así es. Matty y yo estábamos hablando justo de eso. Él también quiere una hamburguesa hoy.

—Gracias. Cárgalo a mi cuenta.

Hudson negó con la cabeza. —Los empleados comen gratis. Joey no comió a principios de esta semana cuando trabajó, así que tiene una comida gratuita acumulada.

—No tienes que hacer eso.

—Es la política del local. Lo hago con todos.

—Gracias.

—De nada. Aunque quería hablar contigo sobre un asunto. Si tienes un minuto para venir a mi despacho. Arqueó una ceja.

—Claro —respondí, con el pulso acelerándose.

Hudson iba delante. En cuanto entré, cerró la puerta y me empujó contra ella. Nuestras manos se deslizaron rápidamente, aferrándonos el uno al otro en un frenesí por atrapar todo el placer que pudiéramos en unos minutos.

—Te he echado de menos —gruñó contra mi garganta—. Quiero estar dentro de ti ahora mismo.

—Oh, Dios, sí —gemí en respuesta.

—También quería hablarte de algo.

—¿De qué?

—Estoy comprometido con esto, Anna. Tú y yo. Esto no es un capricho para mí. Te quiero a ti, a Joey y a Matty en mi vida.

—¿Te ha dicho algo Finley? —solté, dando un paso atrás para aclarar mis ideas.

—No. Finley no ha dicho nada. Solo quiero que lo sepas. Sé que no ha pasado mucho tiempo, pero soy el tipo de persona que toma decisiones rápidas y se lanza. Para demostrarte que voy en serio, quiero pagar la universidad de Joey.

—¿Que tú qué? —jadeé.

Sonrió. Pensó que estaba contenta con su oferta. Que mi jadeo era algo bueno.

—Sí, quiero decir, tengo dinero que está ahí sin hacer nada. Podemos establecer un fideicomiso o algo así para que no te preocupes de que vaya a dejar de pagar en algún momento. Con el tiempo, me gustaría hacer lo mismo por Matty.

—Qué... Eh... Yo...

Un estruendo fuera del despacho llamó nuestra atención. Después se oyeron gritos.

Hudson me apartó de delante de la puerta. La abrió de un tirón y dio un paso atrás.

—Encontré a estos dos enrollándose en el armario —le dijo Jonathan a Hudson.

Miré detrás de él y vi a Joey. Sin camisa. Estaba de pie frente a Tierney, que también estaba sin camisa.

—¿Joey? —grité.

—Mierda —respiró. —Mamá, esto no'es lo que parece.

—Parece que dos menores de edad se están aprovechando de mí —gruñó Hudson.

Joey's dirigió su mirada hacia la de Hudson's, y luego la bajó al suelo. —Lo siento.

—Deberías sentirlo. Este es un lugar de trabajo, y no hay excusa para algo así. Ella no'es empleada, y podría perder mi licencia por tener a alguien que no es empleado en áreas exclusivas para empleados. Ambos necesitáis recomponeros y salir de ahí. Ahora.

—Sí, señor —murmuró Joey. Se agachó y cogió su camisa, luego le entregó la suya a Tierney. Ella tenía las mejillas completamente rojas y no miró a ninguno de los adultos.

Salieron del armario y se dirigieron hacia el bar. Jonathan negó con la cabeza, cogió una fregona y siguió a los chicos.

Hudson agachó la cabeza. Exhaló ruidosamente, luego volvió a entrar en la oficina y cerró la puerta otra vez. —Probablemente no'he manejado bien la situación. Lo siento. Esto no'cambia mi opinión sobre él. Todavía quiero pagar su universidad. Es un chico inteligente con un futuro brillante, y yo—

—No'eres su padre. Eres su jefe. No tienes ningún derecho a hacer algo así. ¿Cómo has podido pensar que yo'estaría de acuerdo con eso?

—Dijiste que no'podías permitirte la universidad para él y que no estabas segura de que consiguiera una beca. Si no'lo consigue, o incluso si lo hace, quiero ayudar. Puedo pagarlo fácilmente. El dinero no'es un problema.

—Para mí sí lo es. No voy a quedar en deuda contigo. Nunca haré eso. No vas a prometerme algo así y luego usarlo para conseguir lo que quieras de mí. Dios, justo le estaba diciendo a Finley que no eras quien yo pensaba que eras, y luego vas y me demuestras que estaba equivocada. Eres exactamente el tipo de hombre que pensaba que eras. Y ya he terminado.

22

HUDSON

Me quedé boquiabierto mirando su espalda mientras se alejaba. ¿Hablaba en serio?

—Anna —la llamé.

No se detuvo.

La seguí por el pasillo hasta el bar. Se detuvo donde Charlie tenía su comida lista. La alcancé antes de que pudiera marcharse.

—¿Qué demonios ha sido eso? —exigí.

—Eso ha sido tú comportándote como un gilipollas.

—¿Perdona? Estaba intentando ayudarte.

—¡No necesito tu ayuda! No necesito nada de ti. No puedo creer que pensara que me entendías. Que pensara que eras diferente. Pero no. Eres igual que cualquier otro hombre que cree que puede tomar una decisión y la mujercita simplemente va a aceptarla. Que te jodan, Hudson Grant. Y que te jodan por tu insultante oferta para controlarme.

—¿En serio? ¿Crees que eso es lo que estaba haciendo?

—¿Vas a quedarte ahí y decirme que no era eso? ¿Que no ves el dinero como una herramienta para resolver todos tus problemas?

—Por supuesto que sí. Para eso sirve el dinero.

Resopló con desdén. —Hablas como alguien que nunca ha tenido que preocuparse por el dinero.

—Eso no es cierto.

—¿De verdad? Porque la gente normal no paga la universidad del hijo de otra persona. Él no es tuyo. Nunca va a ser tuyo. Deja de intentar fingir que eres su padre. Que no tengas hijos propios no te da derecho a reclamar los míos solo porque nos hayamos acostado.

Respiré hondo y di un paso atrás. Asentí una vez. —Bueno saber dónde estamos.—

Ella me miró con furia.

—Supongo que hemos terminado si así es como te sientes.

Inspiró bruscamente y asintió. —Sí. Estás libre.

—Qué suerte la mía.

—Vamos, Matty. Vámonos. Hoy puedes quedarte conmigo.

—Pero, mamá...

—Ahora, Matty.

Matty se deslizó desde su taburete y caminó pesadamente tras ella hacia la puerta.

Y fuera de mi vida.

—¿Estás bien? —preguntó Jonathan.

—Sí, estoy de puta madre.

—¿Estaba cabreada porque Joey estaba en el armario?

—No. Probablemente. No es por eso que se ha ido. Hemos terminado.

—Lo solucionaréis. Estabais bien juntos.

—Se acabó. Lo dejó muy claro. Estaré en mi despacho.

—Hud...

—Necesito prepararme para las entrevistas del lunes. Los tres finalistas para el puesto de director comercial estarán aquí por la mañana.

Jonathan asintió y me dejó ir. Era mejor así. Para todos. Estaba mejor solo.

Fui un imbécil miserable el resto del fin de semana. Me encerré en mi despacho y les dije a todos que estaba preparándome para las entrevistas. Todos sabían que solo estaba evitando a la gente. No es que les importara cuando le ladré a cada uno al menos una vez.

El lunes por la mañana, me inyecté café directo a las venas e intenté despertarme. No había pegado ojo. Mi cerebro parecía papilla. Tenía los ojos arenosos y la piel demasiado tensa sobre mi cuerpo.

La primera entrevista estaba programada para las diez con las otras justo después. A mediodía, habría elegido a alguien y podría...

¿A quién coño le importaba? Tendría todo el tiempo del mundo y nada que hacer con él.

Ya no importaba nada. No había tenido noticias de Anna. Joey apenas me dijo algo el sábado cuando se fue, y no tenía que volver a trabajar hasta el miércoles. Si es que aparecía. No me sorprendería que Anna le hubiera hecho dimitir.

De nuevo, nada de eso importaba. Había terminado con ella. Lo nuestro se acabó. Dejó claro lo que pensaba de mí. No tenía ningún interés en matarme para que cambiara de opinión. No merecía la pena. Si ella no quería estar conmigo, y no quería, entonces yo no quería estar con ella.

Solo desearía haberlo descubierto antes de enamorarme perdidamente de ella, pero bueno. Se vive y se aprende, y no volveré a cometer ese maldito error.

Me dolía la espalda por dormir en la habitación de invitados durante dos noches, así que me tragué unos cuantos analgésicos y los bajé con los posos de mi café, y me fui al O'Kelley's.

El bar estaba cerrado y a oscuras, como debía estar. Abrí la puerta con llave y me puse a bajar las sillas de las mesas y a prepararlo todo para cuando abriera. Jonathan y Danielle estarían allí a las diez para que yo pudiera concentrarme en las entrevistas y no tener que desviarme para ocuparme de algo en el bar.

Revisé el inventario, olvidando la cuenta una docena de veces antes de terminar siquiera con el primer artículo de la lista. A la mierda. Tendría que resolverlo más tarde.

Me preparé más café y me lo bebí solo. Sabía como chupar un tubo de escape, pero me despejó un poco.

Justo antes de las diez, abrí la puerta trasera. Danielle entró unos minutos después, seguida poco después por Jonathan. Me echó un vistazo y negó con la cabeza. Ya había aprendido a no comentar sobre mi aspecto. Ni sobre mi acti-tud. Ni sobre mi capacidad para concentrarme. Mi cerebro estaba aún más jodido de lo normal ya que no estaba durmiendo.

A las diez en punto, abrí la puerta principal. Una mujer con una camisa blanca impecable y unos pantalones negros ajustados entró. Sonrió, me estrechó la mano y me siguió hasta la oficina para la segunda entrevista.

Rachel era una buena candidata. Tenía un título en admi-nistración de empresas y un historial increíble. Actualmente trabajaba como gerente de negocios para un bufete de abogados en A-Bay.

—¿Por qué quiere mudarse aquí? —le pregunté.

—Probablemente no me mudaría. Son solo unos veinte minutos, lo que es muy factible incluso en invierno.

—¿Por qué está buscando dejar su puesto actual?

—Siempre estoy abierta a nuevas oportunidades. Mi trabajo actual tiene muchas cosas que me gustan, pero me atrae un entorno más informal donde pueda tener un horario más flexible.

—¿Le parece bien trabajar rodeada de gente borracha?

Se quedó pálida, su perfecta sonrisa vacilando ligeramente.

¿En serio no había considerado esa parte del trabajo?

—Bueno, no soy muy bebedora. Y el puesto de gerente de oficina es alguien que se ocupará principalmente de cosas en segundo plano, así que dudo que esté cerca de gente ebria con frecuencia.

Su actitud estirada me recordó a Anna por una fracción de segundo, y la parte cavernícola y gilipollas de mi cerebro decidió que no era adecuada para el trabajo. No podía arriesgarme a que ni siquiera un indicio de Anna invadiera más mi vida. No cuando ella estaba en todas partes y en todo, y yo ya me estaba muriendo porque tenía que dejarla marchar.

—En realidad, en este trabajo se está rodeado de gente borracha todo el tiempo. Estamos en un maldito bar. ¿Qué cree que hace la gente aquí?

Ella contuvo la respiración. —Vale, pero la gente no está borracha siempre.

—Creo que podrían estarlo. Y probablemente deberías prepararte para ello. Si no puedes lidiar con personas ebrias, seguramente no deberías solicitar trabajo en bares, ¿sabes? Es decir, eso es bastante absurdo, si me lo preguntas.

—Bueno, no le he preguntado, pero gracias por su opinión. Se levantó y cogió su bolso demasiado grande y se lo colgó al hombro. —Gracias por su tiempo, señor Grant. Creo que esta entrevista ha terminado.

Asentí y no me sentí ni mínimamente molesto al verla marcharse.

La segunda entrevista fue casi igual de exitosa. Aquel tipo aguantó un poco más, pero también se marchó. No estaba dispuesto a meterse en medio de una pelea entre dos borrachos si fuera necesario.

¿Qué coño? Era la mitad de mi trabajo. Necesitaba a alguien que pudiera manejar ese tipo de situaciones.

El tercer candidato llegó diez minutos antes. Iba impecable y elegante, y parecía totalmente fuera de lugar nada más llegar. Su traje gris con corbata azul se ensuciaría en minutos, y su pelo perfectamente peinado se despeinaría igual de rápido. Joder, me entraban ganas de despeinarlo solo para demostrarlo.

Por su currículum sabía que era el más cualificado, con mucha experiencia en la gestión de restaurantes y bares, y también algo de experiencia en negocios. También era mayor que los otros candidatos y ya vivía en el pueblo. Era mi mejor opción, cuando realmente me importaba un carajo.

—Hudson, me alegra verte de nuevo —dijo Arthur, acercándose con la mano extendida.

Le estreché la mano. —Sí.

Se quedó allí un segundo, con la mirada tensa. —¿Nos sentamos?

Suspiré profundamente. —Sí. Vamos a mi despacho.

Me dedicó una sonrisa que sabía que era forzada y me siguió por el pasillo. Cerré la puerta mientras él se sentaba en una de mis sillas para invitados. También necesitaba quemar esas. Anna se había sentado en ellas. El sofá definitivamente tenía que irse. Quizás debería vender todo el puto bar.

—Así que, eh, gracias por darme otra oportunidad —dijo.

—Sí. Me alegro de que haya podido venir. Eché un vistazo a mi escritorio y cogí su currículum. —Creo que deberíamos empezar. Lo primero es, ¿qué puede hacer usted por mí y por este lugar que los otros candidatos con los que ya he hablado no puedan hacer?'t do?

La sorpresa cruzó su rostro ante mi pregunta brusca y directa. Entrelazó las manos y se compuso antes de mirarme y apretar los labios en una sonrisa tensa. —Obviamente, no sé con quién más ha hablado, así que solo puedo decirle de lo que soy capaz. Tengo años de experiencia como gerente de negocios en restaurantes, bares y oficinas. Me he adaptado a cada situación en la que he estado. Tengo mis propios sistemas que implemento y utilizo para hacer que un lugar que ya es exitoso sea aún más exitoso. Para mí, este trabajo no se trata solo de quitarle cargas de encima o facilitarle la vida, sino también de hacer que el negocio sea más rentable.

—Suponiendo que le importe el dinero —gruñí.

Su sonrisa flaqueó de nuevo antes de recuperarla. —Cierto. Pero aún no he conocido a un empresario al que no le importe. No importa realmente lo que esté vendiendo, usted quiere ganar dinero.

—No a todo el mundo le importa el dinero.

—Eh, sí. De acuerdo.

Puse los ojos en blanco y miré mis notas de nuevo. —¿Cómo maneja los conflictos? ¿Está dispuesto a intervenir cuando gilipollas borrachos empiezan a lanzar puñetazos o tendría demasiado miedo de arrugar su traje?

Se apretó los labios y los presionó. Tomó aire y luego inclinó la cabeza. —Los conflictos siempre son parte de cualquier trabajo. No les tengo miedo. Normalmente soy al que culpan cuando las cosas no salen según lo planeado, así que estoy acostumbrado. En cuanto a intervenir en una pelea, no puedo decir que sería mi parte favorita del trabajo, pero no querría que nadie resultase herido.

—¿No le preocupa su traje? —pregunté. Sí, estaba siendo un capullo.

Sonrió. —En absoluto. Deduzco que no le gustan los hombres con traje.

—No conozco a muchos. Suelo preferir pasar el rato con hombres que están menos preocupados por su apariencia.

Arthur asintió de nuevo. —Bueno saberlo.

—¿Cómo trabajas bajo presión? —pregunté, continuando la entrevista.

—Bien, casi siempre. Normalmente me aparto y evalúo la situación antes de intervenir. Creo que siempre hay una solución para cada problema, y me's más fácil encontrarla desde fuera que desde dentro, así que tiendo a pensar un poco las cosas antes de intentar arreglarlas de forma equivocada.

—Pero ¿te lanzarías a una pelea? ¿Qué es? ¿Te lanzas o te quedas al margen?

—Depende de la situación —gruñó. Claramente, las preguntas le estaban afectando.

—Dime un momento en el que intervendrías.

—Si alguien va a resultar herido, siempre intervendría.

—¿Y si solo son dos tíos insultándose? ¿O un tipo siendo inapropiado con una camarera? ¿Dejarías que eso continuara?

Arthur suspiró. —No. El dolor físico no's el único dolor que existe.

—Ah, así que eres sensible. Eso está bien. Los hombres tienen demasiado miedo de compartir sus sentimientos.

—Claro —dijo Arthur con los dientes apretados.

—¿Dónde te ves dentro de cinco años?

—Profesionalmente, espero dirigir mi propio negocio.

Levanté las cejas. —¿Ah, sí? ¿Haciendo qué? ¿Boxeo? —Me reí de mi propia broma.

Arthur apretó los puños. Respiró hondo y soltó el aire lentamente. —Me gustaría desarrollar una empresa de gestión empresarial que maneje cosas como las que haría aquí, si consiguiera el trabajo, pero centralizar el trabajo para que los pequeños negocios no tengan que pagar un salario completo más prestaciones. Tendrían la opción de contratar a alguien por horas y pagar una tarifa por la persona, pero serían empleados a tiempo completo para mí.

Me quedé ligeramente impresionado. Sonaba como una buena idea. Si algo así ya existiera, habría contratado a alguien antes de lo que estaba haciendo ahora.

Tal vez.

Pero no existía.

—¿Cree que puede ponerlo en marcha en cinco años y seguir haciendo un buen trabajo para mí?

Arthur asintió. —Por supuesto. Jamás dejaría que mis responsabilidades con mi empleador se vieran afectadas. No sería justo.

Resoplé. —Justo. La vida no es justa, tío.

Entrelazó las manos y las colocó sobre su regazo.

Le hice las típicas preguntas sobre cómo manejaba los desacuerdos con compañeros, cómo solucionaba errores, si asumía sus fallos y cómo afrontaba los retos. Respondió a todo con labios apretados y respuestas tensas.

Pero aguantó más que los otros.

Cuando pasó la hora, me levanté con él. —Bueno, lo ha conseguido. El primero del día.

No respondió. —Gracias por la oportunidad.

—No he dicho que tenga el trabajo todavía.

Inspiró bruscamente. —Me aseguraré de no esperar su llamada. Buena suerte, señor Grant.

Le saludé con la mano mientras se dirigía hacia la puerta y salía.

Regresé a mi despacho y cerré la puerta. Sabía que Arthur era a quien necesitaba contratar. Tenía la mejor experiencia. Y era el único que no se había asustado y abandonado la entrevista.

Repasé todas mis notas sobre todos ellos y revisé sus currículums. Si realmente iba a contratar a alguien, necesitaba asegurarme de que fuera la persona adecuada. Tenía empleados a los que cuidar, y aunque quisiera quemar todo esto hasta los cimientos, sabía que en realidad no lo haría.

Como fue Goldie quien me envió todos los candidatos, la llamé para agradecerle su ayuda y hacerle saber que iba a hacerle una oferta a Arthur.

—¿Hola?

—Soy Hudson. Solo quería que supieras que he decidido contratar a una de las personas que me enviaste. Gracias.

—De nada, Hudson. ¿A quién ha decidido contratar?

—Un tipo llamado Arthur. Es el mejor.

Ella se rio. —Estoy de acuerdo. Arthur tiene mucho talento y una experiencia increíble.

—Sí. Debería ir bien. En fin, quería decírtelo.

—¿Cómo está usted? soltó cuando estaba a punto de colgar el teléfono.

Resoplé. —Estoy de puta madre. ¿Le ha dicho Anna que me preguntara?

—No. Estoy en el trabajo, no con Anna.

—Genial. Me da igual.

—Hudson, ¿qué pasó entre vosotros dos?

—Ella decidió que ha terminado. No voy a suplicarle que cambie de opinión. Ella ha terminado, yo he terminado. Todo bien.

—No pareces que estés del todo bien.

—¿Sabes qué? No necesito que tú también me sermonees ahora y me digas que ella tiene razón y yo estoy equivocado y que no merezco su tiempo. Solo quería ser amable y agradecerte por traerme candidatos.

—Hudson...

Colgué antes de que pudiera decir algo más.

Antes de que pudiera llamar de vuelta, si es que iba a hacerlo, llamé a Arthur.

—¿Hola? —dijo Arthur. Se oían niños gritando de fondo. Alguien les dijo que se callaran, pero aún podía oírlos.

—Arthur, soy Hudson Grant de O'Kelley's. Quería hablarle sobre el puesto de gerente de negocios.

—De acuerdo.

—Me gustaría ofrecerle formalmente el trabajo. Sé que está trabajando ahora mismo, y que necesitará algunas semanas para presentar su renuncia, pero espero poder contar con usted lo antes posible. Quizás para finales de febrero.

—Eh, sí, gracias, pero no.

—¿Perdón?

—No creo que O'Kelley's sea el lugar adecuado para mí.

—¿Por qué no? Parecía interesado después de su primera entrevista. ¿Por qué volvió para una segunda si iba a rechazarla?

—Sinceramente, señor Grant, tenía toda la intención de aceptar el trabajo. Quiero algo más cerca de casa con un horario que pueda ser flexible. El sueldo estaba en línea con lo que creo que merezco. Todo era perfecto hasta hoy. Francamente, ha sido usted un imbécil, y he trabajado para suficientes imbéciles como para saber que si se comporta así durante una entrevista, solo será peor cuando sea su empleado. Así que, gracias, pero no.

—Arthur... —Ya había colgado.

—¡Joder! —grité. Lancé el teléfono y vi cómo golpeaba contra la pared y caía al suelo con un golpe sordo. Cerré los ojos.

Hice lo que me prometí a mí mismo que nunca haría. Me sumergí tanto en Anna que perdí de vista todo lo demás en mi mundo. Perdí de vista mi negocio y lo jodí todo.

Quería culparla, odiarla por una cosa más, pero la verdad es que yo tomé esas decisiones. Me enamoré de ella. Puse a ella y mi dolor por perderla por delante de mi negocio. Elegí todo eso. Y yo iba a ser quien lo pagara.

Pero me di cuenta de que estaba harto. Harto de intentar tener algo que no estaba destinado a tener. Harto de intentar crear una vida que implicara algo más que mi bar. Simplemente jodidamente harto.

23

ANNA

—**M**aldita sea —siseé mientras limpiaba una lágrima de la portada de un libro que se suponía que debía colocar en la estantería. El estúpido protagonista tenía la misma sonrisa torcida que Hudson. Me quedé mirándolo demasiado tiempo y se me escapó una lágrima.

Metí el libro en la estantería y cogí otro. No me permití mirar las portadas, solo el lomo, para saber dónde debía colocarlo. No podía distraerme. No otra vez.

Pensaba que lo peor había sido que mi marido me dejara con dos niños pequeños y divorciarme cargada con miles de deudas que yo no había generado. Pues no. Ni siquiera se acercaba a la traición de un hombre con el que quizás, posiblemente, había empezado a ver un futuro.

Sin embargo, era culpa mía. Creí que me veía como una persona capaz. En su lugar, me demostró que me consideraba un caso de caridad. No lo suficientemente buena. Un fracaso como madre, ya que no solo no podía permitirme pagar la universidad de mi hijo, sino que también había criado a un chico que se escabulliría para enrollarse con su novia cuando se suponía que debía estar trabajando.

Todo me quemaba por dentro. No porque no fuera cierto, sino porque lo era. Joey y yo apenas nos hablábamos, Matty estaba enfadado porque ya no podía pasar tiempo con Hudson, y yo no paraba de llorar constantemente.

Nunca debería haberme involucrado con él. No debería haber permitido que toda mi familia se involucrara con él. Mi orgullo quería decirle a Joey que tenía que dejarlo, pero necesitábamos el dinero. Una cosa más en la que Hudson tenía razón y en la que Hudson estaba ayudando.

Cuando Joey empezó a trabajar allí, no me gustó, pero lo dejé pasar. Permití que ocurriera y acepté lo que le pagaban a Joey para poder salir del agujero en el que Nick nos había dejado. Joey era de gran ayuda. Sus ingresos mantenían las luces encendidas algunos meses y aseguraban que los chicos tuvieran suficiente para comer. Estaba agradecida por ello, pero fui una insensata por permitirme involucrarme con Hudson.

Se acabaron las citas. Estaba harta. Eliminé mi cuenta de En Busca del Galán de Papel y me centré en mantener la compostura cuando estaba con otras personas y en llorar hasta quedarme dormida cada noche. Seis noches. No lloré tanto cuando Nick me dejó.

Terminé de colocar los libros y llevé la caja vacía al almacén para desmontarla y reciclarla. Cogí otra para colocar esos libros en las estanterías cuando Finley se interpuso en mi camino.

—¿Podemos hablar? —preguntó.

Se me hizo un nudo en la garganta y las palmas de las manos me empezaron a sudar. Odiaba esas palabras. Cuando venían de un jefe, siempre significaba que estaba a punto de perder mi trabajo. Un trabajo que mantenía a mi familia. Un trabajo que creía seguro.

¿Le dijo Hudson que me despidiera? No podía imaginar que lo hubiera hecho, pero en realidad no le conocía. Pensaba que sí, pero estaba equivocada.

Dejé la caja y forcé una sonrisa. —Claro.

—Sentémonos.

Aún peor. La jefa nunca te pedía que te sentaras a menos que fuera realmente malo.

Seguí a Finley hasta la zona de asientos donde organizaba el club de lectura. Obviamente, ya no estaba invitada a eso. Dios, era tan estúpida. Había vivido en Cala MacKellar toda mi vida y en los últimos meses me había permitido pensar que realmente podía formar parte del pueblo. Estaba tan equivocada.

—Vale, esto es difícil de decir para mí, pero...

—No pasa nada —le dije. Dios, era tan patética, tranquilizando a mi jefa diciéndole que no era gran cosa que me despidiera. —Sé que tienes que dejarme ir.

—¿Eso significa que estás diciendo que sí? —preguntó, toda emocionada.

—¿A qué? ¿A Hudson? No. Ya le dije que no. No he cambiado de opinión.

—Espera, ¿de qué estás hablando? ¿Hudson te ofreció un trabajo?

Resoplé. —No, se ofreció a pagar la universidad de Joey. ¿Por qué iba a ofrecerme un trabajo?

—Retrocede. ¿De qué estás hablando? Estoy totalmente confundida ahora mismo.

—Me estás despidiendo porque Hudson y yo hemos roto.

Finley se echó hacia atrás bruscamente. —Vaya, ¿qué? ¿Estás de broma? —Sacudió la cabeza. —No. Vale, estoy... necesito un segundo para procesar todo esto. Primero, ¿por qué crees que te despediría solo porque tú y Hudson hayáis roto?

—Porque él es de los tuyos. Sois buenos amigos. Y es un

pueblo pequeño. O estás dentro o estás fuera, y yo estoy fuera.

—Oh, Anna. Lo siento mucho que te sientas así. Estás dentro del círculo conmigo. Me encanta tenerte trabajando aquí. Y adoro a tus chicos. Te considero una amiga.

—Eres mi jefa, Finley. Sé que eso significa que no podemos ser realmente amigas.

—Así no funciono yo. No quiero personas en mi vida y en mi negocio que no sean personas en las que confío. Te entregué todo mi mundo cuando nació George. Me pediste trabajo, y te abracé y te asfixié porque estaba muy agradecida. Siempre siento que me paso de efusiva, pero contigo, siempre sentí que no dejaba claro lo mucho que significabas para mí.

Se me llenaron los ojos de lágrimas. Parecía que lo decía en serio.

—Eres tan importante para mí como Blake, Karissa, Trinity y todos los demás. Formas parte de mi loca, salvaje y complicada familia. Por eso te invitamos a Acción de Gracias. Eres como de la familia para nosotros. Y por eso no consideraría a nadie más para el trabajo de marketing.

—¿Trabajo de marketing? ¿De qué estás hablando?

—Con MacKellar Investments. Te lo conté. Hacer marketing para todas las librerías de los hoteles de Trent.

—¿Quieres que yo haga ese trabajo?

—Por supuesto. No hay nadie que pudiera hacerlo mejor.

Solté un bufido. —Eso no se acerca ni remotamente a la verdad. No tengo un título en marketing, ni en nada. No tengo experiencia. Solo soy cajera y reponedora.

Finley cerró los ojos y se inclinó hacia delante. Me cogió la mano y me la apretó. Cuando me miró, sus ojos estaban vidriosos y tristes. —Anna, tú eres la razón por la que estamos ganando dinero este año. Nunca he tenido demasiado éxito. Me encanta este lugar, pero no tengo mentalidad empresarial. Estaba considerando cerrar las puertas hace no mucho. Goldie me ayudó con algunos eventos, y luego me quedé embarazada de George. Esos eventos hicieron posible que pudiera mantener abierto hasta la primavera, cuando el negocio mejoraría, pero estaba segura de que tendría que cerrar la tienda definitivamente cuando llegara George. Si no hubiera sido porque diste el paso de trabajar aquí, de dirigir este lugar, y por todas tus ideas para conseguir que la gente no solo entrara por la puerta sino que también visitara la tienda online, no habría tenido otra opción.

—Lo único que hice fue mostrar la tienda.

Finley asintió. —Pero lo hiciste de una manera que yo nunca vi. Fuiste inteligente y creativa. Diseñaste exposiciones que tenían sentido y fuiste muy lista en la forma de hacer todo. Desde que entraste, los beneficios casi se han duplicado.

Contuve la respiración. Sabía que las cosas iban bien, pero no me daba cuenta de que iban tan bien. Sentí el primer pinchazo de orgullo en el pecho. Finley había creado una tienda increíble, pero me estaba dando el mérito de hacerla más exitosa. —Gracias.

—Gracias a ti. Sé que a veces mi vida parece perfecta desde fuera, pero cuando me quedé embarazada, estaba aterrada. Incluso cuando te contraté, no tenía ni idea de si Trent llegaría a dar el paso y ayudarme. Vi lo fuerte que eras y lo maravillosos que son tus hijos, y eso me dio un poco de confianza en que quizás yo también podría ser una madre soltera decente.

Se me hizo un nudo en la garganta. —Gracias —susurré.

—Trent tiene más dinero que Dios, y sé que ahora mismo no tengo que preocuparme por nada, pero hace un año sí. Hace un año, me costaba llegar a fin de mes. Sé que tú sientes lo mismo y lo has sentido durante toda tu vida. Y no te estoy juzgando por ello. Te ha tocado una mala mano. Pero este trabajo es algo que te has ganado. No te lo estoy regalando, has trabajado como una bestia y nos has demostrado a Trent y a mí que eres la única persona que debería estar a cargo del marketing de todas las librerías.

Ese tipo de trabajo era como un sueño hecho realidad para mí. Siempre me había encantado el marketing, pero hasta Finley, nunca había tenido un jefe que me dejara probar cosas. Finley me animaba y me dejaba volar. Y ahora, me estaba permitiendo llegar aún más alto. Pero...

—Este trabajo es demasiado grande para mí. Te lo agradezco mucho, pero creo que te arrepentirás de contratarme.

Finley negaba con la cabeza durante todo mi discurso. —No. Anna, no. Conoces esta tienda. Sabes lo que tengo en stock. Siempre estás buscando nuevos autores, autores emergentes para que los lectores los prueben. Sabes lo que se vende y lo que no. Eres inteligente y entiendes este mercado. Fuiste tú quien tuvo la idea de poner librerías en los hoteles de Trent. Yo nunca pensé en eso. Este proyecto entero es gracias a ti. Trent y yo estamos de acuerdo en que no queremos a nadie más.

—Pero—

—Estás más que cualificada. Eres la mejor persona para este trabajo. Sé que no he dejado muy claro que te lo estaba ofreciendo, pero eres la única persona que consideramos. Los viajes serán mínimos. Tendrás un gerente en cada tienda para manejar el día a día. Si quieres mudarte, puedes hacerlo, pero espero que te quedes aquí y uses esta tienda como tu base de operaciones.

—Esto es... Es mucho, Finley.

Ella asintió. —Lo sé. Pero vamos a empezar poco a poco. Cinco tiendas en el primer año. Trent tiene ideas sobre dónde le gustaría que estuvieran, pero queremos que tú tomes la decisión final. Le gustaría comenzar la construcción en el próximo mes o dos.

La emoción me invadió por primera vez en mucho tiempo. Iba a construir algo asombroso. Sería un nuevo reto y un nuevo proyecto, algo único, especial y divertido. Mi primer pensamiento fue llamar a Hudson y contárselo, pero por supuesto, eso no era una opción.

Me mordí el interior del labio para contener la emoción. Él ya no formaba parte de mi vida. Lo que hacía que aceptar este trabajo fuera una elección más fácil. Tal vez nos mudaríamos. Tal vez empezar de nuevo en otro lugar sería mejor para todos nosotros. Algún sitio donde nadie nos conociera.

Joey me odiaría por trasladarlo justo antes de su último año. Matty quizás lo llevaría mejor. No sería fácil, pero tal vez fuera lo mejor.

—Me sentiría honrada de asumir esto. Gracias, Finley.

—¿De verdad? ¡Genial! Estoy tan emocionada. Estaba segura de que ibas a decir que no.

Me reí con ella. —Me gusta la idea de un nuevo desafío. Y voy a hablar con los chicos sobre mudarnos. Podría ser una buena idea para nosotros.

—¿En serio? —dijo Finley, con su entusiasmo disminuyendo.

Asentí. —Necesito empezar de cero. Dependerá de los mercados a los que queráis expandiros y si puedo permitírmelo, pero...

—¡Oh! Qué mala soy para esto. Trent tiene un salario para ti. Técnicamente, trabajarás para él con este empleo. Vendrá con todos los beneficios y un salario. Espera. —Se apresuró hacia la oficina.

¿Todos los beneficios? Nunca había tenido un trabajo con beneficios completos. O un salario fijo. Mi corazón dio un vuelco ante la idea.

—Aquí está —dijo Finley, agitando una hoja de papel hacia mí mientras regresaba—. Todos los detalles de la oferta de trabajo de Trent. Es un tipo formal, así que tiene todo por escrito. Quiere organizar una reunión contigo para responder cualquier pregunta que tengas y repasar todo en detalle. Y puedes negociar el salario. Lo espera, así que no te preocupes por pedir un diez por ciento más. O más que eso. Lo que tú creas.

Me quedé mirando la cifra en la página y pensé que iba a desmayarme. Su oferta era más del doble de lo que Joey y yo ganamos juntos el año pasado. Además, venía con beneficios completos, un plan de jubilación y gastos de viaje para cualquier desplazamiento que necesitara hacer. Trent también había incluido...

—¿Una asignación para coche? —pregunté, mirando a Finley.

Ella asintió. —Aparentemente es algo que incluye en todos los contratos para sus vicepresidentes ejecutivos.

—¿Vicepresidente ejecutiva? Finley, esto es demasiado.

Finley puso su mano sobre la mía y esperó hasta que encontré su mirada. —No es suficiente para ti, Anna. Te lo has ganado.

—No sé si puedo manejar todo esto.

—No estarás sola. Yo siempre estaré disponible para hablar, tendrás un asistente, y habrá un gerente en cada tienda. Tendrás influencia sobre todas esas personas, y todas trabajarán para ti. Es un trabajo importante.

Miré fijamente el papel otra vez. Esa cifra era una cifra considerable. El tipo de cifra que me habría llevado tres años ganar en cualquier otro trabajo que hubiera tenido. Quizás cuatro años. —¿Qué hay de Matty? ¿Y Joey? No sé si me sentiré cómoda dejándolos si tengo que viajar. No tengo a nadie que pueda quedarse con ellos.

Finley sonrió. —Sí que tienes. Anna, ya no estás sola. Ya no. Sé que no te gusta aceptar ayuda, pero Trent y yo nos quedaremos con los chicos siempre que necesites viajar. Tenemos mucho espacio. Y Hudson—

—No es una opción—dije firmemente.

—¿Por qué rompisteis vosotros dos?

—Porque él no cree que sea capaz de cuidar de mi familia. Esto lo demuestra.

Finley se rio suavemente. —Nunca he conocido a una persona más capaz que tú. ¿Cómo puedes pensar que no eres capaz de cuidar de tu familia?

—Hudson dijo que quería pagar la universidad de Joey. Porque yo no puedo permitírmelo. Decidió ser el salvador y aparecer de repente para encargarse de ello. Quería controlarme.

Finley negó lentamente con la cabeza. —Oh, Anna. Lo siento mucho. Hudson es el tipo de persona que lo da todo cuando le importa alguien. Para él no existen las medias tintas. Ama con todo su ser, y cuando no puede decirlo con palabras, intenta demostrarlo y acaba pareciendo autoritario.

—Él no me quiere.

—Sí, lo está. Ha sido un capullo miserable toda la semana. No quería contarme lo que pasó, pero si vosotros dos habéis terminado, tiene sentido. Pensé que era porque el tipo que quería contratar lo rechazó, pero ahora lo entiendo. Independientemente de eso, sé que te quiere. Y sé que su oferta de pagar la universidad de Joey era su manera de demostrarte lo mucho que significas para él.

—No creo eso.

Finley sonrió con tristeza. —Hudson apareció cuando me quedé embarazada. Insistió en llevarme a mis citas médicas y estaba dispuesto a estar en la sala durante el parto. Me traía comida y se aseguraba de que me cuidara. Fue todo lo que esperaba que Trent fuera. Incluso le echó la bronca a Trent. Nunca me dijo que me quería, pero sé que por eso lo hacía. Hudson no tiene familia. Hillary, sus padres... ha estado solo durante mucho tiempo. Creo que está oxidado cuando se trata de decir las palabras, así que se desvive para demostrar a las personas que las quiere. Y tú y tus chicos estáis ahora mismo en lo más alto de esa lista.

Las lágrimas rodaban por mis mejillas. —Realmente no creo que eso sea cierto.

—Escucha, nadie sabe esto, pero Hudson patrocina una beca. Se la concede cada año a un chico del instituto. Siempre es un estudiante cuyos padres realmente no tienen el dinero para pagar la universidad. Trabaja con el centro para recoger las solicitudes y las revisa él mismo, pero como conoce a tanta gente en el pueblo, sabe qué familias necesitan el dinero. La beca supone una gran diferencia para quien la recibe.

—¿Hablas en serio?

Finley asintió. —Hudson siempre está ayudando a los demás. Siempre quiso tener hijos, pero como no tiene los suyos propios, patrocina a otros chicos para ayudarles a hacer realidad sus sueños. Creo que eso es todo lo que estaba haciendo con Joey, pero sin el secretismo.

—Lo he estropeado todo, ¿verdad?

Finley negó con la cabeza. —No. Si hay algo que sé sobre Hudson, es que siempre perdona a la gente. Pero solo si lo dices en serio. ¿Quieres perdonarlo por el dinero o por el hombre que es?

Mi cara se contrajo mientras contenía las lágrimas. —Nunca quise el dinero.

—¿Y qué hay del hombre? ¿Lo quieres? Porque te quiero, pero también lo quiero a él. No voy a empujarte hacia él si realmente no estás en esto. Nunca lo había visto tan afligido. Trinity dijo que James le contó que cuando Hillary murió fue el único otro momento en que Hudson ha estado tan destrozado. James está preocupado por él. Yo también. Pero si no estás tan miserable como él, si no estás comprometida con esto, voy a pedirte que lo dejes en paz y le permitas descubrir cómo superarte.

Dejé de luchar contra las emociones que había estado conteniendo toda la semana y permití que Finley viera lo rota que estaba. Me cubrí la cara con las manos y lloré como lo había estado haciendo cada noche. Por mucho que odiara lo que Hudson hizo, creía lo que Finley decía. Él intentaba mostrarme lo que yo no estaba preparada para escuchar.

—No le he dicho a nadie que los quiero excepto a mis niños. Nunca. Mis padres nunca me dijeron esas palabras. Probablemente se lo dije a Nick en algún momento, pero crecer sin escuchar esas palabras hizo que no supiera lo importantes que eran. Cuando nació Joey, supe lo que era el amor. Fue la primera vez que lo sentí. Lo sentí de nuevo con Matty. Y otra vez con Hudson.

—Bien —dijo Finley entre sus propias lágrimas.

—No sé cómo decírselo.

Finley negó con la cabeza. —Yo tampoco, y no va a ser fácil. Pero te mereces ser feliz. Los dos. Y creo que podéis serlo juntos.

—Eso espero.

24

HUDSON

Me duché, me afeité la cabeza y me puse ropa limpia. No iba a fastidiarlo una segunda vez. No podía. Había demasiado en juego.

Llegué temprano al O'Kelley's y me puse a dar vueltas en mi despacho. Estaba estresado, cansado y tenso. Después de hoy, todo mejoraría, pero hasta que acabara, estaba al borde de perder la cordura. Necesitaba que fuera un buen día.

A las diez en punto, abrí la puerta principal. Di un paso atrás y esperé. Tenía que mantener la calma. No porque lo estuviera, sino porque la situación era delicada.

La puerta se abrió y respiré hondo. Había llegado el momento.

Anna entró en el bar, y toda mi confianza se hizo añicos. Aspiré bruscamente, lo que atrajo su atención hacia mí. Joder. Como si hubiera podido esconderme de ella, pero no, simplemente no.

—¿Qué haces aquí? —solté.

—Quería hablar contigo.

—Estoy ocupado —dije.

Ella echó un vistazo al bar vacío, pero no hizo ningún comentario. —Quería disculparme por como me comporté.

—Genial. Disculpas aceptadas. Que te vaya bien.

—Hudson...

No podía hacerlo. Hoy no. De todos los malditos días, ¿tenía que presentarse justo hoy? ¿Para reconciliarse o lo que fuera que pensara que estaba haciendo?

Salí de detrás de la barra y me dirigí hacia mi despacho. No era mucho, pero tal vez no me siguiera.

Ni siquiera pude cerrar la puerta.

—Anna, no tengo tiempo para esto ahora.

—¿Qué tienes que hacer que es tan importante? —preguntó ella, entrecerrando los ojos.

Arqueé una ceja mirándola. —Ya no tienes derecho a preguntar sobre mi vida. Dejaste muy claro que no querías formar parte de ella, así que lárgate.

—¿Señor Grant? —dijo un hombre desde la puerta.

Anna se apartó y se giró para mirar a un Arthur muy enfadado.

Por supuesto.

Mantuve su mirada durante un largo momento, sabiendo ya que iba a marcharse y no volvería jamás.

—Hola, soy Anna—dijo ella, acercándose a él.

—Arthur Hill.

Anna me miró como si esperara que le explicara quién era Arthur y por qué estaba allí. No era asunto suyo, así que mantuve la boca cerrada. De todos modos, eso solo me metía en más problemas.

—Bueno, encantada de conocerle. Les dejaré hablar.

Arthur asintió mientras ella pasaba a su lado. Cuando salió del despacho, exhalé ruidosamente.

—Señor Grant...

—Por favor, llámeme Hudson. Y permítame explicarle esto antes de que diga nada. Sé que no puedo preguntarle nada personal, y no tengo intención de hacerlo, pero lo que acaba de presenciar es muy personal. El hijo de Anna es uno de los camareros de aquí, y nosotros estuvimos juntos. Anna y yo, no su hijo. Ella es la primera mujer con la que he estado desde que mi esposa murió hace diecisiete años. Está claro que estoy oxidado con las mujeres porque la relación terminó.

—Lo siento, pero debo decir que hablarle como lo ha hecho probablemente sea el motivo.

—Para nada. Ella terminó conmigo después de que me ofreciera a pagar la universidad de su hijo.

—Eso fue muy generoso por su parte.

Bufé con desdén. —Ella no estuvo de acuerdo. Pensó que era una forma de atarla a mí o de usarlo en su contra para que no tuviera más remedio que quedarse conmigo. Creía que era un método de control.

—¿Lo era?

Negué con la cabeza. —Preferiría estar sin ella antes que hacerla sentir que tenía que quedarse conmigo. Eso no es amor. Eso 'es obligación.

Arthur inclinó la cabeza. —¿Por qué le dijo que se marchara?

—Dijo que venía a disculparse. No hemos hablado en nueve días. Quería que se fuera antes de que usted llegara para no estropear otra conversación con usted.

—¿Nueve días? Es decir, ¿dos días antes de nuestra última entrevista?

Asentí.

—¿Por eso actuó como lo hizo? ¿Por ella?

Asentí de nuevo. —Eso no es excusa para mi comportamiento, y le pido disculpas por ello. Mi esposa era mi mundo, y cuando murió, nunca pensé que conocería a otra mujer con la que pudiera imaginarme construyendo una vida. Cuando Anna decidió que había terminado conmigo, no pude gestionarlo bien. Lo pagué con usted y con otros, e incluso si todavía no le interesa el puesto, quería disculparme en persona por mi comportamiento.

Arthur me miró durante un largo momento. Sus ojos azules se entrecerraron y sus labios se curvaron ligeramente. —He tenido mi buena ración de desamores y días malos por culpa de una mujer. Ahora soy afortunado de tener una esposa que me comprende y me deja ser yo mismo, y tres hijos que son todo nuestro mundo. Ellos son la razón por la que quería aceptar este trabajo. Significaría un mejor equilibrio para mi familia.

—Lo entiendo. Lamento no haberle dado una mejor impresión y que haya decidido que trabajar para mí no está en su mejor interés.

Se frotó la mandíbula y me estudió. —Quizás me apresuré a juzgar.

—¿En serio?

Asintió. —El amor tiene la costumbre de ponernos patas arriba, arrancarnos las entrañas y hacernos agradecer por ello. No puedo culpar a un hombre que dejó entrar el amor y salió maltrecho en el proceso.

—¿Significa eso que aceptará el trabajo?

Arthur asintió lentamente. —Sí, lo haré. Pero tengo una condición.

—Dígala.

—Escúchela.

—¿A quién?

—A Anna. Deje que diga lo que tenga que decir y escúchela de verdad. No parecía una mujer que estuviera aquí para restregar sal en sus heridas.

—El simple hecho de verla ya echa sal en mis heridas.

—Si lo que tiene que decir no alivia parte de ese dolor, puede dejarla marchar. Pero si lo hace, quizás encontréis un camino de vuelta el uno al otro.

Me froté la cabeza y suspiré profundamente. Todo en mi interior estaba en carne viva y dolorido. El simple hecho de estar en la misma habitación que Anna me dolía. Lo último que quería hacer era tener una conversación con ella. Y lo único que quería hacer era tener una conversación con ella.

Finalmente asentí. —Hablaré con ella. No puedo prometer nada, pero...

—Dele una oportunidad. Es lo único que pido. Y me alegra ver que mi primera impresión sobre usted fue acertada. Creo que este será un gran lugar para trabajar.

—Gracias, Arthur. Estoy deseando tenerle aquí.

Hablamos otros quince minutos sobre el trabajo y cuándo comenzaría, luego se marchó. Había oído movimiento y voces en el bar, así que sabía que todo estaba bajo control y podía tomarme unos minutos para procesar el haber visto a Anna.

Tiré mi gorra sobre el escritorio y me froté las sienes. La imagen de ella persistía en mi mente. Sus vaqueros le quedaban ajustados, abrazando sus curvas y haciéndome salivar. Su camiseta rosa descansaba sobre la parte superior de sus pechos y caía suelta hasta sus caderas. Su pelo caía en suaves ondas. Se veía bien. No feliz, pero bien.

Esperaba que lo estuviera. Por mucho que me doliera dejarla ir, quería que fuera feliz. Acepté eso como la verdad. Ella decidió que yo no era la persona adecuada para ella, y no iba a discutírselo, así que le deseaba lo mejor. Por dentro, porque no era lo suficientemente fuerte como para decírselo a la cara.

Un golpe en la puerta me hizo levantar la cabeza. Estaba allí de pie, como un sueño que hubiera conjurado. —Pensé que te habías ido.

Negó con la cabeza. —¿Podemos hablar? Por favor.

Fue esa última palabra la que lo consiguió. La que me hizo aceptar cuando sabía que me destrozaría. Se lo había prometido a Arthur, pero tenía la intención de posponerlo un tiempo. Hasta que estar en el mismo espacio que ella no doliera tanto.

Asentí.

Se sentó en la silla que Arthur acababa de dejar vacía y jugueteó con sus mangas. No iba a ceder e iniciar la conversación. Me sentía como un imbécil, pero ella era quien había venido a buscarme.

—Quería decirte lo mucho que siento haberte juzgado como lo hice.

Me miró y yo asentí.

—No fue justo. Yo... —Tragó con dificultad. —Nunca he sabido lo que es tener a alguien que realmente se preocupe por mí. Tener a alguien que quiera hacer algo por mí o por mis hijos sin esperar nada a cambio—

—Nunca dije—

—Lo sé. Lo sé. Mis propios padres me quitaron dinero y me abandonaron tan pronto como pudieron. Mi marido me dijo que nunca me quiso realmente ni quiso tener hijos y se sentía atrapado. Ninguno me dijo jamás que me quería. Y no lo hacían. Pero siempre que hacían algo agradable, durante toda mi vida, ha sido porque querían algo de mí.

—Yo no quería nada. Y definitivamente no quería que sintieras que estabas atrapada conmigo. Habría creado un fideicomiso o algo así. Para que Joey y Matty pudieran usar el dinero sin que tuvieras que hablar conmigo si eso era lo que querías.

Negó con la cabeza. —No es eso. —Soltó una pequeña risa. Apretó los labios y tragó con dificultad. —Dios, no es lo que quiero. Te he echado de menos. Pero sé que no tengo derecho a decirte eso. Nunca había amado a alguien a quien no hubiera dado a luz. Nunca supe que eso fuera posible para mí. No hasta que te conocí. Y siempre llevaré eso conmigo. Siempre te amaré, Hudson. Gracias por ese regalo.

Tragué para deshacer el nudo en mi garganta. Me sonrió con tristeza y luego hizo un ademán para levantarse.

—¿Te vas?

Me miró, con los ojos brillantes por las lágrimas contenidas y una sonrisa que decía que sabía que era el final. —De la misma forma que no quería aceptar nada de ti que viniera con condiciones, nunca te pediría que aceptaras nada de mí que las tuviera. No te dije que te amo porque espere que perdones, olvides y vuelvas a mí. Eres un hombre increíble, y me siento honrada de haber formado parte de tu vida durante un tiempo. Por eso quería hablar contigo.—

—Entonces, has terminado definitivamente.— No era una pregunta.

—Nunca terminaré contigo, Hudson. Ahora eres parte de mí. Un trozo de mi corazón siempre te pertenecerá. Me aterra ese trozo porque es vulnerable, pero ese trozo me da una fuerza que nunca supe que tenía.—

—Y eso es todo lo que quieres. Un trozo.—

Soltó una risa y se limpió las lágrimas que caían de sus ojos. —No. Te quiero todo entero. Quiero una vida contigo. Quiero contarte sobre la oferta de trabajo de Finley y Trent y hablar contigo sobre las opciones universitarias de Joey para el año que viene y tener cenas familiares y vacaciones y despertarme contigo cada mañana y acostarme a tu lado cada noche. Pero no tengo derecho a pedirte nada de eso.—

—¿Así que simplemente vas a marcharte sin darme la oportunidad de decirte si quiero algo de eso?—

Cerró los ojos por un momento, dándome la oportunidad de estudiarla. Dios, era impresionante. Dolía mirarla desde el otro lado de mi escritorio y no tocarla. Era verdaderamente doloroso. Pero primero tenía algunas cosas que decir.

Levantó la mirada hacia la mía y sonrió. Era una sonrisa de ansiedad y miedo. Dos cosas que odiaba ver en sus hermosos ojos marrones. Pero lo entendía. No le había dado ninguna razón para pensar que estaba a punto de hacer exactamente lo que ella pensaba que no haría.

—Cuéntame sobre el trabajo.—

Parpadeó y se echó hacia atrás. —¿El trabajo?—

Asentí. —Dijiste que Finley y Trent te ofrecieron un trabajo. ¿De qué se trata?—

—Eh, bueno, es Vicepresidenta de Marketing de Librerías para MacKellar Investments. Finley va a abrir librerías en algunos de los hoteles, y me quieren a cargo del marketing para ellas.—

—Suena como un gran trabajo.—

—Sí, lo es. Estoy realmente emocionada al respecto. Implicará algo de viajes, pero el sueldo es increíble, y voy a estar a cargo de un equipo que dirigirá cada tienda. Nunca me habían desafiado así. Ni confiado tanto en mí. Les debo mucho a Finley y a Trent.

—Estoy seguro de que sienten que te has ganado el puesto.

Ella sonrió. —Eso es lo que ambos dijeron.

—Entonces sabes que es verdad. ¿Qué vas a hacer con los chicos cuando viajes?

Ella tomó aire. —Si no hay clase, vendrán conmigo. Si no, Finley y Trent han dicho que podrían quedarse con ellos.

—Será difícil que dejen sus propias camas, sin embargo. Creo que deberían quedarse en casa cuando te vayas.

Negó con la cabeza, dejando que sus mechones castaños cayeran sobre sus hombros. —Joey no tiene edad suficiente para eso. Sé que son buenos chicos, pero no me sentiría cómoda dejándolos solos en casa.

—¿Y si no estuvieran solos?

—No podría pedirle a Finley que durmiera en mi apartamento. Puedo permitirme un lugar más agradable con el nuevo salario, pero no voy a tener un sitio tan bonito como el suyo. Y no le pediría que dejara a su propio hijo.

—¿Y si todos os mudarais a mi casa?

Ella jadeó. Nuestras miradas se encontraron y se mantuvieron. La esperanza flotó entre nosotros y se quedó suspendida en el borde de sus pestañas en la lágrima que se cernía allí. —Hudson.

Gemí. —Sabes que no puedes decir mi nombre así y esperar que mantenga mis manos alejadas de ti.

Ella cerró los ojos con fuerza, y la lágrima cayó.

—Te quiero, Anna. Quiero todas las cosas que dijiste que quieres. Os quiero a ti, a Joey y a Matty en mi vida. Y si quieres, os quiero a los tres en mi casa. Esta noche. Mañana. Cuando estés lista. Porque yo he estado listo desde la primera noche que viniste a mi casa. Te he echado tanto de menos.

—¿De verdad?

Asentí. —Claro que sí. Nunca quise hacerte sentir que me debías algo. Ni hacerte sentir que no eras suficiente. Te ganaste ese trabajo con Finley y Trent, y el salario y todo lo demás. Eres increíble. E inteligente. Y fuerte. Y todo lo que nunca pensé que volvería a encontrar. Yo también tengo miedo, pero sé que podemos hacer cualquier cosa si nos tenemos el uno al otro porque vivir sin ti es un asco.

—Realmente lo es —dijo ella entre lágrimas—. ¿Hablas en serio con todo esto?

Abrí el cajón superior y saqué un llavero. Lo hice girar en mi dedo y me moví alrededor del escritorio para arrodillarme frente a ella. —No te estoy pidiendo matrimonio ahora, pero este llavero es tan bueno como una proposición para mí. Es una llave de mi casa. Tres en realidad. Una para ti, una para Joey y una para Matty. Quiero que los tres os mudéis conmigo. Que hagáis de mi hogar el vuestro.

Ella lloró más fuerte y envolvió mi mano con la suya. —Siento haber dudado de tus intenciones. Haber dejado que mi pasado destruyera nuestro presente.

—No lo has hecho. Tendremos más obstáculos, pero los superaremos juntos. Si estás dispuesta a intentarlo.

Ella asintió. —Sí. Absolutamente. Por favor.

Me levanté de golpe y sellé mis labios con los suyos, empujándola contra la silla. Sus brazos rodearon mi cuello y me acercaron hasta que quedé arrodillado frente a ella. Puse mis manos en sus caderas y apreté.

—Joder, cómo te he echado de menos —susurré contra sus labios.

—Yo también te he echado de menos. Y te quiero.

—Te quiero, Anna. Gracias por darnos otra oportunidad.

—Gracias por aceptar mis disculpas.

Me reí. —Le debo un agradecimiento a mi nuevo gerente financiero por eso.

—¿Nuevo gerente financiero? —preguntó, alejándose para mirarme con una ceja arqueada.

—La razón por la que no podía hablar cuando llegaste esta mañana. Hice un desastre con su entrevista y rechazó el trabajo cuando se lo ofrecí. Le supliqué que viniera para poder disculparme e intentar explicarle, entonces apareciste tú y casi lo estropeo de nuevo. Arthur me convenció de que escuchara lo que tenías que decir y nos diera una oportunidad.

—¿No lo habrías hecho si él no hubiera dicho eso?

Negué con la cabeza. —Nunca habría podido resistirme a ti. Estaba herido y enfadado conmigo mismo, pero no puedo decirte que no. Te quiero demasiado para eso.

Ella me apartó, con una mirada de reproche en sus ojos. —No quiero eso. Esto tiene que ser una asociación. Donde podamos ser sinceros el uno con el otro y empujarnos y retarnos mutuamente a ser mejores. Si no vas a plantarme cara cuando me esté comportando de forma ridícula, voy a sentir que te estoy manipulando o aprovechándome de ti.

—Puedes aprovecharte de mí cuando quieras —bromeé.

—Hablo en serio —dijo ella, frunciendo el ceño. —Te quiero, y sé que no eres un pusilánime. Tienes que ser capaz de decirme que no.

—¿Tú vas a decirme que no a mí?

—Absolutamente.

—¿Incluso cuando te bese justo aquí? Le besé en el lateral del cuello.

—Sí.

—¿Y qué tal aquí? Le lamí el lóbulo de la oreja.

—Sí.

—¿Y aquí? Le mordisqueé la clavícula.

—Oh, sí —gimió ella.

—Espera, estoy confundido. ¿Se supone que debes decir sí o no?

—Me da igual mientras no pares. Por favor, Hudson.

—Eso es realmente todo lo que necesitas decir.

—¿Y qué hay de te quiero?

—Eso también funciona. Me levanté de un salto y cerré la puerta, asegurándome de que estuviera bien cerrada antes de volver a mi sitio en el suelo entre sus muslos.

—¿Estás cómoda?

—No tan cómoda como lo estaré cuando te tenga dentro de mí.

—Hudson.

—Me alegra mucho volver a oírte decir mi nombre. Especialmente así.

Sonrió mientras le levantaba la camiseta y se la quitaba. —Nunca dejé de hacerlo. Y nunca lo haré. Te quiero.

—Te quiero —dije. Era más que tres palabras. Era una promesa. Y el llavero en su dedo era solo temporal. No iba a esperar mucho para hacerle una promesa más permanente.

GOLDIE

—Paul, coge esa caja —le susurré a mi adolescente.

Metió el móvil en el bolsillo y puso los ojos en blanco como solo un adolescente sabe hacer. Te juro que parecía que sus ojos tuvieran doble articulación. O lo que sea el equivalente para algo que no es una articulación.

Me pegué una sonrisa en la cara y le seguí dentro de la casa. Era preciosa. Me sorprendió un poco cuando Anna me dijo que ella no había hecho ningún cambio y que todo era obra de Hudson. Aunque, pensándolo bien, él la amaba, así que sabía que tenía buen gusto.

—Gracias por ayudar, chicos —dijo Hudson mientras nos pasaba de camino a la puerta para traer más cajas.

Paul refunfuñó algo que, por suerte, era ininteligible, y yo mantuve mi sonrisa forzada mientras rezaba para que Hudson no se ofendiera por culpa de mi adolescente tan ofensivo.

Hudson resopló y siguió su camino. Quizá ya estaba acostumbrado. Solo podía esperarlo.

—¿A la cocina? —le pregunté a Anna cuando doblamos la esquina y la encontramos de pie en medio del comedor.

—Sí. Por favor. Muchísimas gracias. A los dos. Paul, deberías ir a ver la habitación de Joey. Creo que Hudson ha dicho que estamos casi acabando. Puedes tomarte un descanso.

Paul no esperó a que yo diera mi consentimiento antes de salir disparado en la dirección que Anna había señalado.

Suspiré. —Lo siento. Se ha levantado de mal humor hoy. Probablemente debería haberlo dejado en casa.

Anna se rio y negó con la cabeza. —Créeme, lo entiendo. Todo el mundo dice que los chicos son muy fáciles, pero los chicos tienen tantos cambios de humor y actitudes como las chicas.

—Y que lo digas. Te juro que hay días en los que quiero preguntarle a Paul si está con la regla.

Anna soltó un bufido. —Yo se lo he preguntado a Joey. Se enfadó aún más. Pero fue divertido. ¿Cuántas veces habrán asumido eso los hombres?

—Demasiados.

Compartimos una sonrisa.

—¿Qué tal va el nuevo trabajo?

—Agotador. Pero increíble. No me quejaré. Y gracias por ofrecerte como apoyo para Hudson mientras estoy fuera el mes que viene. Nunca he estado lejos de los chicos más de una noche en casa de un amigo. Va a ser difícil.

—Estarás ocupada con el trabajo y de vuelta en casa antes de que te des cuenta. Créeme.

—Tú estás acostumbrada, sin embargo. Para mí no es normal viajar. Ni tener un sueldo decente.

—Te lo has ganado. Disfrútalo. Y ahórralo para la universidad. O para una boda.

Anna puso los ojos en blanco. —Empiezo a preguntarme si estaba bromeando cuando dijo que quería pedírmelo enseguida.

—Solo lleváis juntos de nuevo unas semanas. Y has estado ocupada preparándote para la mudanza y empezando tu nuevo trabajo. Y él ha estado ayudando a Arthur a instalarse en el puesto de gerente comercial.

—¿Entonces Arthur es el hermano de Patrick?

Asentí y arranqué la cinta de una caja.

—Es bastante guapo.

—Está casado —dije.

—No estoy buscando. Solo digo... ¿los buenos genes vienen de familia?

Me atraganté sin motivo. Mi primer instinto fue decir que sí, joder, pero eso significaría admitir que me había fijado en lo guapísimo que era Patrick. Lo era, pero había una línea que no estaba dispuesta a cruzar con mi asistente.

—¿Te quedas sin aliento solo de pensar en él? —preguntó Anna.

La fulminé con la mirada. —Ya hemos hablado de esto.—

—Sí, y dijiste que es atractivo pero no una opción. Todavía me pregunto por qué no es una opción. Porque a mí me parece una opción bastante buena.

—Tú estás toda feliz y burbujeante y crees que todos pueden unirse a ti. Yo quiero, pero Patrick es casi catorce años menor que yo. Cuando yo tenía su edad, ya tenía a mi hijo. Soy demasiado mayor para empezar de nuevo.

—¿Quién dice que necesitas empezar de nuevo?

Negué con la cabeza. —Patrick es un ligón. Eso es todo. Le gusta coquetear y decirme lo guapa que soy, lo cual es parte de su coqueteo. Eso no significa que sienta algo por mí.—

—Tampoco significa que no lo sienta— dijo Anna con firmeza. Alzó una ceja cuando abrí la boca para protestar.

—No estamos hablando de Patrick. Estamos hablando de ti y Hudson. ¿Cuándo crees que te va a pedir matrimonio?

Suspiró profundamente. —No lo sé. Pero no puedo preocuparme por eso. Si cambia de opinión, estará bien. Tengo un trabajo que realmente disfruto y me siento más segura económicamente de lo que me he sentido nunca. Me estoy mudando con el hombre que amo. Eso es suficiente por ahora.—

—Me alegro por ti. Todavía estoy un poco impresionada de que te hayas mudado con él tan rápido. Me encanta que lo hayas hecho porque le quieres y él te quiere, pero pensaba que lo debatirías durante mucho tiempo.

Anna negó con la cabeza y miró a Hudson mientras entraba con una caja grande. Él le guiñó un ojo y siguió pasando por la cocina. —Le quiero. Sé que es un poco rápido, pero no quiero pasar ni una noche más separada de él. Hablé con los chicos sobre esto, y estuvieron de acuerdo con mudarnos aquí en vez de buscar nuestro propio lugar por un tiempo. Ellos también quieren a Hudson.—

—Me alegro mucho por vosotros dos— le dije.

—Gracias. Yo también. Es una buena sensación.

Sonreí y le di un vaso para que lo guardara. El amor le sentaba bien. Demonios, le sentaba bien a todo el mundo. Cuando lo tuve, me sentó bien a mí también. Pero Charles y yo nos distanciamos, y cuando se marchó, no fue una gran sorpresa. Yo quería una pareja, pero estaba dispuesta a aceptar una pareja solo de nombre. Él no. Él quería amor, y lo encontró con su nuevo marido.

Me alegraba por ellos, todo lo que se puede alegrar una por alguien que te mintió sobre quién era y se enamoró de otra persona. Echaba de menos tener una pareja y me sentía sola. Pero la soledad no era razón suficiente para ceder ante los coqueteos entre Patrick y yo. Incluso aquellos que se volvían un poco intensos y me hacían preguntarme si Patrick iba más en serio de lo que aparentaba.

Al final del día, seguía siendo su jefa. Y eso significaba que había una línea que no podía cruzar. Una línea que era peligrosa para ambos. Una línea que soñaba con cruzar cuando nadie más estaba cerca.

GRACIAS POR LEER la historia de Hudson y Anna. Hudson ha sido uno de mis favoritos desde que comencé esta serie, y Anna era exactamente el tipo de mujer que él necesitaba. Alguien que no se impresionara porque fuera el dueño del bar, ni quisiera nada gratis de él. Lo mantuvo alerta y lo hizo caer rendido a sus pies.

El siguiente libro de la serie es el de Goldie y Patrick. Cuando lo contrató, nunca pensó que ese joven atractivo sería alguien que le resultaría atrayente. Es demasiado joven, demasiado guapo y demasiado tentador. Cuando los emparejan en En Busca del Galán de Papel, Goldie descubre que hay mucho más en él de lo que se ve a simple vista. ¡Lee *Su Jefa Curvilínea* hoy mismo!

¿NO PUEDES TENER suficiente de Hudson y Anna? Él hablaba en serio cuando dijo que no iba a esperar mucho para proponérselo. ¡Regístrate ahora para leer su epílogo extra!

ACERCA DEL AUTOR

USA TODAY La autora superventas Mary E Thompson pasó la mayor parte de su infancia deseando tener algunas curvas menos. Se escondía entre las páginas de los libros porque a sus personajes favoritos nunca les importaba qué talla de ropa usaba. Ahora, a Mary tampoco le importa, y escribe historias que celebran a mujeres como ella. Mujeres reales que tienen curvas, persiguen sueños y encuentran el amor, porque todas merecemos ser felices, sin importar nuestra talla.

Mary pasa su tiempo fuera de la escritura con su esposo y sus dos hijos, viendo demasiada televisión, animando a su equipo local de fútbol americano (¡Vamos Bills!) y escondiendo chocolate de su familia.

Suscríbete ahora al boletín de Mary. ¡Los suscriptores reciben libros electrónicos gratuitos y otras cosas divertidas, como contenido exclusivo solo para miembros y sorteos, además de ser los primeros en conocer los nuevos lanzamientos y ofertas!